JN311616

フェイスレス

警視庁墨田署刑事課特命担当・一柳美結

沢村　鐵

中央公論新社

目次

主な登場人物

一柳《いちやなぎ》美結《みゆ》　墨田署刑事課強行犯係。巡査。26歳。

吉岡雄馬《ゆうま》　警視庁刑事部捜査一課強行犯係主任。警部補。26歳。

角田《かくた》兵衛《ひょうえ》　東京学際大学教授。何者かに爆殺される。48歳。

佐々木忠輔《ちゅうすけ》　東京学際大学講師。28歳。

ゴーシュ・チャンドラセカール　忠輔の研究室のインド人留学生。23歳。

イオナ・サボー　同じくハンガリー人留学生。18歳。

ウスマン・サンゴール　同じくセネガル人留学生。30歳。

周唯《ツォウ・ウェイ》　同じく中国人留学生。22歳。

小西哲多《てつた》　墨田署刑事課強行犯係。巡査。29歳。

村松利和《としかず》　墨田署刑事課強行犯係。巡査。25歳。

井上一文《かずふみ》　墨田署刑事課強行犯係長。警部補。44歳。

福山寛子　墨田署刑事課強行犯係主任。巡査部長。41歳。

長尾昇　警視庁捜査一課強行犯係長。警部。56歳。

吉岡龍太《りゅうた》　警視庁公安部外事第三課課長。警視。雄馬の兄。30歳。

水無瀬《みなせ》透《とおる》　警察庁情報通信局情報技術解析課課長。警視正。37歳。

佐々木安珠《あんじゅ》　忠輔の妹で、アーティスト。美結と高校の同級生。26歳。

〝C〟　正体不明の国際的ハッカー、サイバーテロリスト。

フェイスレス　警視庁墨田署刑事課特命担当・一柳美結

四月十六日（火）

序曲——王の慨嘆《がいたん》

死が必要だ——残酷な死が。

中世の見せしめ処刑のように。かつて、処刑は庶民にとって最大の娯楽だった。絞首刑、火あぶり、串刺し、八つ裂き……今こそそれが必要なのだ。私は繰り返しそう主張してきた。同志たちは皆頷《うなず》いた。そのくせ、私になかなか神の龍を譲ろうとはしない。

まだ寝かせておけと言う。起こすには早いというのだ。

何を悠長な。お前たちは何のためにいるのだ？　私は非難した。調教者たちは言い訳が多すぎる。自らは安全な場所に留まっておきながら、敵地に潜伏し身を削っている私の要請に応じないというのか。急げ！　一日も早く龍をこの国に来臨させよ。

ともあれ、致し方ない。まずは龍を伴わず、私は口火《しょく》を切ることにする。

それは明日でなくてはならないのだ。百年に一度の蝕の如く、全てが重なり合う絶好の刻《とき》を私は見出《みいだ》した。辛抱強く探りを入れ情報を積み重ねた。それに伴って輝かしい閃《ひらめ》きが幾度も私を襲った。紛れもなく、生き甲斐《がい》を感じた。おかげで一分の隙《すき》もない筋書きが完成したのだ。やがて綻《ほころ》び一つない絹織物のように編まれ、喩《たと》えようもなく美しい成果として結実する。

ああ——神がいるとするならこんな気分だろう。盤の目の上に最適な駒を配置し、思い通りに動かすことで運命を描いてゆく。自らが望む劇的な運命を。

私にとって盤の目とは、小さなこの国に他ならない。

同志の中には私を謀略マニアと呼ぶ者もいる、諸葛孔明《しょかつこうめい》の如き奇才軍師気取りのパラノイアと見なす者も。好きなように言うがいい。彼らは到底この愉《たの》しみを知らぬ。私は実行に移す、移さずにおけるものか！　成果を突きつければ彼らからは一言の文句も出ない。それどころか、全てが巧みな策によるものだと知るとき、彼らの愁眉《しゅうび》は一瞬で開け大喝采に変わるだろう。

そのためには——一部始終を記録すること。

抜かりはない。準備は整っている。明日、私は自ら火中に入る。怒りの小箱を携え、古く淀《よど》んだ目をやり過ごし、色の付いた紐《ひも》を手首に巻いて——あの男に見《まみ》える。

そして無言で語りかけるのだ。私が誰か分かるか？　と。

それが大号令となる。小箱が弾《はじ》け、火蓋《ひぶた》が切って落とされる。饗宴《きょうえん》の幕開けだ。

だから、龍よ急げ。

宴《うたげ》の締めにはどうしても、神の劫火《ごうか》を必要とするのだから。

第一章　烽火《ほうか》

「顔ってものは、ふつう人を見わけるよりどころなのですわよ。」アリスは考え深そうに申しました。

「わしの苦情《くじょう》言いたいのはそこなんだよ、」とハンプティー・ダンプティーが言います。「おまえさんの顔はみんなの顔とおんなじだからな——目がふたつあって、うん、そうだな——」（目や鼻《はな》の位置《いち》を、じぶんのおやゆびで空中に書いてみせながら）「鼻は真中だし、口は下の方についてる。いつもおなじだ。そこでね、たとえば、目がふたつとも鼻の右っ側にあるとしたら——でなきゃ、口が頭のてっぺんについてたら——そしたらいくらかは見わけがつくんだがね。」

「それ、ずいぶんおかしな顔だと思うわ。」


（ルイス・キャロル『鏡の国のアリス』）

四月十七日（水）

1

三階の強行犯係のシマに行くと、いつも朝が早い井上《いのうえ》係長は既に自分の席に座っていた。おはようございます、と一柳《いちやなぎ》美結《みゆ》は元気にあいさつする。新聞を読んでいた井上はおはよう、と返してきて、

「お茶あるから大丈夫」

とマイ湯呑《ゆの》みを上げてみせる。少しも偉ぶるところのない優しい上司で、お茶くみについても気を遣《つか》わせない。だがそうされるほどに、タイミングを捕まえてお茶を淹《い》れてあげたくなるのだった。今日も狙《ねら》おう。美結は自分の席へ行った。

デスクの上の書類は整理されている。奇妙なほど綺麗《きれい》。まるで暇なOLだ……自虐的な思いが過《よぎ》った。昨日はほとんど書類仕事で終わってしまった。この半月は、この墨田《すみだ》署に配属されて以来一番の平和な日々だ。週末も土曜か日曜のどちらかは丸一日休めてしまう。通常、刑事の生活にこんなことはあり得ない。

だがこんなことが長続きするはずがない。これは——嵐《あらし》の前の静けさだ。美結の中で

そんな予感がじりじりと高まっていた。今朝見た夢がふわり、と頭の周りを漂ってはすり抜けてゆく。美結は眩暈《めまい》を抑え、自分の席に座ってホッと息を吐《つ》いた。

「おはようございまーす」

美結のすぐあとに出勤してきた若い男が、美結の横の席に座るなり言った。

「美結さん、今日も定時で帰れますかね？」

「なんで？」

美結は少し眉《まゆ》をひそめる。

「ちょっと、行きたいライヴがあって」

「え……ライヴ？」

はい、と楽しげに頷いたのは新人刑事の村松利和《むらまつとしかず》巡査。配属されてから数日こそ緊張してしゃちほこばっていたが、最近はすっかりだれている。

美結は腕組みをしてなんと言おうか考えた。村松は新人であることを差し引いても、およそ警官らしくない男だった。刑事課には本人が志望して来た。凶悪犯を相手にすることを夢見て来たのだろうから、事件がないとなると拍子抜けするのも分かる。だが別のフロアにある生活安全課や、同じ刑事課の盗犯係は忙しそうに出たり入ったりしている。管内に事件がないわけではないのだ。

「そろそろ事件が起きると思う。覚悟しててよ」

迷った末に美結は言った。

「え！　ほんとですか？」

村松の笑顔はお気楽なままだ。自分のデスクのパソコンにテレビのウインドウを開いてニュースを見始める。上長席の井上が新聞をデスクに置いた。隅から隅まで読んでしまったらしい。

「マスコミも、最近じゃ取り上げる話題がないのかな。外国の内戦と、ハッカー集団のニュースばっかりだ」

井上は顎《あご》を掻《か》きながら村松のパソコンの画面に目を当てた。南方系の濃い端整な顔立ちだが、目には農村の老人を思わせる穏やかさがある。ノンキャリアのたたき上げ、刑事畑一筋の四十四歳。階級は警部補。新人刑事の挙動を咎《とが》める様子はないし、村松の方も気兼ねしていない。もっと井上さんを敬いなさい、と美結は叱《しか》りたくなる。

そこへ小西哲多《こにしてつた》が出勤してきた。村松がテレビを見ていることに気づき、

「なんだ、何か事件か？」

と訊いてくる。

「おはようございます。いや、日本の事件じゃありません。ハッカーが欧米で大暴れ」

また大企業のコンピュータネットワークが侵入を受けダウンさせられたというニュースだった。しかも、欧州でトップの業績を誇る銀行と保険会社、更にはアラブ系の航空会社

が同時に攻撃を受けた。

「なんだそりゃ」

小西はあからさまにがっかりして、美結の向かいの席に座った。一八〇センチ台半ば、逞《たくま》しい身体《からだ》がギシリと椅子《いす》を軋《きし》ませる。ところがまた立ち上がり、井上に向かってわざわざ頭を下げた。

「おはようございます！」

「おう、おはよう」

井上は部下の律儀さに苦笑いする。目尻《めじり》の皺《しわ》に愛情が溢《あふ》れていた。

このシマが一つの家族だとしたら、井上は小西を長男のように大切に思っている。しかも小西はこの区の隣の台東区《たいとう》出身。生粋《きっすい》の江戸っ子で、地元を守るという意識も強い。

「ハッカーなんか俺たちに関係ねえだろ」

小西は村松に突っかかった。最近よく見る光景だ。小西の性格上、村松が気に食わないのは理解できる。だが美結は思わず言っていた。

「ハッカーの被害、他人事《ひとごと》じゃないかも知れません。いつ日本に飛び火するか分からないですよ」

美結が最近ずっと感じていることだった。小西はじろりと美結を見た。

「なんだ。アミノマスってやつか？」

「アノニマス、ですね」

美結が冷静に訂正する。小西はフン、と鼻を鳴らした。

「サクラマスだかニジマスだか知らねえけど、暗いオタク集団だろ？　まったく陰険だよな」

二十九歳、昇進試験に二度失敗し、未《いま》だに巡査の身分であるこの課のエースは明らかに、事件の起きない日々に腐っていた。すると村松が美結に向かって訊いた。

「美結さんって前に、警察庁のサイバー犯罪対策の部署にいたんですよね」

「あ、うん」

頷く。美結は一年前まで〝サイバーフォース〟と呼ばれる部署にいた。警察庁の情報通信局という、警察官より技官の多い特殊な部署だ。

「よくそんなところに行けましたよね」

村松の疑問ももっともだった。ノンキャリアとして入庁した、一女性警察官が配属される部署としては確かに珍しい。

「うん。辞令が出たときは私もびっくりしたけど、たぶん試験的な人員配置で、たまたまね。すぐ一年で、ここに異動になったし」

「でもサイバー犯罪については、日本の警察の中で最先端の場所ですからね……」

村松は羨《うらや》ましがっている。それを見て小西も興味が湧《わ》いたようだった。

「こういう、ハッキング集団って言うのか？　が襲ってきたら、対抗できたのか？」

「対策マニュアルはありましたけど、あんまり役に立たなかったです」

美結は正直に言った。

「その都度、経験を重ねたエキスパートが創意工夫して対処するって感じです。日進月歩の世界だから、ネット犯罪者もいろんな手口を開発してくるし」

「遠隔操作ウイルスだの何だの、まんまと振り回されたもんな」

その場にいる全員が苦い顔になる。美結は頷いた。

「完全に後手後手《ごてごて》で振り回されましたね」

「誤認逮捕はまずかったな」

「捜査員の勉強不足、認識不足で恥をかくことになっちゃった恰好ですけど、ちゃんと事情が分かってる人もいるんですよ。然るべきところが対処すればもっとしっかり対応できたはずなんです」

美結は思わず力説してしまう。

「刑事畑は刑事畑だけで解決しようとして、他を頼るのが恰好悪いとか、余計なプライドが仇《あだ》になってる。しっかり連携しないと、こういう新しい犯罪には対処が難しいんです」

井上係長も興味深そうに聞いていた。美結には井上の気持ちが分かった。情報通信局には共通の知り合いがいる。同じ人の名前を思い浮かべているに違いない。

「〝C〟は強烈ですからね。史上最強って言われてるから」

村松が妙に熱を込めて言った。

「C？」

その名は小西もニュースで聞いたことがあったらしく、片方の眉を上げて村松を見た。

「はい。アノニマスはもう古いです。最近は断然Cですね。今日のニュースもCの仕業《しわざ》です。自分のサイトに犯行声明を上げたそうですから」

「自分のサイトに？」

小西はますます剣呑《けんのん》な目つきで村松を睨《にら》む。

「ええ。今回ダウンさせられたのは、前から裏で癒着が噂《うわさ》されてた企業同士です。こういうところって資金も潤沢でセキュリティもしっかりしてるはずなのに、Cはダウンさせちゃう。すごいですよね」

「すごいのか」

「すごいです。でもCの正体は全く不明。実態を隠して慎重に活動してるんです。分かってるのはCっていう名前、というか記号だけ」

「CでもDでも同じだ。病的なんだよ、不健全だ」

小西はいきなり決めつけた。

「サイバー攻撃で人は殺せんだろ？　俺たちは強行犯相手の刑事だぞ」

小西は自分の仕事に誇りを持っている。殺人を筆頭にあらゆる凶悪犯罪を追う刑事にとって、ハッカーなど物の数ではないと確信していた。

「サイバー攻撃で人を殺せるどころか、戦争だって起こせます」

村松はむきになった。

「たとえば、もし軍事施設がハッキングされたら大変ですよ。どこにでもミサイルが飛ばせる」

なんて極端な話だ。美結はあわてて言った。

「まあそんなことはないと思いますけど。軍はさすがにセキュリティが堅いだろうから」

「え、知らないの？」

だが村松は収まらない。興奮してタメ口になっていた。

「ちょっと前も、イランの核施設がハッキングされてまともに働かなくなったでしょ。あれって、アメリカとイスラエルがやったんだよ……ですよ」

そのとき、井上係長の隣の席が埋まった。

「あ、福山《ふくやま》さんおはようございます」

みんな振り返ってあいさつする。細身の女性が腰に手を当ててみんなを見回した。美結は意外に思って訊く。

「今日は午後からじゃなかったんですか？」

「病院、思ったより早く終わったの」

そう言って笑った福山寛子《ひろこ》は四十一歳の巡査部長。このシマの主任、つまり井上係長を補佐する立場だった。女刑事として長い経験を誇り、全署員からリスペクトされている。

「軍や核施設だってセキュリティは万全じゃない、有能なハッカーは必ず隙をついてくるんです」

村松が話を蒸し返した。入ったスイッチが戻らないらしい。

「日本のお役所だって、財務省だって経産省だって防衛省だってぜんぜん安全じゃない。いや、とっくにハッキングされまくってるって噂もあるんだ、隠蔽《いんぺい》してるだけでね」

あのね村松くん、と美結は割って入ろうとしたが止まらない。

「無能な官僚が何人いたって日本の安全は守れないんですよ！」

「青二才が国を語らない！」

福山寛子がピシャリと言った。

「せめて百人ホシを挙げてから言って。まだ市民に一つも奉仕してないじゃないの。あんたの給料どこから出てると思ってるの？　税金よ。あんたはまだ、給料に見合った仕事してないんだから」

「むぐっ」

村松は鼻面を殴《なぐ》られたように凹《へこ》んだ。小西が満面の笑みで、福山に向かって拍手する。

福山は五年ほど前、追っていた被疑者の逆襲を浴びて重傷を負った。今も左の頰《ほお》に斜めに走る傷跡は、その名残りの一つだ。幸い怪我《けが》は癒《い》えて一年後に現場に復帰したが、身体が完全には戻らなかった。福山が月に何日か有給休暇を取るのは、病院で定期的に検査を受けたり身体を休める必要があるからだとみんな知っている。福山が休んでも誰も文句は言わない。あるのは、尊敬の念だけだ。

自分で現場に出る数が減った分、福山は後進の人材育成に力を入れている。だが村松はまだ福山の凄《すご》みを理解している様子はない。〝怖いおばさん〟ぐらいにしか思っていないだろう。いずれ分かる、と美結は思った。福山の有り難みは時間が経《た》つ毎《ごと》に実感される。去年は美結の教育係だったのだから。

福山のおかげで、小西と村松のかみ合わないやりとりは終結した。パソコン画面に向き直った村松は気分を変えるかのように、マウスを使ってテレビのチャンネルをザッピングした。ふと手を止める。

画面に映ったのは、小じゃれた色つき眼鏡《めがね》をかけた三十代の男。美結も見覚えがあった。最近よく見かける芸能プロデューサーだ。

『日本一になる。小さい頃から自分に言い聞かせてました』

声が聞こえて、美結は肌がざわっとした。生理的に苦手だった。この男の姿を見たり声を聞くと、美結はいつも蛇を連想してしまう。だがこの売れっ子プロデューサーはアイドルグループやモデルを手がけて大ヒットを連発していた。最近はCMやイベント、化粧品やスナック菓子まで手がけ、映画を監督する予定もあるらしい。

『でもまさかボクが本当に、日本一のアイドルグループをプロデュースすることになるなんて……社会現象になって、こうやってボクが話をさせてもらって、みんながそれを聞いてくれるなんて』

「なによ村松くん、この人好きなの？」

つい声が尖《とが》ってしまうが、村松は気づかない。

「好きですよ～、糟谷尚人《かすやなおと》のプロデュースしたタレント。エクセレンツの超絶ダンスも好きだし、ロートル・ロリータも過激で斬新《ざんしん》で好きですけど、やっぱり一番はコスプリンセス7ですかね。王道ですけど」

はー、と小西が息を吐いた。今度こそ呆《あき》れ返ったというように。

「子供のお遊戯みたいな歌や踊り見てなにが楽しいんだよ？　ったく男の風上にもおけねえなテメエは。男は黙って長渕剛《ながぶちつよし》だろ。あとえーちゃん」

「すいません、そのへんぼく苦手です」

「だろうな！」

このやりとりには笑うしかない。ここまで真逆だとかえって貴重だと思った。美結も福山も、井上までが失笑したが、小西は少しも笑わなかった。

「こんなヤツに、世の中はあっさり騙《だま》されるんだな。まったく」

美結はおや、と思った。

「別に騙してないじゃないですか。みんないいと思って聴いてるんだから」

村松が憤慨している。

「騙してるんだよ。こいつは、そういうヤツなんだ」

「知り合いでもないのにヤツ呼ばわりですか」

すると小西は一度村松を睨み、それから遠くを見たのだった。

「こいつ……俺の高校の先輩だ」

え！　と村松は大口を開けて小西を見た。

「小西さん！　すごい人の後輩なんですね！」

村松の食いつきは、仕事では決して見せないものだった。

「何がすごいもんか！　こいつは昔からなんも変わってねえ。口八丁手八丁。チャラチャラしてえだけなんだよ。クソッ」

「……嫌いだったんですね」

美結は言った。小西はやはり昔から変わらない。妙に嬉《うれ》しくなる。

「知り合いが泣かされてるからな」

小西は低い声で言った。

「え、そうなんですか？」

「こうやって、表に出てる女の子たちの裏で、ごまんと泣いてる女の子たちがいるんだよ。こいつに使い捨てられるようにして、傷ついた女の子を何人も知ってる」

「…………」

村松は黙り込む。美結も、なんと声をかけようか迷った。

「小西さんが言うことがホントだとしたら、そのうち誰かがスキャンダルにするかも知れませんね」

村松が顔を引きつらせながら言った。

「週刊誌とかにすっぱ抜かれるかも」

「そうなってもぜんぜん意外じゃねえよ」

小西が暗い顔で返した。そこで突然、ブーブーブーというブザー音が鳴り出す。村松が口を開けて、赤く点滅する壁のランプを見上げた。ほら来たと美結は思った。事件発生だ。村松は初めての事態にぽかんとしているが、ベテラン刑事たちの表情は見違えるほどに引き締まっている。

〈警視庁から各局。第七方面本部、墨田署管内で爆発事件発生。場所は向島《むこうじま》六丁目の東京学際大学〉

霞《かすみ》ヶ関《せき》の警視庁通信司令本部からのアナウンスが署内に響き渡った。あの大学か——

美結は外観を思い浮かべた。ガラスと鉄骨が組み合わさった変に近代的なデザイン。パトロールで近くを通った時はてっきり美術館か博物館だと思ったのだが、大学だと教わって驚いた記憶がある。隅田川《すみだがわ》沿いにあり、この墨田署からは車で十分もかからない場所にある。

「爆発だって？　あの大学で？」

小西が声を上げた。

「実験中の事故でしょうか」

いや、あそこは理科系の大学だっただろうか？　美結は首をひねりながら身支度を調えた。本庁からはさっそく機動捜査隊が向かっているはずだ。墨田区のある第七方面担当は第一機動捜査隊。爆発物処理班も伴っているだろう。自分たちも遅れたくない。

「ホラあんたも」

福山に促されて、村松もあわてて出る備えをする。小西は立ち上がって上長席を見つめている。すかさず本庁に確認を入れていた井上係長が、受話器を置いて号令をかけた。

「重傷者が出ている。爆弾事件の可能性が高い。みんな向かってくれ、俺も行く」

刑事たちは署内の駐車場へ駆けた。パトカー二台に分乗して出動する。先頭の車は美結がハンドルを握り、助手席には小西が。村松は福山を乗せて後ろからついてくる。井上係長は再度本庁に連絡した後に現場入りする段取りになった。

サイレンをフルボリュームで鳴らしながら、美結と小西の乗ったパトカーは隅田川沿いを北上した。爆発——こんなケースは初めてだった。美結がこの管区に配属になって一年、一度として爆発事件はなかったのだ。美結は助手席の先輩に向かって訊いた。

「小西さん、こういう爆発事件とか経験あります？」

ああ、と小西は答えた。

「俺が新米の頃、ガス自殺に見せかけて旦那が奥さんを殺そうとした事件があった。爆発が起きて、奥さんは大火傷《やけど》を負った」

淡々とした口調だが、内容は悲惨だ。

「睡眠薬が足りなかった。奥さんは、爆発した部屋から自力で出て来た」

「そうですか……」

美結には他に言いようがない。パトカーは聳《そび》え立つ東京ライジングタワーに差しかかった。

昨年完成したばかりの、世界一の高さを誇る自立式電波塔だ。タワーの入り口付近も、隣接するショッピング施設〝ライジングタウン〟もいつものように人で溢れ返っている。近くの大学で爆発が起きたことは誰も知らないようだ。

美結は複雑な思いに駆られながらタワーの足元をすり抜けて、更に北に向かった。

2

やっぱり、やっぱりと心が繰り返している。

ハンドルを握る手に力がこもった。朝、あの夢を見た日には何かが起こる……

セーラー服を着た自分が家に帰る夢。

何の変哲もない、かつての日常だ。高校から帰るといつだって家族が揃《そろ》って待っていた。母親の作ってくれる晩ご飯や、無邪気な弟の顔を見るのが楽しみだった。歳《とし》の離れた父親の、ゆったりした声を聞けるのが嬉しい。美結は家族が大好きだった。穏やかな日常を愛していた。

だが夢の中では、玄関のドアを開けた瞬間から空気が違う。いつも家にあるはずのゆったりした温かさがない。代わりにあるのは、石のような沈黙。

美結は靴を脱いで上がり框《かまち》から中に入り、廊下を進む。そして目にする。

血にまみれた頭部を。

あり得ない角度に曲がった腕や足を。

虚《うつ》ろに見開かれた目を。その瞳《ひとみ》は——二度と光を見ることがない。

美結は魂が抜けたような足取りで階段を上る。二階にも、小さな身体が転がっている。

それを知った美結は床にへたり込む。一ミリも動けなくなる。

やがて全ての風景が回り出す。混沌の渦と化し、どことも知れない暗い深い穴に吸い込まれて消える……

これで何度目だろう。もう数え切れない。

夢の中の自分は、時間の迷路に閉じこめられたままあの家の中を彷徨《さまよ》い続けている――そんな気がする。

だめだ。美結は頭を振った。今の私は二十六歳の巡査、しかも強行犯係の刑事で、事件現場に向かっている最中だ。捜査に集中しろ！……美結はパトカーのアクセルから足の力を抜いた。目的の大学はもう目の前だった。

正門には制服警官が立っている。近くの交番から駆けつけてくれたのだろう。パトカーと見るとスムーズに入れてくれた。構内にはすでに何台ものパトカーと消防車が並んでいてものものしい。パトカーを降りて振り返ったが、村松と福山の車がなかった。モタモタするな、と福山にどやされる村松が目に浮かぶ。

構内を見回すといくつかの棟がまちまちの大きさと形で並んでいる。敷地はそれほど広くはない。マンモス規模の総合大学ではなく、中規模程度の大学のようだ。敷地内に入り込んでいる特殊車両がひときわ目をひいた。爆発物処理班のものだ。荷台前部に旗が立っていて、赤地に白抜きで〝爆〟と書いてある。荷台に詰め込まれているのは液体窒素の入ったボンベ。爆発物を瞬時に凍結させるためだ。このボンベは出番があったのだろうか？

美結は近くにいた捜査員に声をかけた。

「すみません。墨田署刑事課ですが、状況を教えていただけますか？」

三十前ぐらいの男が頷いて、自己紹介してきた。

「第一機捜の冨永《とみなが》です」

銀縁メガネをかけた、一見ビジネスマンのような風貌《ふうぼう》だった。

「強行犯係の一柳です」

「お疲れさまです。あの校舎で爆発がありました」

そう言って奥の方にある学部棟を指差した。美結が見上げると、五階の窓が一つ割れている。窓枠の中で人が動いていた。消防隊員か鑑識員だろう。もう火災の心配はなく、また爆発が起きる危険もないと判断されたようだ。

「爆発物ですか？」

小西は名乗ってから、冨永に訊いた。

「はい。まず間違いありません」

冨永は頷いた。

「爆発が起きた部屋は教員室。教授の部屋です」

「ということは……教授を狙った爆破犯ですね」

「おそらく」

冨永の誘導に従ってエレベータに乗る。五階に着いて、爆発が起きた部屋に近づいていくと、鑑識課の青い作業着を着た男が出てきた。

「冬木《ふゆき》さん！ 状況は？」

冨永が呼んだ。冬木と呼ばれた鑑識員は足を止めて説明してくれた。

「病院に運ばれたのは、教授の角田兵衛《かくたひょうえ》、四十八歳。爆風を浴びて意識不明。まだ息はあったが、指が何本か飛んだ」

厚い眼鏡をかけた冬木鑑識員は、悲惨な状況も淡々と説明した。墨田署の二人にも顔を向けてくる。

「飛散した指は救急隊が回収しました。大急ぎで病院に送りましたが、まああの状態では、接合して癒着させるのは難しいでしょうな。いやそれ以前に、助かるかどうか」

冨永が首を振っている。搬送される被害者を見たのだろう。助かる見込みは薄い、と思っているようだ。現場を検証していた他の機捜刑事や鑑識員もやってきて、口々に状況を説明してくれた。

「爆弾でガイシャを殺そうとしたのは間違いないんですね？」

小西が確かめるとみんな頷いた。

「ガイシャの指が飛んだということは、爆弾をつかもうとした？」

「そのようです。誰も爆発した瞬間を見てないから、断言はできないが」

「消防隊員が現場に到着したとき、ここのドアは閉じていたそうです。爆発が起きても扉は吹っ飛ばず、ドアの鍵は生きていた。だから消防隊員が力ずくでドアを破って中に入った。そこで倒れている被害者を発見した」

「その爆弾、ブービートラップみたいなものですか？　いや、郵便爆弾か」

小西の問いには冬木が答えてくれた。

「科捜研で解析してもらいますが、回収した電池やニクロム線、磁石などを見る限り、よくある郵便爆弾と同じ組成ではあります。ただし、タイマーのようなものも見つかっているので時限式だったかも知れない。それと爆発の規模から見て、爆薬の量はかなり多い。相手を驚かせようとかケガさせようってんじゃない、殺してやろうってレベルです」

「火災にならなくて良かったですよ」

冨永は言って、教授の部屋を指差した。小西が乗り込んでゆく。遅れまいと美結もついていった。

意外に物が壊れていないな、というのが第一印象だった。だが細かく見ていくと爆発の衝撃が浮かび上がってくる。壁に掛かっていたであろう額や時計が軒並み下に落ちているし、ゴミ缶がロッカーに衝突してひしゃげている。デスクの上に、パソコンの本体やキーボードはあるがモニタがまったく見当たらない。もしや、破れた窓から落ちたのだろうか。

「外部の人間が持ち込んだということか？　それとも内部の人間の怨恨《えんこん》か」

目を輝かせながら小西がなおも問うと、機捜の冨永が答えた。

「目撃者がいます。怪しい者が、教授の部屋のそばにいたと」

美結は冨永に注目した。銀縁メガネが凛々《りり》しく見える。状況をしっかり把握し、所轄と情報を共有してズレがないようにしてくれる。有能な男だ。

そこへ福山寛子が村松を連れて現れた。

「故殺ね？」

と確認してくる。美結は頷いて説明した。

「目撃者がいるそうです」

「爆弾を持ち込んだ人間を見たの？」

「はい、それらしき人間を」

冨永が答えた。そして福山に向かって頭を下げる。

「ご無沙汰《ぶさた》してます、福山さん」

「冨永くん！　そうか、いま機捜だったね」

「はい。なんとかやっています」

「今日はお世話さま。冨永くんが初動やってくれるんなら安心」

旧知の仲らしい。冨永の目には素直な敬意がある。やはり福山は、機捜や本庁の刑事に一目置かれている。美結はなんだか嬉しかった。冨永に向かって訊く。

「目撃者に話を聞けますか？」

「はい。この学部の講師さんです。こっちです」

そして全員を向かい側の学部棟に案内してくれた。四号棟から三号棟へ移動する間、村松はしきりにキョロキョロしていた。ドラマでも見ている気分なのだろう。新人刑事にはありがちなことだ。でもすぐだ、と美結は思った。傍観者でいられるのは今だけ。やがて泥を被《かぶ》って地べたを這《は》い回ってゼエゼエ息を吐くことになる。刑事になったことを後悔する瞬間がやってくる。

冨永が連れてきてくれた一階の一室は、ゼミ室のようだった。扉を開けると奥の窓際に、眼鏡をかけた痩《や》せた男がいた。突っ立ったまま窓の外を眺めている。

背丈は、一七〇センチある美結より少し高い。容貌は若かった。学生と言っても通用しそうだ、まだ三十前だろう。入ってきた刑事たちを、男はちょっと睨むような目で見た。警戒しているのか。

「佐々木《ささき》さんです。被害者の角田教授の下についていらっしゃる、講師さんです」

冨永が説明してくれた。するとその佐々木が口を開いた。

「講師といっても肩書きだけで、好き勝手やらせてもらってます」

張りのある声。人前で喋《しゃべ》り慣れている、まさに講師という感じがした。小西が先頭を切って佐々木に近づき、軽く頭を下げる。

「墨田署の小西です。話を聞かせてもらいたいんですが」

「ではこちらで」

佐々木は学生用の、デスク付きの椅子を示す。大柄な小西は窮屈そうに椅子に収まった。美結も村松も名を名乗って席に着く。佐々木は教壇の横にある椅子に座った。美結は井上係長がまだ着いていないことが気になったが、福山が気を利かせてくれた。

「井上さん迎えに行ってくるから、進めてて」

そう言って出て行く。ほどなく連れてきてくれるだろう。扉が閉じると、しばしの沈黙が流れる。

「どうも、大事《おおごと》のようですね。なんだか申し訳ないです」

佐々木が頭を下げた。この男が謝る筋合いではないと思うのだが、大学側の人間としてということだろう。律儀な男のようだ。さっき険しいように見えた目つきは消えていた。美結はなんとも返せず、ただ頭を下げ返した。小西と視線を交わすと事情聴取を開始する。

「佐々木さん。繰り返しになるかも知れませんが、すみません。まずフルネームと年齢、ご住所とご職業をお願いします」

事情聴取は少し前から美結が主導することが多くなっていた。福山の指示によるものだが、美結には適性があるというのだ。整理された質問を順序立てて訊き、相手の正直な答えを引き出すことに長《た》けている、という評価だった。容疑者ではない相手に対する事情聴取は、年配の刑事か女性警官が担当することがもともと多い。相手に威圧感ではなく安心感を与えるためだ。

ただ、容疑者の取り調べは小西が主導する形になる。取調室は小西の独壇場だ。

「佐々木忠輔《ちゅうすけ》、二十八歳。住所は墨田区向島六の十二の七、間荘二〇三」

ということは、大学のすぐそばに住んでいるらしい。

「職業は、まあ一応、教師です」

「ありがとうございます。それで……怪しい人物を目撃したそうですが？」

「そうですね。まあ、怪しいというか」

佐々木は少し首を傾げた。

「怪しいのを飛び越えて、犯人ですね。あれは」

「なぜ分かるんですか？」

訊くと、佐々木は美結に目を向けた。

「そいつはぼくを、角田教授の部屋に入らせなかったからです」

「……というと？」

「爆発が起こるのを知っていたんです」

3

美結は小西と素早く目を見交わした。そして訊く。

「待ってください。佐々木先生、あなたはどこにいたんですか？」

「ぼくは角田教授の隣に部屋をもらっています。そこにいました。教授が大学にいる日は、毎朝十時に打ち合わせすることになっているので、彼の部屋へ行こうとしたら廊下にそいつがいた。そしてぼくが、教授の部屋に入るのを阻止した」

「阻止した？」

「立ちはだかったというか。前に進ませてくれなかったんです。そのうち炸裂音《さくれつ》がした。教授の部屋の扉が震えて、隙間から煙が出て来ました。ぼくが呆然《ぼうぜん》としている間に、そいつは逃げた」

「顔を見ましたか？」

美結は勢い込んで訊いた。小西もぐっと身を乗り出す。

「見たと言えば見たけど……」

佐々木の顔が曇《くも》った。美結は不思議に思って相手の顔をじっと見つめた。

するとと佐々木は眉をひそめてうつむく。

「なんです？」

美結は訊いた。疑いが頭をもたげる。この男は――知っている人間を見てしまったのではないか。それで口にするのをためらっているのではないか。

「それは、あなたが知っている人ですか？」

美結はストレートに訊いた。

いや……と佐々木は首をひねる。この曖昧《あいまい》な態度はなんだ？　ますます疑わしい。

「では、見覚えがありましたか？」

「んー……」

腕を組んで目を閉じる。小西の額から湯気が出そうだった。犯人を目撃したと言っておきながら、口を濁すとはどういう料簡《りょうけん》だ？　今にも声を荒らげそうな小西に向かって、機捜の冨永が何か言おうとした。さっき同じことを佐々木に訊いたのだろう。

だが佐々木は、そこで信じられないことを口にしたのだった。

「顔を忘れてしまった」

「は？」

美結はぽかんと見返してしまう。だが、佐々木の目に冗談の色はない。

耐えかねた小西が腰を浮かす。そこで小西の内ポケットの携帯電話が鳴った。

「おっ、井上さんだ」

小西は表示を見て言った。すぐに出る。井上係長はいま現場に着いたのか。迎えに行った福山と入れ違いになってしまったのかも知れない。早くここに来てほしい……美結は目撃者に視線を戻した。

違和感を覚えた。佐々木忠輔の視線の方向……電話をしている小西の顔ではなく、その下を見ている。胸や腕の辺りだ。いや足元の方まで覗《のぞ》き込んでいる。次に美結に目を向けてきたが全く同じようにした。美結の身体や足元を見て、がっかりしたように首を振ったのだ。なんだ？

シャイで相手の顔を見られない人間がいる。後ろめたいところがあると相手の目を見られなくなるのは、よくあることだ。だがこの男の場合は違う気がした。

「ええと、奥の方の棟です。えっとすいません、ここは何号棟？」

小西が佐々木を見て訊いた。

「三号棟です」

「三号棟。えっとですね……いま迎えに行きます」

小西は電話しながら部屋の外に出て行った。美結はたまらず、村松に言った。

「ここで待ってて」

「えっ……」

オドオドと腰を浮かした村松を置き去りにして、美結は小西についていった。廊下の角で電話を続けている小西の目の前に立つ。すると小西は、美結を見ずに言った。

「そうですか。ガイシャが死亡……」

このヤマはたった今、殺人未遂事件から殺人事件になった。ぐっと気が引き締まる。

小西は電話を耳から離さず、美結に向かってぞんざいに手を振った。おまえはいいから戻れというように。美結は仕方なくゼミ室の方に戻る。すると機捜の冨永も廊下で電話しているところだった。畏《かしこ》まった喋り方をしている。どうやら相手は上層部の人間だ。美結の中でますます緊張が高まってくる。

ドアを開けて室内に戻ると、村松がホッとしたような顔で迎えた。美結はドアを開けたままにした。冨永や小西がいつでも戻ってこられるように。

だがそこで、また信じられないことが起きた。

「誰です？」

佐々木忠輔が、訝《いぶか》しげな目で自分を見据えたのだ。

「え？」

美結は立ち尽くした。

「い、一柳ですが」

「あ、そうか」

視線をそらされた。ちょっと気まずい感じで。

……おかしい。美結は佐々木の顔を見つめずにはいられなかった。一瞬席を外しただけなのにもう顔を忘れたのか。私はそんなに特徴のない顔だろうか？　村松も戸惑《とまど》ってキョロキョロしている。フォローのしようもないだろう。

　美結は少しの間考え、まず真っ先に伝えるべきだろうと思った。

「残念ですが、角田教授が亡くなったそうです」

「……そうですか」

　佐々木忠輔は小さく言った。覚悟していたのかも知れない。

　すると、開いているドアが小さくノックされた。振り返ると見知らぬ青年が立っている。肌が浅黒く、顔立ちがくっきりしている。外国人。若さから見て、留学生のようだ。

「忠輔さん」

　青年は呼びながら右腕を上げた。あいさつの意味だろうか。青年の手首に赤いリストバンドが巻かれているのが見えた。

「アンジュさんから電話が入っていますが」

「お？　そうかい」

　佐々木は頷いて、美結に言った。

「ちょっと失礼していいかな？」

「はい。奥様ですか？」

美結が訊くと、

「いや。妹です」

という答えが返ってくる。

妹？　美結の頭に何かが引っかかった。だがとっさに正体が分からない。

佐々木が留学生とともに去ると、村松がすぐ訊いてきた。

「亡くなったんですね、教授さん」

「うん。いよいよ深刻。冨永さんがいま、本庁のお偉いさんと話してるみたい」

「あ……捜査本部ができるんですか」

「うん。管理官が着く前に、こっちはやれることをやっておかないと」

捜査一課の庶務担当管理官が臨場して自分の目で状況を確認し、正式に捜査本部の立ち上げとなるのが通例だ。状況を正確に説明するためにも、できるだけ質の高い初動捜査が必要となる。だが……それにしても気にかかる。佐々木の妹。あの留学生が名前を言っていた——アンジュ。

あの男の妹ということは、名前は佐々木アンジュ。

パッと記憶が甦《よみがえ》った。

「あっ……」

「どうしたんですか？」

村松が訝る。

「ううん。なんでもない」

美結は首を振って動揺を隠した。頭の中を必死で整理する。これから順序立てて、的確な質問を浴びせなくてはならないのだ。あのおかしな目撃者に。

佐々木忠輔が戻ってきた。そしてまた美結を見据える。見知らぬ他人を見る目だ。

「ずいぶん早いですね。もういいんですか？　妹さん」

美結は殊更はっきりと声を出した。

「無事かどうかの確認だけだったので」

佐々木忠輔は答えた。なおも美結を見つめている。顔だけでなく、また身体や足を。

「あの……そろそろ私の顔、覚えていただけますか」

美結はできるだけ冗談めかし、笑顔で言った。

「そんなに覚えづらい顔でしょうか」

「いや。覚えられない」

忠輔は信じられない返しをしてきた。

「ぼくは、人の顔が覚えられんのです」

「……はい？」

「生まれつきそういう性分でね」

美結は相手の目をまじまじと見つめた。

この男は、いたって真面目だ。

ドアのすぐ外にいる富永の声が聞こえた。

「なお、目撃者は相貌失認症《そうぼうしつにんしょう》とのことです。つまり、犯人を目撃していますが、顔は覚えていません」

佐々木忠輔は小さく頷いた。

4

説明します、と佐々木は言った。

「お願いします」

美結も村松も、一も二もなく頷いた。

すると佐々木は教壇の上にあるノートパソコンを操作し始めた。

「疑われるのも嫌なので、初めての人にはこれを見てもらうことにしてます」

そして二人に向かってパソコンの画面を見せる。そこには、佐々木が持つという障害の詳しい説明があった。美結は夢中で画面を読み込む。一度に全員が画面を覗くことはできないので、声に出した。調書の確認でもよくやるやり方だった。

「相貌失認。顔による個人の識別が困難になること。認知障害の一つで、失顔症《しつがんしょう》とも言う。英語では……Prosopagnosia《プロソパグノシア》」

「そこに詳しく書いてあるけど、脳に外傷を負ってそうなってしまう人もいる。ぼくの場合は、生まれつきです」

佐々木忠輔は淡々と言った。

「ああ、たしかに、遺伝による生得的症例である可能性がある……という説明がありますね」

美結は頷いた。やはり冗談でもなんでもなく、実際にある障害。疑いないようだ。

いつの間にか電話を終えて、冨永が戻っている。

「私も初めて出会うケースなので、どう対処したものかと……」

いつも冷静そうな機捜刑事も戸惑っていた。

「でも、犯人を間違いなく目撃しているのに、自分の記憶に自信が持てない人にたまに出会います。単に興奮したり混乱しているせいだろうと思っていましたが、もしかするとこういう障害を持つ人なのかも知れませんね」

冨永はそう言ったが、美結は正直に返した。

「私は、そんな障害のことは初めて聞きました」

「研究が遅れています」

当の佐々木忠輔が言い出す。

「でも、ぼくのような人間は意外に少なくないようです。有名人の中にも、いないではないんですよ。たとえば作家のルイス・キャロル。『不思議の国のアリス』の作者です」

ああ！　と美結は声を上げた。子供の頃に読んだ記憶があった。

「本当ですか？」

「ええ。作品にもそのことを書いています。『鏡の国のアリス』に出てくる卵男のハンプティー・ダンプティーは、人の顔が見分けられない。みんな同じに見える。これは作者の想像で作り出された設定じゃなくて、キャロル自身にそういう症状があったと彼の甥《おい》が証言しています。人と会うときも、大勢より二人きりでいることを好んだらしい。その気持ちはぼくにもよく分かる。誰が誰だか分からなくなったら嫌なんでね」

「はあ……」

少しだけ理解できた気もしたが、やはり美結には実感は難しかった。

「それはずいぶん、大変でしょうね……」

「厄介で申し訳ないです」

佐々木忠輔は頭を下げてきた。いえいえ、と返すしかない。

「慣れれば案外普通に生活できますよ。ただ、ぼくの障害の度合いは比較的重い部類のようです。親しい人間、毎日会う人間でさえ、識別が難しいことは認めざるを得ない。顔で人を見分けることは無理だ、と初めから割り切ってます。だから顔以外を見る」

この男特有の視線の意味が分かった。誰かと誰かを区別する手掛かりを捜すために、服装や、履いている靴を見ていたのだ。

「刑事さんたちってあんまり特徴のない恰好ですね。全員に地味なスーツ着られると誰が誰だか分かりにくいので、できれば目印を付けてもらえると助かるんですが」

忠輔は美結の方を向く。

「女性だったら、スカーフとかヘアバンドとか」

「刑事がそんなものつけられると思いますか？」

美結は抗議の声を上げた。

「イヤリングとかも、だめですか。じゃあ……よくお願いするんだけど、腕に何か巻いてくれませんか。リストバンドとか」

「……かんべんしてください。腕時計で識別してもらえませんか？」

美結はそう言って腕時計の形を見せたが、

「うーん。よほど特徴的な時計だったらともかく……それにぼくは、腕時計があんまり好きじゃなくてね」

「え、なんでですか？　覚えられない？」

「いや。醜いものが多いから」

「醜い？」

「贅《ぜい》を尽くしたものほど見るに堪えない。不快になるから、人のしてる時計はあんまり見ないようにしている」

　そう言う佐々木忠輔の腕には、何もなかった。

「こ、これだったらどうですか？」

　村松は自分の腕時計を見せてきた。それは確かに特徴的だ。ロボットアニメに出てくる地球防衛隊員のキャラクターのものらしかった。はっきり言って刑事にふさわしいものではない。

「それだったら覚えられるけど、趣味が悪い」

　佐々木がはっきり言って、村松はあからさまに凹んだ。腕を後ろに隠してしまう。

　冨永が笑いを堪《こら》えている。美結も苦笑いしていると、佐々木は頭を掻きながら言った。

「すみませんね、ご厄介をかけてしまって。でも苦手なのは顔だけです。有り難いことに、ぼくの脳はそれ以外はわりと性能が悪くないようです。だからまあ、特定のものが苦手なのは、税金みたいなものかも知れませんが」

　そして片目をつぶって見せる。なるほど、賢いのは喋っていても分かる。いわゆる知能指数は高いのだろう。

「でも、ふだんはお困りでしょう？　いろいろ支障があるのでは」

「ぼく自身はあまり気にしてないんです。ただ、周りには気を遣わせてるでしょうね。誰が誰だか分かるように工夫してくれるし。ぼくの性質を知らない外部の人にもうまくつないでくれる。そばに理解者がいるから、支障なく暮らせています」

「理解者というのは、ご家族とかですか？」

「はい。それだけじゃなく、この学校の人たちも」

「さっきの留学生の人とか……」

「ええ。ゴーシュも、他の留学生たちも、よく協力してくれます」

「あの、佐々木先生の家族構成を教えていただけますか？」

美結は訊いた。少し緊張しながら。

「父親と、妹です」

「あの、お名前は？」

確かめずにいられない。

「父は光重《みつしげ》。光の重さと書きます。今年から、千葉の柏《かしわ》市にあるカブリ数物連携宇宙研究機構というところで主任研究員をやってます。専門は数理物理。まあ、ぼくの専門もそっちなんですが。妹は安珠《あんじゅ》と言います。安心の安に珠算の珠。よく分からない仕事をやってます」

「よく分からない、とおっしゃいますと？」

冨永が口を挟んだ。

「よく言えば芸術家です。絵画やデザイン。歌も唄ってるみたいだけど」

「はあ。マルチアーティスト、みたいなものですか?」

「実態はフーテンですよ」

美結はもう我慢できなかった。思い切って訊いた。

「あ、あの、妹さんって……杉並の如水《じょすい》高校のご出身ですか」

「そうですが?」

忠輔は目をパチクリした。

「安珠ちゃん……」

呟《つぶや》きに視線が集まる。美結は、目を伏せた。

「……私の同級生です」

「え、マジすか」

村松が横で言った。冨永が目を円《まる》くしている。

「ほう。そうでしたか」

佐々木忠輔が笑みを浮かべた。だが美結は見返すことができない。安珠にお兄さんが?

……知らなかった。なぜだろう、と不安になったのだった。高校時代、彼女と親しい時期もあったのに、彼女は自分の兄のことは一言も言わなかった気がする。いや、彼女の家族のこと自体聞いた覚えがない。

　どうして話してくれなかったのだろう。確かにちょっと変わった、独特な子ではあった。だが家族のことを少しも話さないというのは……話したくなかった、ということか。美結は恐る恐る訊いた。

「安珠ちゃんは……妹さんはお元気ですか？」

「元気、のようですね。しばらく会ってないけど」

「でも、さっき電話を」

「ああ、ニュースを見て連絡をくれました。命の心配だけはしてくれるようです。ふだんはまったく無視されてるんですがね」

　少し照れたように目尻を下げる。家族としてのつき合いは、ちゃんとあるのだ。絶縁しているとか、極度に仲が悪いということはない。少し安心した。高校時代は多感な時期だから家族のことは言いたくなかった。それだけのことだろう。

　そこで、小西が井上係長と福山寛子を連れて入ってきた。

「今どういう状況？」

　福山に訊かれた村松は熱に浮かされたような顔で、

「大変なんです、この先生顔が、顔が……」

「井上係長ですか」

冨永が進み出た。

「私、第一機捜の冨永です。この方が目撃者の佐々木先生ですが、実は珍しい障害を持っておられて……」

村松と違って冷静な説明をしてくれる。美結もパソコンの画面を向けて、井上たちが事情を呑み込みやすいようにした。

「おいおい、これじゃ目撃者になんねえじゃねえか……」

ざっと説明を読んだ小西が目を上げて言った。目撃者というより容疑者を見る目つきだ。あまりにあからさまなので美結はヒヤヒヤしてしまう。

「大学の警備には話を通してあります。学内の防犯カメラの映像を提供してくれるように。間もなく届けてもらえると思いますよ」

冨永は既に冷静に対処していた。佐々木の目撃者としての価値は怪しい。それよりも確たる物理的な証拠に頼ろうという判断だ。

「ありがとうございます」

と美結は礼を言った。おかしかったのは、佐々木忠輔も頭を下げたこと。自分の証言の価値を自分でも分かっているようだ。

むろん、目撃者を名乗る人間が真犯人である可能性を忘れてはならない。だが美結は疑いの念をおくびにも出さずに言った。

「あとで内容をチェックしましょう。不審者が映っているかも知れない。それを、先生の証言と照らし合わせて……」

照らし合わせること自体が可能かどうかは分からない、と気づいた。美結は気を取り直して訊く。

「でも、顔は分からなくても、覚えてることはありますよね？」

さっきから考えていたのだ。佐々木忠輔の目から見た世界はどんなだろうと。

全員が佐々木を見た。佐々木は少し首を傾げる。

「たとえば……先生は顔を覚えられなくても、男か女か、それぐらいは見分けられるんでしょうか。どうですか？」

佐々木は頷いた。

「そうですね。だいたい見分けられる。服装でね。ただ、犯人はダボダボのジャージを着ていた。しかも頭にすっぽりニット帽を被っていたから、男か女かも分かりづらかった」

驚いた。不審者の服装は――念が入っている、と思うべきだろうか。犯人はこの男に目撃されることを想定していたのか？

「性別は見分けられなかった。では……肌の色は、どうですか？」

美結の問いに佐々木は目を見開いた。

「ああ。肌の色は……白かった」

場が色めき立つのを感じた。

「となると」

白人。もしくは、色白の東洋人ということになるのか。

「だが、それで特定するのは危険だ」

佐々木忠輔は頭を振った。

「ぼくの性質をよく知っている人間は、顔は見分けられなくても、肌の色や体格は識別できるということを知っています。つまり、緩い服を着てメイクすれば、そして声さえ出さなければ、たちまち誰だか分からなくなることを知っている」

そうか……どんな肌の色をした人間でも、偽装することは可能なのだ。

音にならない溜め息が部屋に満ちた。

「その男、か女か分かりませんが、どんなジャージを着ていたんですか？」

冨永が横から訊いてくれた。

「ごくありふれた、緑色の……」

美結は急いでメモした。小西は眉根を寄せて佐々木を見据えている。どう扱ったらいいかまるで分からないという顔だ。井上も福山も少し後ろに控えて黙っていた。美結と小西のリードに任せてくれている。美結は期待に応えたかった。新人の村松にも「これが捜査だ」というところを見せてやりたい。美結は思い切って訊いた。

「先生はどうお考えですか？　その人物は、誰だったのか」

　佐々木忠輔は美結の目を見て少し考えてから、言った。

「まったくの部外者がぶらりと学内に入ってきて、ということもあり得るが、見覚えのない人間はやはり目立つから、それなりのリスクはある。だがあいつはぼくに見られておきながら、ぼくに暴力もふるわず、教授の部屋にも入れず、ただ爆発を待っていた。つまり、ぼくが人の顔を見分けられないのをよく知っていたということになる。学内のことも、よく知っている人間という気がする」

　言いながら佐々木は、参ったなというように右手で額を押さえた。

「なるほど。角田教授に危害を加えたくて、佐々木先生には加えたくない……そういう人間ですか」

　美結が言うと、苦い笑みが返ってくる。

「角田さんが恨みを買いがちな人間だってことは認めなくちゃならない。狷介《けんかい》な人種差別主義者でした。白人も黒人もアジア人も嫌っていた。そういう意味では、平等だったんですが」

　佐々木は明け透けだった。建前抜きで喋る人間のようだ。

「そのくせ、専門は国際関係史です。海外出張も多かった。外国人嫌いと言うより、人間嫌いと言った方が正解かも知れませんね。とにかく疑り深くて、内面を人に見せない。もちろんぼくに対してもそうでした」

井上がじっと忠輔の顔を見つめている。嘘《うそ》をついていないか見極めようとしているのだ。何かおかしなことを嗅《か》ぎつければ指摘してくれるだろう。

「研究室の留学生たちは、ことあるごとに『強制送還させるぞ』と脅されていました。角田さんは冗談のつもりだったかも知れないが、あまりにタチの悪い冗談です。みんな貧しい国から、苦労してこの国にやってきたから……手ぶらで故国に帰るわけにはいかない。学位か、資格か、職か。何かを得なければ、という執念は並ならぬものがあるのです」

佐々木忠輔は改めて美結を見つめ、声を強めた。

「でも、角田教授が殺されるほど悪い人間だったとは思わない。そこまで恨まれていたとも思わない」

教授を補佐する立場にある者の言い分としては、ごく真っ当だ。だがそれは佐々木の意見であり、他の人間は違う意見かも知れない。留学生たちはもっと追い込まれていたのかも知れない。外国人ともなると価値観も違う。何が動機になるか分からない。

「実際、爆発が起きたあとすぐ、彼らは五階まで上がってきてくれました。ぼくや角田さんのことを心配して。で、ぼくを見つけて、一緒に階下まで連れて行ってくれた。避難させてくれたんです」

「誰が上がってきたんですか？」

「二人です。ゴーシュとウスマン」

留学生たちのことを詳しく訊かねばならない。美結は早口で尋ねた。

「この大学は、国際交流が盛んなんですか？」

「研究室によってはね。ここはちょっと奇特なところだから」

佐々木は詳しく説明してくれた。東京学際大学は歴史がまだ十五年ほどの新進大学で、学部が〝学際部〟一つしかないという特色を持っている。文系も理系も分け隔てなく一緒くたに学ぶ。学生たちに対する試験方法も独特で、ペーパーテストは一切なし。論文提出か口頭試問かディスカッションで成績が決まる。

「虚より実を取る、と言えば聞こえはいいが、自由奔放に過ぎるという批判も常につきまとってます。こんな大学で与える学位を学位と呼んでいいのか、というね。批判は致し方ないとぼくも思います」

佐々木はそう言って苦笑いした。ここを志望する学生は必ずしも学位が目的ではなく、名物教授に直接教えを受けられることが魅力で入ってくるようだった。

「学長からしてね、実にアナクロというか道楽者というか。自分が教壇に立ったり、逆に学生と並んで講義を受けることもあるんですよ」

「学長がですか？」

「そんな大学、聞いたことねえな」

小西も思わず言う。佐々木はニヤリとした。

「単なる烏合《うごう》の衆じゃないか、とよく揶揄《やゆ》されます。だけど学長は、古代ギリシャの〝アカデメイア〟を正しく継承しているのはウチだけだ、とか言い返すんです。ここは杓子《しゃくし》定規な日本では思い切り異端ですね。とまあ、そういうわけで」

佐々木は真顔に戻った。

「角田教授のことを好きじゃなくて、ぼくの性質のことを知っているという意味では、うちの研究室のチームの人間が最も疑わしい。論理的にはそうなってしまう」

言いにくいことをあっさり言ってくれた。やはりこの男は率直だ。

「でも彼らは決してそんなことはしない。チームリーダーのぼくが断言します。ぼくらが日々学んでいるのは、人を殺すこととは逆のことだから」

「逆？」

美結は訊いた。佐々木は力強く頷いた。

「腹が立つ。憎い。だから殺す。そんな浅はかな人間は、ぼくの研究室にはいません」

この男は教え子たちを信じている。教師らしいと言えば言えるが、それが目の曇りになっているかも知れない。美結は急いで確かめた。

「研究室の学生は何人いるんですか？」

「四人です。全員国籍が違う」

インド人、ハンガリー人、セネガル人、中国人だという。

「留学生を一人一人尋問します」

小西が井上係長に向かって言った。そして佐々木を鋭く見る。

「今すぐ。いいですね？　先延ばしにはできません。逃亡の恐れがある」

佐々木忠輔は頷いた。その目は暗い。

「協力はします。ただ、殺人犯はいませんよ」

小西の顔が強ばった。あんたぐるみで疑わしいんだよ。表情はそう言っていたが、相手がそれに気づいている様子はない。美結は佐々木の障害に感謝したくなった。

ゼミ室を出て、佐々木の案内に従って廊下を歩きながら、静かなプレッシャーが美結の両肩に載ってきた。これから自分が、四人もの外国人の事情聴取を主導しなくてはならない。そしてその中にはもしかすると、爆破犯がいるのだ。

5

美結たちが墨田署に戻る頃にはすっかり日が暮れていた。

「もうみんなご到着か」

パトカーを降りた小西は、署の駐車場におびただしい数の車が停まっているのを見て顔を強ばらせた。中には警察官僚しか乗らない高級車種もある。

署内に入ると、本庁のお歴々を迎える準備は整っていた。美結たち強行犯係が現場に詰めている間に、墨田署に残っていた署員たちが一階の大会議室に机と椅子を運び込んで並べ、電話・パソコン・紙資料をすべて揃えておいてくれた。強行犯係の隣にある盗犯係が中心になって、手際よく立ち回ってくれたようだ。

美結は三階の自分のシマに戻ると、席が近い杉悦子《すぎえつこ》に声をかけた。三十代半ば、盗犯係のベテラン巡査部長だ。

「ありがとうございます！　すっかり準備していただいたみたいで」

「いつものことでしょ」

相手はおどけて口を尖らせた。杉は見た目が若く茶目《ちゃめ》っ気《け》もあるので、美結はあまり年齢差を意識したことがない。

「福山さんが早めに戻ってくれたから、助かったわ。ぜんぶ仕切ってくれたの」

「あ、福山さん戻ってるんですか？」

美結たちより先に大学を出た福山は、いま刑事課のフロアにはいない。ということは、大会議室で本庁の面々の相手をしてくれているのか。それとも。

「福山さん、署長に呼び戻されたみたいよ」

ああ、と美結は納得する。やはりそうか。署長は何かと言うと福山を呼ぶ。署長のお気に入りなのだ。

墨田署長の北畠《きたばたけ》警視正は先月就任したばかりのキャリアで、まだ三十代前半。着任して初めての捜査本部設置だから、心細くなって福山に頼ったのだろう。北畠は何か起こるたびに、名刑事と評判の福山におんぶしようとする。署長が部下に憧れるというのもおかしな話だが、ミーハー的な意識が多分に働いている。現場の人間たちは苦笑いするしかなかった。福山にとってはただの迷惑だ。だがおかげで滞りなく準備は済み、無事捜査会議に漕《こ》ぎ着けられそうだった。

問題は自分たちの方だ。美結は自分の席に着くと、今取ってきた事情聴取の内容を急いでパソコンに打ち込んだ。会議開始の二十一時までにまとめなくては。美結のデスクの向かいでは小西が手早く現場検証の資料をまとめている。すると、おっかなびっくりの様子で村松が刑事課に戻ってきた。小西が目を輝かせて訊く。

「どうだった?」

「は、はい。係長は長尾《ながお》さんという人だそうです」

「お! 長尾さんとこか」

ホッとしたような声を上げた。小西は村松に命じて、到着した本庁の面々を偵察させたのだった。美結も長尾という名前はよく聞く。面識はないが、実績のある刑事だという評判は耳に入っていた。彼の率いる班も優秀なはずだ。つまり当たりということか。

「で、管理官は？」

「小笠原《おがさわら》さんだそうです」

「ゲッ、小笠原か……」

小西ががっかりした。こちらはハズレのようだ。美結は初めて耳にする名前だった。管理官は捜査本部で陣頭指揮を執る現場の最高責任者。小西の反応からして、居丈高《いたけだか》な官僚タイプかも知れない。だが心配している場合ではなかった。これ以上本庁の刑事たちを待たせられない。隣の盗犯係の署員たちの手も借りて資料を次々にコピーすると、刑事課全員で書類を運んでようやく捜査会議開始に漕ぎ着けた。

大会議室の椅子は刑事で埋まっていた。墨田署の刑事課全員。第一機捜の冨永もやって来ていて、目であいさつしてきたので美結も目礼する。臨場した時に世話になった鑑識課の冬木の顔も見えた。知っている顔はそこまでで、それ以外の十人ほどが本庁からやって来た刑事のようだ。

前列のひな壇にリーダー格の刑事たちが着席している。会議室を睥睨《へいげい》する恰好で、所轄の人間にとっては威圧的な光景だ。墨田署長と刑事課長の六川《ろくかわ》もその列の末端に加わってはいるが、小さく見える。

キャリアの北畠にとって、この署での署長職など将来の出世に向けてのステップに過ぎない。初めからお飾りのような扱いを受けていて、実務はぜんぶ周りの人間がやっている。若き署長は今も、どこか他人事のような呆《ほう》けた顔をして座っていた。隣の六川は対照的に年配で、単なる年功序列の結果として刑事課長に辿《たど》り着いたようなしょぼくれた男だった。つまり美結の目から見ると、所轄で頼りになる上司は井上係長ただ一人ということになる。

ひな壇の真ん中に座っているのが長尾係長だろう、と美結は見当をつけた。頭髪はほぼ白く、引き締まった顔は生真面目《きまじめ》な性格を表している。階級は警部。彼を補佐する主任刑事が横に何人かいる。階級は警部補だろう。ずいぶん若い顔もいくつかある。早い段階で花形部署に引き上げられた優秀な刑事たちだ。

美結は彼らに資料書類を届けるために足を速めた。だが次の瞬間、危うく書類を床にぶちまけそうになる。眩暈を抑えながらどうにか歩を進めた。前列の端の署員に資料を渡すと、逃げるように部屋の後ろ側に向かった。所轄は本庁の刑事たちの後ろに回らなくてはならない。福山や村松を見つけてそばに座った。

目を向けても前列はかすんで見えた。なぜなら——

この会議室にあの男がいる。

もう三年以上見ていなかった顔が。忘れようとしていた顔が。

しかも、長尾係長のすぐ右隣に。動悸《どうき》が止まらない。

「それでは、第一回捜査会議を始めます」

声が響き、美結はなおさらショックに打たれた。発声したのは、長尾係長の隣に座っている見知った顔の男だったのだ。雄馬《ゆうま》——

全員が起立、礼。そして同じ男が、各部に簡単な自己紹介を促した。

捜査会議の仕切りは捜査一係の係長がやることが多い。つまり、今日なら長尾がやるのが通例だ。だが実際に声を張っているのはその隣の若い男。自らもあいさつした。

「吉岡《よしおか》と申します。では井上さん、事件概要の説明をお願いします」

誰もその仕切りに異を唱えない。我らが井上係長も表情を変えずにホワイトボードの前に立ち、事件のあらましを説明し始めた。

「当署管内の東京学際大学における教授爆殺事件について説明します。事件発生は本日午前十時五分頃、場所はこの大学の第四学部棟の五階。角田兵衛教授の教員室にて」

初動捜査の責任者として、最初の説明はしっかり自分がするつもりだった。機捜に任せず、自分が責任者として矢面に立つ覚悟が見える。こういう姿勢が部下から慕われ、上からも信頼を置かれる理由だった。

井上は大学構内の見取り図や、爆発した部屋の内部を撮影した写真を指差しながら説明した。それに集中しようとしながら、美結の視線は一つの顔に引き寄せられてしまう。見た目は昔と変わらない。女のような繊細な顔立ち。初対面でこの男を刑事と思う人間は少ないだろう。だが長尾に替わって進行役まで務めている。もはや平の捜査員ではない、主任刑事なのだ。ということは警部補……呆れた話だ。この若さで警部補になれる人間はほんのわずか。忙しい捜査をこなしながら、片手間で勉強をして昇進試験をパスできる人間だけだ。だが吉岡雄馬はやってのけた。

「爆発したのは、いわゆる郵便爆弾に類する構造のものです。科捜研からの報告書をご覧ください」

井上の声に従って、いっせいに紙をめくる音。美結はハッと目が覚めた気分だった。このあとは私も口頭で報告する。しっかり頭の中でまとめておかないと。

「爆弾の構造は、ごく単純です」

鑑識課の冬木が立ち上がり、より専門的に爆発現場の状況を説明し始めた。

「典型的な、いわゆる郵便爆弾で、受け取った人間がパッケージを開けた瞬間に爆発する仕掛けです。ただし――これは郵便や宅配便で届けられたものではありません。大学の庶務課に確かめましたが、この日の午前中に第四学部棟に荷物が届けられた記録はなし。つまり、何者かが直接、角田教授の部屋まで来て置いていったと思われます」

室内がどよめく。なんという大胆なやり口。そしてそれは、教授の顔見知りの人間が犯人であることを示唆している。美結は思わず頷いた。やはり佐々木忠輔が目撃した人物が爆弾を持参したに違いない。

「ただし、爆弾にはタイマーも付属していました。爆発で破壊されているのでなんとも言えませんが、時限式で、教授が部屋にいる時間を狙って設定しておいた可能性もあります」

教授が警戒して開けなかった場合も考えての、周到な悪意。美結はそう感じた。

「使われた爆薬はトリメチレントリニトロアミンと判明しました。通称ＲＤＸ、軍用炸薬として、プラスチック爆弾等に用いられるものです」

冬木はさらりと言ったが、どよめきが起こった。美結も耳慣れない用語に眩暈を覚える。プラスチック爆弾……？　軍用？　黒色火薬などの生易しいものではないのだ。

「爆薬ももちろんですが、それ専用の信管の入手は一般人には困難です。つまり、入手経路の特定が犯人逮捕に結びつく可能性が高い。テロ組織、暴力団、あるいは特殊業者、化学研究所など。自衛隊も、可能性としてはあります。あらゆる可能性を考慮する必要があると考えます」

ぐっと会議室の温度が上がった気がした。いったい犯人は誰だ？　動機はなんだ？　根源的な疑問が頭の中に渦巻いているのが見えるようだ。刑事たちは猟犬の本能を刺激されている。美結はなんとも言えず、身体がぞくぞくするのを感じた。

「次、被害者について報告してください」

という吉岡雄馬の声に応じて、小西哲多が立ち上がって喋り出した。

「被害者は角田兵衛、四十八歳。昨年度からこの大学の教授に就任しています。専門は国際関係史だそうです」

主に佐々木忠輔から得た被害者情報を報告してゆく。虚勢を張っていても、小西の顔は少し引きつっていた。憧れの本庁刑事部の面々の前だ。

「独身で一人暮らし、ただし離婚経験あり。娘が一人いますが、元妻ともども何年も会っていなかったようです。どうも薄情というか、あまり人に好かれる人物とは言えなかったようで……研究室に抱えていた留学生たちも、彼にいい印象を持っていなかった。留学資格を左右する権限を持っていたので、非常に恐れられていました。学内学外を問わず、彼に恨みを抱いていた人間がどれだけいるか、徹底的に調べる必要があると考えます」

「目撃者がいるんだろ？　逃げるホシを見たそうじゃないか」

小笠原管理官が割って入った。長尾係長のすぐ左隣にいて、さっきから会議室を見渡していた男だ。七三分けのサラリーマンのような風貌だが目つきはすこぶる悪い。おかしな表現かも知れないが、カタギとは違う目だと美結は思った。

「なんでそっからホシを特定して、早期逮捕とならんのだ。捜査本部を作る必要があったのか？」

流れを無視して訊きたいことを訊いてくる。かなり横暴な印象だ。小西から煙たがられるのも無理はないと美結は思った。

「たっ、確かに目撃者はいます。しかし、目撃者は、非常に珍しい障害の持ち主で……」

小西は言葉に詰まった。見かねて、美結は手を挙げて声を張った。

「目撃者の佐々木忠輔講師は、相貌失認という障害を持っています。お渡しした資料をご覧ください」

美結が用意したのは、佐々木本人に教わった資料に加えて、警察病院に問い合わせて送ってもらったいくつかの症例だった。大急ぎの依頼にもかかわらず対応してくれた医師には感謝するしかない。美結は口頭でも補足説明をした。分かりやすく伝えたつもりだったが、

「おいおい、顔が見分けられないだと？」

小笠原管理官がたちまちトゲのある声を上げた。

「本当か？　適当な言い逃れじゃないのか」

「本当でしょう。私も以前、そういうケースに出くわしたことがあります」

長尾係長が初めて発言した。声の落ち着きと柔らかさに、美結は救われた思いだった。目を向けると、長尾は真剣な目で美結を見返してくれた。見事に白い頭髪を見れば定年間際だと分かる。だがその風貌には長年の経験が年輪となって現れていた。

「そうですか……しかしこの佐々木氏も、容疑者の一人ではあるんでしょう？」

「それはむろんです。初動段階で、第一発見者を容疑者リストから外すことはありませ

ん」

「けっこうです。では、話を進めて」

小笠原管理官は舌鋒《ぜっぽう》を収め、美結に先を促した。長尾に対する敬意を感じた。今回の捜査本部の責任者であるこの二人は、対照的な人間に見える。だがもしかするといいバランスなのかも知れない。柔と剛を組み合わせるのは、捜査本部で組むコンビや、容疑者に対する取り調べでもよく用いられる。美結は気を取り直して報告を再開した。

「佐々木講師の話によれば、犯人と思われるその不審者は廊下に立っていた。そして佐々木さんを角田教授の部屋に近づかせなかった。つまり、爆弾が爆発するのを知っていて、佐々木さんを助けた、ということになります」

「その佐々木氏は、ホシの顔を見た。だがそれが誰だか分からないってわけか」

「はい」

「しかし、ぜんぜん分からんということはないだろ。この資料にもあるが、この障害を持つ人は、外見の特徴やなんかで相手を識別するんだろ？」

「その不審者はゆったりしたジャージ上下という、誰ともとれる恰好をしていたので、彼には相手が誰か特定できませんでした。不審者はニット帽で頭髪も隠し、声も出さなかった。ですから性別もはっきりしません。ですがそれは逆に、佐々木先生の性質をよく知っていたということでもあります。彼も内部の人間、特に彼の研究室に属する留学生が疑わしいことは認めました。そこですぐに留学生たちに事情聴取しました。事件当時、同じ学部棟にいた留学生たちにです」

美結は、吉岡雄馬が自分を見つめているのに気づいた。美結は見返さない。目が合えば言葉に詰まってしまう。

「まず、インド人留学生に話を聞きました」

必死になって、昼間中かけて行った事情聴取の内容を思い出して伝える。

「フルネームは、ゴーシュ……チャンドラセカールです」

だが動揺のせいで喉《のど》が開かない。

「声が小さい！　よく聞こえないぞ」

小笠原管理官に叱責されてしまう。美結は自分にむち打って声を張り上げた。

「ゴーシュは二十三歳、チェンナイ生まれ。専攻は数学です」

6

昼間、ゼミ室に入った美結が見たのは、国籍の違う留学生たちが待っている光景だった。

刑事が入ってくるとみんな緊張した面持ちで見つめてきた。だが一緒に佐々木が入ってきたのを見てホッとした様子になる。漆黒の肌の男性と、小さな白人女性。それに、さっき電話を知らせにやってきたインド系の青年がいた。美結は首を傾げた。

「四人、とおっしゃってませんでしたか?」

「そうだけど……」

佐々木が言いかけると、

「先生。唯《ウェイ》が帰りました。気分が悪くなってしまって」

インドの青年が言った。

「爆発で、ショックを受けて……震えが止まらなかった」

「女性ですか?」

美結は佐々木に訊いた。

「うん。中国人の」

「連絡先を教えてください。事情を訊かないといけませんので」

「分かりました。ゴーシュ、彼女の連絡先を出してくれるか」

「はい」

すぐパソコンに向かい、プリンターで連絡先を印刷してくれた。美結はそれを受け取って、

「住所と、携帯電話のメールアドレスですか。電話番号は?」

と訊いた。

「唯はふだん、電話は使いません。メールだけです」

「どうして」

「唯は口をきけないので」

「えっ？」

「耳は聞こえますが、喋れません」

発話障害者か。美結はとっさに返す言葉がない。

「そういうことです」

佐々木忠輔が頷く。

「関係者を、黙って帰したんですね」

美結は非難がましく言ってみた。むろん、容疑者でない人間を無理に引き留めることはできない。繊細な女性であれば気分が悪くなってしまい、爆発のあった場所から遠ざかりたいと思うのは当然の心理だろう。

「え、ご心配ですか？　唯が犯人じゃないかって？」

佐々木の顔は笑っている。

「いえ、そういうわけではありませんが」

「周唯《ツォウ・ウェイ》は犯人じゃありません。爆弾で角田さんを……そんなことができる子じゃない。話せば分かります」

ここで空気を悪くすることは得策ではない。美結は頷いておいた。ただ、放っておくことはできない。小西たちに相談しよう。

「お待たせしてすみません。一人ずつ、向かいのゼミ室の方にお越しいただけますか」

全員日本語が通じる、と忠輔に聞いていたが、三人ともすぐに頷いたので少し安心した。

「ぼくもここで待ってればいいのかな？」

佐々木忠輔が言った。美結は一瞬迷ったが、ここへは村松を置いていく。口裏を合わされる気遣いもないだろう。

「はい。すみませんがしばらくここに」

「了解です」

忠輔は留学生たちに向かって頷き、そばに腰かけた。留学生たちも頷き返す。しかしこの先生は、この三人の誰が誰だか分からないわけか。いや……と思った。三人とも肌の色が違う。ということはきちんと区別がついているのか。

美結はそこで、三人の留学生の手首に巻かれているものに気づいた。色違いのリストバンドだ。赤、青、緑。意味が分かった気がした。

インド系の青年がまず立って、美結についてきた。彼を伴って小西たちが残っている部屋へ戻る。入った瞬間、小西が眼光鋭く威圧してきた。自分の役割を忠実にこなそうとしている。美結は真っ先に報告した。

「留学生の方たちの中で、一人、気分が悪くなって帰った人がいます」

「帰った？」

「はい。中国人の……」

「周唯《ツォウ・ウェイ》といいます」

インド青年が言う。小西が顔をしかめた。

「すぐに押さえないとな」

「あたしが行く。連絡先は？」

福山寛子が名乗り出てくれた。美結はさっきもらったプリントアウトを渡す。

「ただ、この人は口がきけないそうです。だから電話番号はなくて、メールだけ」

「……そう。分かった」

福山の目が鋭く細められる。

「とにかく連絡してみる」

福山は素早く出て行った。

「唯は、気分が悪くなって帰っただけですよ？」

インド青年は険しい眼差《まなざ》しで、美結と小西に言った。

「おとなしい、心の優しい子です。そんなに、あわてて追わなくても……」

「念のためです。ご理解ください」

青年の腹立ちは理解できる。一緒に学んでいる仲間として大切に思っているのだろう。

だが警察としては、はいそうですかと放っておくことはできない。

「事情を訊かないでおくわけにはいかないんです。犯人逮捕のためです」

美結が心を込めて言うと、青年はようやく落ち着いてくれたように見えた。美結と小西は顔を見合わせて頷き、褐色の肌の青年を椅子に座らせると、対面の席に並んで座った。

美結が話を切り出す。

「あなたは、日本語は……」

「大丈夫です」

自信ありげだった。さっきから流暢《りゅうちょう》に話しているのは聞いていたが、かなり堪能《たんのう》なようだ。

「ではお名前と、年齢を聞かせてください。経歴もお願いします」

訊くと青年は、ゴーシュ・チャンドラセカールと名乗った。二十三歳、生まれはチェンナイという町だという。去年までインド工科大学の、ハイデラーバード校というところの学生だった。日本の外務省などから支援を受けて設立された学校だという。実際、今も日本から多くの教授が出向して教鞭《きょうべん》を執っているらしく、そのつてで日本に留学することになった。

「ここに来て半年ぐらいになります。専門は数学です」

そんな短い間に、こんなに日本語が話せるようになるとは。来日する前にすでに訓練していたのかも知れないが、イントネーションも自然だ。相当頭がいいのだろう。

「ぜんぜん専門が違うんですな」

小西が首を傾げた。

「あなたは数学。角田教授は歴史でしたか。文系と理系でしょう?」

「大丈夫なんです。間に、佐々木先生がいるから」

ゴーシュはにっこり笑った。

「佐々木先生はなんでも知っています。ぼくたちの専門に関係なく、お互いの思索を橋渡ししてくれる。新たな示唆《しさ》を引き出して、次の段階へ進めてくれる」

「ほう。そうですか」

小西は相づちを打ったが、ピンと来ている様子はない。

「ずいぶん佐々木先生を尊敬しているんですね」

美結は言ってみた。ゴーシュはためらいなく頷いた。

「そうです。あの人がいるから成立しています」

「この研究チームは、佐々木先生が要《かなめ》だってことですか」

「はい」

すると小西が身を乗り出してきた。

「角田教授が、君たち留学生を嫌っていたというのは、本当？」

かなり乱暴な訊き方だが、あえてやっている。邪推するのが小西の役割だ。やりすぎて空気を悪くして、相手が心を閉ざすようならトーンを変える。押し引きの加減は様子を見ながら調整するしかない。

ゴーシュは予想通り、微妙な反応を見せた。言葉を選びながら答える。

「角田教授は、本当はあまり、外国人の相手をしたくない。留学生の集まっている研究室の担当にさせられて、面白くないと思っていたようです。うまく理由をつけて、ぼくたちを追い返すことができれば、やっていたかもしれない。でも佐々木先生はそうさせなかった。あの人がいなかったら……」

そこでゴーシュは口を閉じた。

重要な証言だ、と美結は思った。この研究室の留学生たちと教師との構図が見えてきた。大事なところだ。続けて何と訊こうか迷ったが、小西はなおもストレートに訊いてしまう。

「だいぶ意地悪されたんですな。それであなたは、教授を恨んでいた？」

ゴーシュの目は逃げなかった。二人を交互に見つめながら答える。

「ぼくは爆弾を仕掛けたりしません。作り方も知りません」

きっぱり言う。それはそうだろう、たとえ作れたとしても「作れます」というはずがない。小西は鋭い目で品定めする。ゴーシュは気丈にそれを見返した。

「イオナもウスマンも唯も、作れません」

留学生たちのファーストネーム。彼らには連帯感、仲間意識がある。これは厄介だと思った。

「爆弾を持ち込んだのは外部の誰かだと思います」

その言い切りに、美結は違和感を覚えた。訊く。

「誰か心当たりが？」

「いいえ。ありません」

そう言って口を閉ざした。とりつく島がなくなって、部屋に沈黙が降りる。

「今日の午前十時頃、どこで何をしていましたか」

後方から井上が、穏やかな声で訊いてきた。佐々木忠輔が不審人物を目撃し、爆発が起きた時間だ。美結は少し心強くなってゴーシュの表情を観察した。

「三階の研究室に。パソコンに向かっていました」

ゴーシュは動揺を見せずに答える。

「証明できる人は？」

「ウスマンもイオナも唯も、同じ部屋にいました」

お互い同士がアリバイ証明だとすると、四人が共犯だったときアリバイは意味をなさなくなる。他の留学生に事実確認をして、ゴーシュ・チャンドラセカールの話に矛盾《むじゅん》がないかどうかチェックしなくては。すでに口裏合わせが済んでいるかも知れないが……。

「ずっと席に着いていたんですか?」

「いや。もちろん、時々はトイレに行きました。九時から十時までの間に、そう、みんな、それぞれ一回ぐらいは行ったかな?……でも、みんなすぐ戻ってきました」

「爆発の瞬間は?」

「みんな部屋にいました。お互いの顔を、見ましたから、間違いないです。全員いました」

「では、そのあと五階に行ったんですか?」

「行ったのは、ぼくとウスマンです。セネガル人の、ウスマン・サンゴールと、階段を使って上に行きました。先生たちが心配だったので」

それは佐々木の証言と一致した。

「誰かとすれ違いませんでしたか」

「誰とも会いませんでした。五階に行ったら、廊下に忠輔さんが、一人でいました。連れて、下に降りました」

「その間、他の留学生たちは?」

「女性たちはずっと三階にいた。すぐ、学生課に電話して、たぶんそこから警察に連絡が行きました」

「そのあと、中国人が帰ったんですか」

小西が鋭く確かめる。

「はい。周は、本当に優しい子なので……爆発の音を聞いて、震えが止まらなくなった。学校にいては気が休まらないと思って、ぼくが帰るよう勧めました」

余計なことを、とでも言うように小西は顔をしかめたが、

「大変でしたな」

と形だけでも同情した。

「イオナが、校門の辺りまで付き添って、送ったはずです」

「そうですか」

あとで確かめよう。美結は引き続き訊く。

「二階下からでも、爆発音はよく聞こえたんですね」

「はい。ボン！　という、音でした。そのあと窓から、何かが落ちてくるのも見えました。角田教授の部屋は、ぼくらの研究室の、真上ですから」

位置関係としてはそうなる。落ちてきたものとは、パソコンのモニタかも知れない。あるいは窓枠か。

「今日、登校したのは何時頃ですか？」

「九時です」

「みんなですか?」

「みんなだいたいそれぐらいかなあ」

言いながら、ゴーシュが額に手を当てた。その袖口から覗いたものに美結は目を留めた。

「この学校は、身なりに決まりでもあるんですか?」

「はい?」

「そのリストバンド」

「ああ、これ」

ゴーシュは自分の手首を見てにっこりした。

「忠輔さんが識別しやすいようにつけています。ぼくは赤と決まっています。イオナは青、ウスマンは緑、唯は黄色」

「なるほど」

予想通りだった。美結は頷いてから、首を傾げた。

「でもみなさん、肌の色とか服装が違いますよね。佐々木先生にも見分けることは難しくないのでは?」

「確かに四人だと違います。でも、外部の人間と、取り違えることもありますから。忠輔さんが迷わないようにしたくて。このバンドは、チームの結束のシンボルでもあります」

やはりあの男はみんなに慕われているようだ。

「いつもつけてるってのは、なんだか大変そうですな」

小西が気軽な感じで言うと、

「大変じゃないです。大変なのは忠輔さんの方ですから」

柔和な笑み。この青年は本当に忠輔さんのことが好きなのだと思った。ふだんは佐々木先生、ではなく忠輔さん、と親しげに呼んでいることも分かった。あの男と留学生たちの間柄は日本的な〝教師と学生〟という上下関係ではなさそうだ。もっと近しい。

「では、くどいようですが、爆弾を持ち込んだ犯人はこの研究室の人ではない。あなたはそう考えているわけですね」

「もちろんです。外部の誰かです」

「なぜそう思うんですか？」

「……他の研究室も、いくつか、同じ学部棟に入っていますが、そっちは、角田先生と関係がないと思います。お互い、顔も知らない人が、多いから」

あまり要領を得ないが、聞いているうちにゴーシュの言いたいことは分かった。この大学は各研究室が独立しているから、それほど横のつながりがない。角田教授に恨みを持つほど近しい人間は大学にはいない、ということを言いたいのだろう。

「分かりました。ありがとうございました」

小西に確認してから、美結はそこで事情聴取をいったん切り上げた。

「またお話を伺うかも知れませんが、まず、次の方を連れてきていただけますか」

ゴーシュが頷いて出て行くと、部屋はしばし刑事だけになる。美結は振り返って真っ先に訊いた。

「どう思います？　井上さん」

「まだなんとも言えんな」

井上は腕組みをして考え込んだ。

「口裏を合わせているかも知れない。鵜《う》呑《の》みにはできない」

美結は頷いた。むろんその可能性も考えている。何度も頷く小西など、初めからそう決めてかかっているようにも見える。

機捜の冨永がいつの間にかいなくなっていることに気づいた。もう本隊に戻ってしまったのだろうか。

「あいつ日本語がうますぎる」

小西が妙な感想を口にした。

「留学半年であんなに喋れるもんか？　なんだかどうも……」

「相当優秀なんじゃないですか？　頭よさそうだし。何カ国語も喋れる人だっています。彼もそうかも」

「そうか。羨ましいこったな」

　そこでノックの音がした。次にやってきた留学生は、十八歳のハンガリー人女性だった。小柄なせいでローティィーンの少女にも見える。ひどく痩せていて、体重はかなり軽そうだ。名前を訊くと「イオナ、サボー」と小さく言った。

「イオナ、がファーストネーム。サボーがファミリーネーム。でよろしいですか？」

「……はい」

　そう言って少女は目を伏せた。

7

「でも、このハンガリー人はあまり喋りませんでした。日本語の能力が充分でないのもありますが、警察に対する警戒心があからさまで……」

　小笠原管理官に向かって説明を続ける。その隣の長尾係長と吉岡雄馬もじっと自分を見つめている。有能な刑事たちの視線は、ほとんど物理的な圧力だった。

　だが美結はできる限り平静な素振りで喋った。

「警察にいやな思い出でもあるのかも知れません。常に強制送還を恐れて生活しているとしたら、警戒するのも無理ないかも知れませんが。自己紹介が終わると、あとは何を訊いても『わたしは、なにもしりません』と繰り返すだけでした」

イオナ・サボーは整った顔立ちをしていた。肌は白く髪も金髪だが、瞳の色が黒いのが印象的だ。ハンガリーにはアジア人の血も混じっている、と美結は聞いたことがあった。典型的な西欧人よりは、日本人にも馴染《なじ》みやすい系統の顔かも知れない。

だが表情は硬い。とても心を開いてくれそうには見えなかった。午前十時頃どこで何をしていたかという問いには、研究室にいた、と他の留学生と同じ証言をするだけ。引き出せた情報は出身都市がブダペスト、専門が物理だということぐらいだった。美結が困っていると、いきなりこんな言葉を浴びせられた。

「なぜ、日本人、ガイジンガイジン言う？　ガイジンはニンゲンでないのか。逮捕して、追い出すのか。サベツ！」

その後は聞き取れない言葉が続いた。英語ではないようなのでハンガリー語だろう。

「そんなつもりはありません。どうか、落ち着いてください」

自分の日本語自体が相手にストレスを与えているのが分かったが、美結は日本語しか喋れないのだからどうしようもない。

「*Safe*《シャウベ》 *Haven*《ホベン》*? Nincs*《ニンチ》*. Bomba*《ボンバ》……*Feast kezdte*《フェアルシュトゲステ》」

イオナはぶつぶつ言い続けた。この子は孤独なのだ、と美結は思った。仲間は研究室の留学生だけ。他に心を許せる人間はいない。日本を追い出されるかも知れないといつも怯《おび》えていた。それでも日本は治安だけはいいと聞いていたのに、爆弾が炸裂して警察が大挙してやってきた。そして、よりによって自分や仲間のことを逮捕しようとしている……そんな被害妄想が止まらなくなっていた。イオナへの事情聴取は消化不良のまま切り上げるしかなかった。

「英語かハンガリー語が堪能な人間を手配して、改めて事情を訊いた方がいいかもしれません」

　小笠原管理官は不機嫌そうに眉をひそめた。美結は先を急ぐ。自分の力量不足を責められる前に報告を終えたかった。

「三人目の留学生とは、比較的しっかり話ができました。セネガル人のウスマン・サンゴールです。三十歳、出身地はダカールです」

　背丈は一七〇センチ台半ばだった。アフリカ系の男性にしては小柄な部類だろう。部屋に入ってきて静かに席に座ったウスマンに、美結は一目見て惹《ひ》きつけられるものを感じた。漆黒の肌の美しさ。そして、大きな瞳に煙る不思議な静謐《せいひつ》さ。

「ぼくも、来たのは九時です。ゴーシュの少しあとでした。そしてずっと、三階の研究室にいました」

　日本語も淀みない。さっそくゴーシュたちの話と照らし合わせ、矛盾がないことを確かめた。

「爆発のとき、みんないっしょにいたのは、間違いありません」

爆発時はやはり三階にいた。五階に行ったのは間違いなくそのあとだ、という。

「角田さんの部屋で爆発が起きたのが、分かりました。でもドアは閉まったままで、中は見えなかった」

それは駆けつけた消防隊員の証言と一致していた。爆発が起きてもドアの鍵は機能していたのだ。消防隊員が力ずくでドアを破って中に入って、倒れている角田教授を発見した。

「廊下に佐々木先生がいたので、一緒に下に避難しました」

全員の言っていることが本当なら、爆発時に佐々木が目撃した人間は留学生ではあり得ないことになる。美結は重ねて訊いた。

「サンゴールさんのご専門は何ですか？」

「哲学と、宗教学です」

なんだか納得してしまう。留学生の中では一人だけ年上だが、三十歳らしい落ち着きがある。ゴーシュやイオナはいかにも「若者」という感じだが、この男は大人だった。セネガル出身というがどんな国なのか、美結には知識がないからイメージできない。正確な位置も、母国語が何語なのかも。この日本から遠い遠いアフリカでどんな暮らしをし、どんな経緯を経て極東の地まで辿り着いたのか美結は知りたくなったが、もちろんそんなことを聞いている場合ではなかった。核心を突く問いに移る。

「あなたは、角田教授にどういう感情を持っていましたか」

セネガル人は瞑目《めいもく》した。少し黙ってから、口を開く。

「起きてはならないことが起きた」

「え？」

「ぼくの感情など、小さいことです。言えるのは、起きてはならないことが起きた、ということ」

美結は首を傾げ、眉をひそめてアフリカの男を見つめた。ウスマンは続ける。

「こんなことは間違っている。テロリズム」

「政治的なテロだと？」

小西が思わず身を乗り出す。ウスマンは少し首を傾げ、小西をまじまじと見つめた。

「すべての暴力はテロリズムです」

小西は口をつぐんだ。美結も言葉に詰まってしまう。個人の強い信条が感じられた。立ち入って訊いても話が複雑になるだけなので、美結は訊き方を変えた。

「あなたは、教授に憎しみを抱いてはいませんでしたか」

「はい。いいえ」

答えは複雑だった。小西が苛立《いらだ》たしげに足を踏み鳴らす。

ウスマンはそれを見ながら、しかし口調は穏やかなままだった。

「以前は抱いていた。だが、今は抱いていません」

「どうしてですか？」

美結も困惑した。この男が正直に答えようとしているのは分かるが、その思いがそもそも複雑のようだ。

「和解したとか？　それとも」

「憎しみは哀れみに変わった。忠輔先生のおかげで」

穏やかな、情感のこもった声。

「というと？」

「研究の成果です。先生の作った公式です」

……なんだかよく分からない。美結は迷いながら訊いた。

「公式……佐々木先生は、宇宙論とか、物理の方がご専門でしたよね？」

「そうです。これも物理法則です」

ウスマンの答えは明快だった。

「先生は、moralité《モハリテ》も方程式にしました」

「モハリテ？」

「はい。すると全ての暴力が、理由・目的を問わず、一様に誤謬《ごびゅう》であることが明らかになったのです。全ての憎悪が、まったく妥当性がないものと証明されました」

「ちょっと待ってください、サンゴールさん、私たちは別に……」

「これも科学です。研究を極めた結果です」

深入りは止《や》めよう。美結は決意した。この男が真剣なのか、それとも妙な論理で煙幕を張ろうとしているのかは分からないが、憎しみの念についてこれ以上訊いても無駄なのは分かった。美結は以降、すべて事実関係の確認に切り替えた。他の留学生との関係を訊くと、ウスマンは傷ついたように目を上げた。

「誰かを疑っているのですか」

「いや……ではサンゴールさんも、犯人は学外の人間だと考えているんですか」

「犯人は、大変な間違いを犯した」

ウスマンは興奮して言った。

「暴力を使った時点で敗北したことに、気がついていないのです。教授は……死んでしまった！　オーモンデュー！」

「……分かりました。ありがとうございました」

美結はすっかり気持ちが挫《くじ》けてしまい、聴取を切り上げた。ひどい疲れを感じた。違う国の人間だというだけで、これほど意思疎通にエネルギーが要《い》るものか。挫折感を覚えた。だが、今目の前にいる偉そうな管理官の前で本心をさらけ出すわけにはいかない。美結は聴取で得た事実を淡々と伝えることに徹した。

「ふむ。必要最低限のことだけは確認したという感じか」

腐すような言葉を受け流し、以上です、と報告を終えようとすると、

「先に帰った中国人はどうなった？」

小笠原がぶすりと訊いてきて美結は青くなった。福山に確認する暇が全くなかったのだ。

「連絡がつきました」

だが福山が颯爽《さっそう》と立ち上がって、張りのある声で報告してくれた。

「気分が悪くなって早退し、新宿《しんじゅく》区上落合《かみおちあい》の自宅マンションで伏せっています。会う元気はないということで、明日改めて行くことにしました」

「なんだ。逃亡の恐れはないのか？」

「大学からの情報提供で、身元ははっきりしています。周唯《ツォウ・ウェイ》、二十二歳、北京市出身。父親は当地の宝石商として有名だそうです」

「お嬢様か」

「専攻は言語学と文学。ただ、彼女は口がきけません。いわゆる発話障害者で、電話でなくメールで連絡を取りました」

「ふぬ」

小笠原の口が重くなった。相手が健常者でないことに気がひけたのか。それとも、喋っている相手が福山だからだろうか。美結はよく分からなかった。お互い警察に入って長いから小笠原と福山はきっと顔見知りだろうが、福山は初めから小笠原のことを全く恐れて

いない様子だ。むしろいつもより強く出ているような気がした。

「メールでも最低限のことは訊きました。犯人の心当たりはまったくない、とのことです」

「直接行って調べろよ」

小笠原が傲然《ごうぜん》と釘《くぎ》を刺した。福山は即座に返す。

「むろんそのつもりです。最寄りの交番に頼んで在宅は確かめてあります。明日連絡して、体調が回復しているようならすぐにでも対面して、しっかり話を聞きます。改めて報告を上げます」

あたしのやることに文句でもあるの？　そんな態度に見えて福山から目を離せない。これほど小笠原に対して強く出られるとは。小西がふやけたような笑みを浮かべているのに気づいた。もしや福山と小笠原の間には、昔何かあったのだろうか。

「今はまだ、内部の人間とも外部の人間とも言い切れんな」

話を逸《そ》らすように小笠原が言った。また顎を上げて会議室を見渡す。

「内部外部問わず、全ての可能性を考慮して捜査してくれよ」

長尾係長が頷いてあとを引き取った。

「大学周辺の地取りにも力を入れてくれ。事件関係者の人間関係の徹底的な洗い出し、大学内と町に設置されている防犯カメラのチェック、爆弾の出所の突き止め。ブツ捜査も徹底的に、丁寧《ていねい》にやっていこう」

班長の締めが終わったのを見て、吉岡雄馬が声を上げた。

「では土田《つちだ》さん、お願いします」

「はい」

先程この捜査本部のデスク主任との紹介があった、本庁の土田という刑事が頷いた。捜査本部に常駐する司令塔のような存在だ。捜査の情報はまずこの人のところに集まるのか、と美結は注意して顔を見た。童顔で小太り。だが有能な人間に違いなかった。

「組み分けを発表します！　まず地取り、大学の東側の、東向島一丁目から三丁目。早坂《はやさか》主任と小西巡査」

土田は手元の組み分け表を読み上げてゆく。現場周辺の聞き込みは、管区の地理に詳しい小西にはうってつけの役割だ。早坂という主任刑事をリードして精力的に回ることだろう。続けて地取りのメンバーが次々発表されてゆく。最も若い村松の名も、当然のように呼ばれた。村松はまだこの土地の地理には暗い。足を引っ張ることは間違いなかった。だが井上が長尾に相談し、最も適した人とコンビにしてくれたはずだ。

美結も自分の名を呼ばれるのを待った。強行犯係に来てまだ二年目の自分は地取りに回されるに違いない。

「次、ブツ担当。立浪《たつなみ》主任と照屋《てるや》巡査」

ところが、地取りチームの発表は終わってしまった。遺留品を当たるブツ担当、続いて被害者の人間関係を当たる鑑担当が呼ばれてゆく。

「神林《かんばやし》主任と福山巡査部長、鑑捜査をお願いします」

福山が呼ばれ、これで墨田署強行犯係は美結を残すのみ。なおもよどみなく発表が続くが美結の名は一向に呼ばれない。わけが分からなかった。私は外されたのか？　美結がそう信じ始めたとき。

「特命担当、吉岡警部補と、一柳巡査」

美結は青ざめた。何かの間違いだ、そう声を上げそうになった。

特命担当とは特定の役割を持たず、重要と思われる捜査に重点的に当たる遊軍のような役回りだ。有能で経験豊富な刑事がこなすものと相場は決まっている。なぜ自分がそんな役に任じられるのか。しかもよりによって……

いつの間にか全員が立ち上がって一礼し、捜査会議が終わっていた。美結もあわてて席から立ち上がったが、どこへ行けばいいか分からない。新しい相棒《バディ》に近づくことなど到底できない。

「久しぶり」

すると向こうから近づいてきた。

「奇遇だね、コンビを組めるなんて」

顔には微笑が浮かんでいる。昔と変わらない柔らかさ。刑事というよりカウンセラーか医者のようだ。

「……ご無沙汰しています」

美結は丁寧に頭を下げた。自分の喉から声が出たことにホッとする。

「やめてくれよ。同期じゃないか」

雄馬は笑顔で言ったが、緊張は解けない。周りの目が気になった。

長尾係長や小笠原管理官は、どうして雄馬と自分をコンビにすることを認めたのだろう。同期、しかも若い者同士を組ませるということはあまりない。ベテランと若手を組ませることで捜査の質を保つのだ。美結が過去の捜査本部で組んだのも古株の刑事ばかりだった。

おまけに——特命担当。むろん初めての職務だ。果たして自分に務まるのか？

「コーヒーでも飲みながら今後の相談をしよう。ラウンジに行こうか？」

美結は黙って頷いたが、雄馬の目は見られない。

「あの……この署のラウンジってどこにあるの？」

訊かれた。美結は赤面する。

「ごめんなさい。こっちです」

この男がこの署に来るのは初めてなのだ。美結は雄馬の先に立ってラウンジまで移動した。自動販売機に囲まれ、椅子がいくつかあるスペースを見回す。

「けっこう広いね。落ち着けそうだ」

「はあ、ありがとうございます」

小声で返した。敬語は崩すまいと思った。距離を取りたい。決して懐《ふところ》に入らせたくない。美結は自販機に向かい、何にしますかと訊いた。雄馬はニコリとする。

「いいよ。自分で買うから。えーと……」

自販機に硬貨を入れてボタンを押す。美結も同じものにした。お互いに同じコーヒー缶を握って椅子に座る。美結は斜《はす》向かいに位置取って、相手と充分な距離を取った。雄馬は気にした素振りもない。プルトップを開けて一口飲んでから言った。

「さっそくだけど、見通しを立ててみた。ぼくらは地取りは免除してもらった。留学生に重点を置いて捜査する」

容疑者となる可能性が高い留学生たちの担当。雄馬がいかに上から評価されているかということだった。だが、自分が組む相手に選ばれた理由が分からない。

「きみの事情聴取の報告、いい内容だった。このまま留学生たちの担当になってもらって、彼らを徹底的に調べ上げよう。当面ぼくらは、彼らとその周辺を当たる」

「……分かりました」

美結は従うしかなかった。声に全く感情がこもらない。

「私は、吉岡主任の指示通りに動きます」

雄馬の笑みが少し苦くなる。

「君は、留学生たちに対面して、直接事情聴取してどう思った？」

「……どう思った、とは？」

「怪しい人間はいた？」

雄馬は分かりやすい言い方に切り替えた。

「……分かりません」

冴《さ》えない答えだと自分でも思ったが、素直に答えるしかない。

「日本語がうまくない人もいるし、日本人とはやっぱり表情が違いますから、判断しきれないところがあります。でも……際だって怪しいと思える人間はいなかったです。もちろん、私が見抜けていないだけかもしれません。ご自分で事情聴取しますか？」

雄馬は頷いた。

「そうだね。さっそく明日にでも。それに、目撃者の佐々木先生にも詳しい話を聞きたい」

「分かりました。連絡を入れておきます」

「お願いするね」

雄馬はニコリとした。

「学長や、角田教授の同僚たちにも話を聞かないとな。でも、角田教授の人間関係を洗うのは神林さんたちの担当だ。後で情報をもらおう」

「今日、学校から早退して帰ってしまった留学生のところにも行きたいんですが」

美結は急いで言った。

「ああ、さっき言ってた中国人だね。君は、会えなかった？　現場に着いたときはもういなかったのか」

「はい。そうでした」

美結は頷く。福山がフォローしてくれたおかげで助かったが、自分でやらなくてはという反省があった。

「うん。じゃ明日行こう。連絡先は分かってるんだよね？」

「はい。確認しておきます」

「ところで、君の連絡先は変わってない？」

何気ない訊き方。だが美結の身体は強ばってしまう。

「……はい」

小さく答える。

「そうだろうな」

雄馬はにっこりした。

「君は逃げない。昔から変わらない」

その笑みの優しさから、美結は目を背ける。

「今後、ぼくからの連絡には必ず答えるように」

雄馬は少し声を厳しくした。警察官である以上、階級が上の人間の命令は絶対だ。

「分かりました」

美結は感情を込めずに答えた。

常に優しかった雄馬から、かつてこんなふうに命令されたことはなかった。新しい関係——上下関係だ。前よりずっと楽だ、と思った。命令に従っていればいいのだから。

「じゃ、明日からよろしく。今日は疲れたでしょう。ゆっくり休んでください」

雄馬は朗らかに言った。立ち上がり、荷物を取りに会議室に戻る。美結は雄馬の後ろをついて歩きながら、思い切って声を発した。

「あの、実は……」

「なに？」

雄馬は振り返って美結を見た。美結は目を伏せる。

「目撃者の佐々木さんに、妹がいるんですけど……」

「うん」

「その妹……私の同級生なんです」

「え、ほんとに？」

雄馬は目も口も円くした。勢い込んで訊いてくる。

「じゃあ、お兄さんとも面識があった？」

「いいえ。実は、その同級生に、お兄さんがいることさえ知らなかったんです。高校時代、全くお兄さんのことを言わなかったんで」

「へえ。どうしてだろう」

「分かりません。まあ、思春期でしたから。自分の家族のことを、あまり言いたがらないということも、あると思います」

「そうか。高校時代……」

雄馬の表情が翳《かげ》った。美結はあえて何も反応しない。

「この事件、君には初めから縁があるんだね」

雄馬はそんな言い方をした。

「ただ、そのことは、他の人には言わない方がいいかも」

「えっ？」

「知り合いだとバイアスが入るとか言い出して、君を捜査から外そうって人間が出てくると面倒だから」

「ああ……」

美結は頷いた。だが容疑者の知り合いというわけではない。相手は目撃者。しかも、長年会っていない同級生の兄。知り合い、とも言えないくらいの縁遠さだと思う。

「ぼくに言わせれば、デメリットよりメリットの方がずっと多い。赤の他人よりずっと親身になれるからね。担当刑事として適任だ」

雄馬はむしろ歓迎している。顔には妙に晴れやかな笑みがある。

この男らしい、と思った。

「明日から、解決に向けて頑張ろう」

思わず素直に頷いている自分がいた。

第二章　焙火《ばいか》

真実は勝つ。　（ヤン・フス　1369-1415）

四月十八日（木）

1

翌朝捜査本部で落ち合うと、雄馬と美結はさっそく大学へ向かうことにした。署の駐車場に並んでいる覆面パトカーの中から「これにしよう」と雄馬が選んだのはインプレッサ。美結は黙って従い、運転席に乗り込んでハンドルを握った。運転は階級が下の者が務める。

「ありがとう。次は替わるよ」

だが助手席の雄馬はそんなことを言う。

「とんでもありません」

「替わってよ。運転好きなんだ」

相変わらず食えない男だ、と思った。常に自然体。自由。これがこの男の流儀だ。美結は黙って聞き流した。捜査のことを考えよう。

昨夜のうちに連絡を入れて、佐々木忠輔講師と留学生たちに朝から大学に来てもらうことになっていた。識鑑担当、ブツ担当の刑事たちも大学に向かっているはず。学内で会うかもしれない。

「長尾係長はどちらへ？」

美結は訊いてみた。

「うん。爆弾の出所を最優先に当たってる。相当気になってるみたいでね」

それもそうだろうと思った。一般人にはまず入手できない種類の爆弾なのだ。

「爆発現場には……？」

「今朝、朝イチで臨場してるよ」

「えっ。言ってくだされば、ご案内したのに……」

「一人で動くのが好きな人なんだ」

そう言った雄馬の笑顔に、ボスへの愛情を感じた。

「特に初めは、雑念を入れないで直《じか》に感じようとするから。まだ一人で現場に佇《たたず》んでるかもね。ところで……そのゴムバンドは何？」

雄馬はハンドルを握る美結の手首を見て言った。今朝あわてて用意した白いゴムだ。美結は薄く笑う。

「必要なんです。行けば分かります」

「ふうん」

雄馬はそれ以上訊かなかった。黙って考え込んでいる。自分なりに事件経過を整理しているのだろう。大学に着くと、昨日爆発の起こった第四学部棟に入った。棟の出入りは許可が下り、五階の爆発した部屋だけは厳重に立ち入り禁止の措置を取ることになった。

「爆発現場見ますか？」

「うん。あとでいいや。長尾さんももういないみたいだし。佐々木先生、ぼくらをお待ちだろうから」

雄馬がそう言ったので、美結は佐々木忠輔の教員室に直行した。ノックするとすぐドアが開く。眼鏡をかけたとっぽい顔が現れた。

「先生、一柳です。昨日はありがとうございました」

美結は声を張ってあいさつをした。手首に巻いた白いゴムをさりげなく見せながら。

「ああ、どうも。昨日はお世話様でした」

忠輔がしっかり手首を見たのが分かった。それを、雄馬が興味深そうに観察している。

佐々木が目を向けてきたので頭を下げた。

「おはようございます。警視庁の吉岡と申します」

「佐々木です」

佐々木忠輔は雄馬の顔に目を留め、すぐ視線を下げた。身体や足元を見る。服装や靴を確認したのだろうが、たいした特徴がない。がっかりしているのではないか。

「二度手間のようで恐縮ですが、改めてお話を聞かせてください」

雄馬が言うと、

「構いません。ぼくとしてもぜひ、犯人を捕まえて欲しいから」

忠輔はそう親身な声で言った。

「ありがとうございます」

雄馬と美結は頭を下げ、勧められたソファに座る。

「こんなものしかないけど」

そう言いながら、佐々木忠輔はインスタントコーヒーを出してくれた。

「すみません、いただきます」

雄馬は礼を言って一口飲んでから言った。

「長尾という刑事が来ませんでしたか？」

「ああ、来られました。白髪の人ですよね」

佐々木は〝白髪の人間〟として認識したらしい。長尾については、とりたてて目印は要らないようだ。

「隣の部屋を見て、帰られました。何も訊かれなかったから逆に驚いたけど」

「その分、我々にお話を聞かせていただければ」

雄馬はにっこりした。美結は目を逸らす。長尾係長は雄馬を信頼している。だから雄馬がやりやすいようにあえて何も訊かなかったのかも知れない。

「では、改めて伺いますが……先生は、ご自分が目撃した不審者が、外部の人間ではなく内部の人間だとお考えなんですか」

「その蓋然《がいぜん》性の方が高い、と言ったまでです」

佐々木忠輔の声は平淡になった。

「ぼくが相貌失認だと知っている人間の仕業だ、という意味です。ぼくに向かって顔をさらしても平然としていたから」

「それを知っている人間は外部にもいらっしゃいますよね」

雄馬は冷静に訊く。

「うん」

「先生の障害を知っている人は、どれくらいいるんですか？」

「さあて。ぼくにも確言はできないですね」

佐々木忠輔は苦い笑みを見せた。

「人づてで広がっていても把握のしようがないし。大学関係者とその周辺、という雑駁《ざっぱく》な言い方しかできない」

「ご家族の方からも、いろんな人に伝わっているかも知れませんね」

美結が言うと、佐々木忠輔は眉をひそめた。

「ないとは言えないけど、父も妹も、ぼくのことはあまり話題にしないと思います。身内の恥だと思っているようでね」

冗談か本気か分からず、美結は反応に困った。雄馬も同じだ。またコーヒーをすすってから、雄馬は質問を変えた。

「先生が覚えていること、どんな細かいことでもいいので、話していただけると助かるんですが」

「うん。なにしろ、そいつと対峙《たいじ》してたのはほんの数秒だったし……」

佐々木忠輔の表情が曇る。美結は気になった。どうも昨日の表情とは違う気がしてならなかった。一晩の間に何かあったのだろうか。

「その不審者はだぶだぶのジャージを着て、帽子で頭を覆っていたので男か女かも分からない。身長は一七〇センチ前後、肌の色は白かったが、メイクによる偽装の可能性もある。それでよろしいですね？　何か、付け加えることは」

「特にないです。申し訳ないけど」

佐々木は殊勝げに言い、雄馬はとんでもないと手を振った。

「大変な障害をお持ちだということ、聞いています。慣れていないので我々も戸惑っていますが、先生は貴重な目撃者であることに変わりはない。先生のご厚意で、できうる限りの情報をくださっていることに感謝しています」

それから雄馬は、思い切ったように言った。

「ただ……ぜんぶ話していただいていますよね。隠してることは、ありませんね」

「もちろん」

佐々木は即座に返した。

「どうしてそんなことを？」

すると雄馬は、相手の目を見ながら言った。

「先生。もしかして、もう犯人の目星がついてるんじゃないですか」

「……いいや」

忠輔は雄馬をまじまじと見返した。認識はできずとも、できる限りこの顔を覚えたい。そう願っているような強い目で。

「何を言わせようとしてるんだ？」

それから、若き大学講師はニヤリと笑った。

「そうか。ぼくを疑ってるのか」

「とんでもない」

雄馬は即座に否定したが、忠輔の顔は笑ったままだった。

「いや、当然のことだと思うよ。目撃者とか、第一発見者が犯人だってのはセオリーだろ。真実を追求する際、あらゆる可能性を想定して視野を狭めないことが大事だ。それは学問も捜査も変わらない。ぼくがあなたの立場だったら同じようにする。裏を疑うよ」

「……恐れ入ります」

雄馬は頭を下げた。あっさり認めてしまった。

「ぼくも吉岡さん、あなたを見習うとしよう。ずっと考えているんだが、分からないことが多くてね」

「よかったら、先生の考えをお聞かせください」

佐々木忠輔は感心したように相手を眺め、少し考えてから言った。

「私見だが、真相は単純なものではあり得ない」

「とおっしゃいますと？」

「大事なものが欠けている」

「大事なものとは？」

「意味だ」

忠輔は言った。少し眉をひそめて。

「角田さんを殺して得られるものは何か？　それが明確でない。今回の件で誰が得をした？」

「………」

美結は思わず頷いた。この男の言うとおりだ。それが見えない限り、事件の全貌は到底見えてこない。

「だって、爆弾だよ。しかも、おそらく手渡した。そして、すぐそばで爆発するのを確かめた。完全な抹殺だ。と同時に、何かメッセージが発せられたと考えるべきだ。その意味は分からないし、誰に向けられたものかも分からないが」

犯人の殺意、動機そのものが、ただの恨みなどではない。この男はそう感じている。

雄馬も興味深そうに相手の弁に耳を傾けていたが、ふとにっこりした。

「ところで先生はどんなことを教えていらっしゃるんですか」

相好《そうごう》を崩して訊く。世間話、という空気を出しながら。まさしく雄馬だ。この男は昔から相手の緊張をやわらげ、懐に入る達人だった。

「そもそもこの大学自体、かなり独特らしいですね？」

「大学でも何でもない、とこき下ろす連中もいるよ」

忠輔は苦笑した。

「学際、の意味を知ってるかい？」

「いいえ」

「英語だと interdisciplinary。研究対象がいくつかの学問領域にまたがっていることだ。全ての分野が総合的に協力して真理を求めていくやり方。ぼくが昔からやって来たことはまさにそれで、ここが是としているモットーにそのまま当てはまる。おかげで長居させてもらっているよ。腐れ縁、と言ってもいいけど」

「どれくらいですか？」

「学生時代も含めればもう十年以上」

「ああ、ここの学生さんだったんですか」

「うん。ぼくのような異物には、体のいい居場所だ。肩書きまでくれるから、なんちゃって社会人として認めてもらえてる」

「いいですねえ。ここ、そんなに面白い大学だったんですね。受ければよかったな」

雄馬はもはや刑事の口調ではない。美結は感心しながら呆れてしまう。

「先生の言ってること分かりますよ。ぼくも、なんで専攻なんかしなくちゃいけないんだって思ってたほうなんで。一度法学部入ると法律ばっかりでしょう。理系だと実験ばっかりとか。おかしいですよね。一年ごとにまるで違う勉強したっていいじゃないかって」

「理解は求めていないんだが、賛同してもらえるとやはり嬉しいね」

佐々木忠輔は面白そうにパチパチとまばたきした。

「森羅万象を俯瞰《ふかん》して、あらゆる学問の間にある壁を取っ払うことによって、本質に迫る。これ以上正しい態度があるだろうか？　この際だから言ってしまうがね。ぼくが研究の柱に据えているのは、数学＝論理学＝哲学＝宗教、の四位《み》一体。通底するキーワードは〝道理〟と〝道義〟だ」

「へえ……」

と言ったきり、さすがの雄馬も言葉を失う。美結はなおさらそうだった。

「あの、先生って本来は、理論物理学のエキスパート……でしたよね？」

雄馬は気を取り直して訊いた。

「まあね。学位もそれで取った。でも、ぼくの中ではどの学問にも差異がない。生物学も量子力学も人類史も宇宙史も、もっと言えば絵画や音楽や文学、あらゆる芸術にしたってそう。ただただ、真理を求めるための手段です」

「はあ……」

美結は呆れながら聞いていた。面白い、と思う気持ちもある。だが自分の手に余るという感覚の方がずっと強い。頭のよすぎる人間とは予備知識が違いすぎるのだ。だから話の基盤から共有できない。それ以前に、警察官が個人的な話に興味を持つべきではないと思った。どんなに事件関係者に気に入られて、雑談が楽しく盛り上がったとしても、それで犯人逮捕につながるわけではない。

「うまく言えないけど、面白いですよ、先生の研究」

だが雄馬は、さっきから自分が刑事であることを忘れているように見える。明らかに職務逸脱。いい加減にしろと言うべきだろうか？　だがこれも、雄馬流の人心掌握術だと言うのか。

「刑事クビになったらここにお世話になろうかなあ」

そんなことまで口にした。美結はキッと雄馬を睨んでしまう。何を言い出すんだ？

「クビになる予定あるの？」

忠輔は面白がって訊いた。

「予定はないですけど、いつクビになってもおかしくないんで。不良刑事なんです」

雄馬のふざけた笑みを、忠輔は正しく読み取ったようだ。同じような笑みを浮かべる。

「いつでも歓迎するよ。誰にでも門戸は開かれてる」

二人の息が合っている。美結は置いて行かれた気分だった。このやりとりを不謹慎だと思い、話を本筋に戻そうとする自分は、冗談の分からない融通の利かない女ということか。

「先生。お願いがあります」

雄馬は笑みを浮かべたまま言う。

「なんだい」

「先生の論文があれば、見せていただけませんか」

「研究に興味を持ってくれたのかな？」

「理解できる自信はありませんが。それと、できたら、留学生の皆さんの論文も」

「ほう？」

「なんとなくでも、皆さんの考えていることを把握できればな、と」

ふむ、と忠輔は眉の端を上げた。

「真犯人をつきとめるヒントになると？」

「もしかしたら」

「分かった。いくつかお渡ししよう」

忠輔はさっそく、パソコンに向かい論文を選んでプリントアウトを始めた。プリンターが紙を吐き出すのと、操作する男を見比べながら雄馬は言った。

「先生は、面白い人ですね」

忠輔は雄馬の顔を見返した。

「あんたも、刑事らしくなくて面白いよ。ものの考え方に遊びがある。それを教養と言う」

「それはありがとうございます」

雄馬は嬉しそうにした。

「数年前に手ひどい失恋をしたおかげだと思います。ちょっと、哲学者になりました」

「なるほど。相当大きな喪失を経験したようだね」

「おっしゃるとおりです。以来、女性が恐ろしくてたまりません」

「ああ、全くだ。いつの世も女性は最大の謎《なぞ》だな。論理を超越したカオスそのもの。魑魅《ちみ》魍魎《もうりょう》だ」

「先生の研究結果も、同じですか」

「ああ。君のトラウマには衷心《ちゅうしん》よりお悔やみ申し上げるが、喪失と挫折《ざせつ》から、人は最も多くを学ぶ。それでいまの君があるんなら、悪いことばかりでもないのではないかな？」

「はい。そう思うしかないですね」

美結は完全に言葉を失って、呆然と二人のやりとりを眺めていた。ここに女性が居ることを忘れたのか？　私をけなして喜んでいるのか。

この二人は、まるで長年のつき合いを経た友人同士に見える。話の内容はどこか現実離れした、つかみ所のないことばかり。なのに……聞いていて妙な心地よさがある。だが美結は、胸に刃物を突き立てられたような痛みも感じていた。ヒリヒリと痛い。早く話題が変わってほしい。

「しかし、先生。ずいぶんプリントアウトするんですね……どれだけあるんですか？」

プリンターが紙を吐き出し続けていることに気づいて、雄馬が目を白黒させた。

「まだ半分も終わってないよ」

「マジですか……そんなに読めるかなあ」

忠輔は黙って笑っている。

「まだ時間がかかりそうですね。じゃあ、それは後でいただくとして……一柳巡査」

いきなり名前を呼ばれる。仕事モードに戻った雄馬が、厳しい目で自分を見つめていた。

「爆発現場を見せてもらおうか。留学生のみなさんに話を聞く前に」

はいっ、と答える美結も、瞬時に一警察官に戻っていた。

2

立入禁止のテープを乗り越え、少し歪《ゆが》んだドアを引いて中を覗き込んだ。

昨日も見た爆発現場には、めぼしい遺留品の位置を示す番号札が残されている。ただし、爆弾の残骸および、爆発の威力や方向を示す証拠になりそうなものは主に科学捜査研究所に送られた。ブツ担当の刑事たちも、めぼしい遺留品はすでに手にしているはず。角田教授の遺体は検死解剖に回され、飛散した人体の一部は科捜研のラボに回されて分析を受けている。今朝、捜査本部に検死報告書が上がっていた。飛散したのは指だけではなく、鼻の一部もだったらしい。胸部も激しく損傷、出血多量とショック症状によって死に至った。

「手にした人間、一人だけを確実に殺す。そういう爆弾だ」

雄馬は言った。

「犯人は角田教授が必ず開けるものを渡した。あるいは、必ず開けろと命令した。あるいは……」

佐々木忠輔が暗い目をして聞いている。

「渡したのは……角田さんが知っている人間だったに違いない」

やがて、重い口を開いた。

「だがぼくも、角田さんの人間関係をぜんぶ把握してるわけじゃないから……彼は顔が広かった。学内では不機嫌にしていたが、方々へ行ってはいろんな人間と親交していたようだ。学校には月の半分しか来なかった」

そして忠輔は、気を取り直すように訊いてきた。

「防犯カメラには何も映っていなかった？　ぼくが見ても顔は分からないけど、誰か不審人物が映っていれば……」

「いま分析中です。防犯カメラ映像の分析は、時間がかかるんです」

雄馬が変にのんきな声で説明する。忠輔はそうか、と言って頭を振った。

「ぼくが見た人間が誰だったのか、いまも考えてる。だけど……まだ分からない」

するとと雄馬が言い出した。

「では、留学生の皆さんに話を聞きたいんですが」

「三階の研究室に行きましょう」

美結は促した。そこで待機していてくれるよう頼んでいたのだ。

階段を下りて研究室のドアを開ける。いくつものデスクが並び、それぞれに一台のパソコンが載っている。三人の外国人が思い思いの場所に座っていた。中国人だけは、今日もいない。

ゆうべ福山から中国人留学生・周唯《ツォウ・ウェイ》の連絡先を訊き、さっそくメールを打ってみた美結は、「体調がまだ回復しないので、今日は登校できません」という返事をもらった。では自宅まで行くので会ってもらえないかと頼むと「いいですよ」という返事。午前中は近所の病院に行きたいので、今日の午後に顔を合わせるという約束を取り付けてある。

「警視庁の吉岡と申します」

留学生と初対面となる雄馬が頭を下げた。

「朝からお集まりいただいてありがとうございます。皆さんのお話を聞かせてください」

「また、一人ずつ、別室ですか？」

インド人のゴーシュが訊いてきた。

「いや。ここで、皆さん一緒で結構ですよ」

雄馬がまた型破りなことを言い出した。

「言いたいこと、覚えていること、疑問に思うことを自由に言ってもらいたいんです。皆さんの考えを知りたい」

一人一人話を聞くのが鉄則なのに……フリーディスカッション形式の事情聴取など前代未聞だ。雄馬は上司の前でもこんなやりたい放題をやって来たのだろうか。こんな男が捜査一課で主任刑事となり、係長の隣に座るほど責任ある立場にいることが不思議でならない。それとも、相棒が私だからふざけても構わないと思っているのだろうか？

いや……相手の警戒心を解く工夫か。全員が居た方がお互い同士の関係性が見えるというのは確かだし、ざっくばらんな空気を作った方が本音が出る、という計算かも知れない。

だが留学生たちの警戒心は強い。硬い表情のまま目を伏せている。一晩経ち、彼らの印象も少し変わっていた。剝《む》き出しの感情は影をひそめ、殻を纏《まと》う余裕ができている。

「昨日、学内外で怪しい人間を見かけませんでしたか？」

「知人や友人の中に、爆薬を手に入れたり、爆弾の作り方を知っている人はいませんか」

雄馬がどう水を向けても首を振るばかりで、外国人たちの口は重い。発言にすっかり慎重になっている。雄馬の目論見《もくろみ》は失敗だと思った。お互いの顔色を見て足並みを合わせている。雄馬も表情が渋くなってきた。失敗を悟ったようだ。

空気を変えたのは、次の一言だった。

「この吉岡さんは、みんなの論文を読んでくれるぞ」

「えっ？」

「忠輔さん、それは……」

「どうしてそんな」

戸惑いと拒絶反応が返ってくる。だが、彼らの指導者は満面の笑みだった。

「喜ばしいことじゃないか。書かれたものは、人に読まれて初めて生命を得る。たとえどんな人間であろうと、どんな目的であろうとね。刑事さんは危険思想や、事件の手掛かりを捜すために読み込むのだろうが、それでも、読んでくれる人間が一人でも増えるのは幸せなことだ。もしかすると君たちの書いたことに共感し、理解者になってくれるかも知れない。あ、吉岡さん。言い忘れましたが」

「はい？」

「論文の大半は英語で書かれています。特にイオナは、まだ日本語が充分ではないので英語の論文しかありません。ご了承ください」

「あっ……はあ、そうですか……」

吉岡雄馬の困惑顔に、留学生たちは笑みを浮かべた。美結も思わず笑ってしまう。

笑顔は人類共通だ、と思った。相手を安心させる効果がある。ユーモアこそが物事を円滑にする。いつの間にか、笑われている雄馬が笑っていた。忠輔の狙いを察知し、空気を和ませるなら道化になると決めたようだ。

「ヨシオカさん」

ふいに響いた声。

「犯人を捕まえてください」

アフリカ人、ウスマン・サンゴールだった。その目はとても誠実に見える。

「話せることは、ぜんぶ話しました。本当に、犯人を捕まえて欲しいのです」

「ぼくらもずっと考えています。何が真実か、ということを」

ゴーシュが素直な声で言い、イオナが頷く。

「周唯《ツォウ・ウェイ》も同じです。あの子は、ずいぶんショックを受けてしまって……」

「彼女には、午後に会いに行きますよ」

美結が思わず言うと、

「そうですか。では伝えてください。ヤン・フス、ただちに帰れと」

「え？　やんふす……って」

「彼女のことです。彼女のニックネーム」

忠輔が照れたように言った。

「戯《ざ》れ言《ごと》ですが、ぼくらはそういう名前を付けたんです。中世プラハの求道者ヤン・フスにあやかって。彼女は、フスに心酔しているから」

「面白いですね」

雄馬はすぐ言った。

「聞き覚えはあります。うろ覚えですが……宗教改革に関わる人でしたか？」

「そう、その通りです」

留学生たちの見る目が明らかに変わった。

「たしか……火あぶりになって死んだ」

「そう。己を貫き通した結果として」

忠輔が頷く。

「求道者の鑑《かがみ》です」

美結は嫉妬《しっと》を覚えた。雄馬はこうやって、どうにかして相手を感心させるポイントを見つけて、最終的に相手の心を開いてしまう。いつの間にかみんなが雄馬を好きになっている。

「仕事じゃなければ、ぼくも仲間に入れて欲しいところですが」

雄馬は今や満面の笑みだった。しかも、本心で喋っているように見える。

「吉岡主任」

美結はできるだけ不穏な声を出した。

「時間がありません。そろそろ、出ないと」

横槍を入れる自分はさぞ杓子定規な、教養のない女に映っていることだろう。だがこれも大事な仕事だ。

「ああ、周《ツォウ》さんところへ行くんだ」

雄馬は全員の顔を見回した。ざっくばらんな表情で。

「どなたか、周さんの写真を持っていませんか？　初めて会うので……」

学生課からもらった資料にも写真はあったが一枚だけ、正面からの無表情なものだった。もっとバリエーションがあった方がいいのは確かだ。

「ありますよ」

ゴーシュが言い、イオナがパソコンを操作した。画面に何枚かの写真を映し出す。

少し目が垂れた東洋人の顔。控えめな笑みは、素朴な人柄を表しているように見える。どの写真もイオナと二人で映っていた。やはり二人は仲がいいようだ。

「ところで、唯《ウェイ》は美人なのか？」

忠輔がおかしな問いを発した。留学生たちがパッと笑う。

「美人ですよ」

ウスマンが言った。そして、表現する言葉を探す。

「ぼくも好きだ」

ゴーシュが言い出した。

「都会風の、ソフィスティケイテッド・ビューティーではない。とても優しそうな、なんというのか……はかない？　そういう美しさです」

ウスマンが強く頷いた。イオナも微笑《ほほえ》んでいる。昨日の取り乱しようとはうって変わって落ち着いていた。仲間と一緒にいることが、こんなにもこの少女を安心させている。

「やはりな。そんな気はしてたんだ」

忠輔は教え子たちに向かって親指を立てた。

「やはりこの研究室は、美男美女しかいないわけだ」

学生たちの笑顔がますます深くなる。顔を認識できない男の自虐的なユーモア。それを全員が楽しんでいた。美結は、眩《まぶ》しく感じた。全員に好感を持ち始めている自分に気づいて少し動揺する。

駄目だ。刑事としての本分を見失ってはならない。

何より、この男みたいになってはならない。美結の目の前で、すっかり気のゆるんだ笑みを浮かべている同期の出世頭。憎たらしかった。捜査をこんなに楽しんでしまう刑事が他にいるだろうか？　全くご大層なバディだ。美結は顔を背けて、力任せに研究室のドアを開けた。

「専門の通訳手配しなきゃいけないかと思ってたけど、意思疎通に問題はなさそうだな」

インプレッサに乗り込みながら雄馬は言った。

「佐々木先生がいたおかげかも知れないけど」

「先生と馬が合うみたいで、よかったですね」

大学の駐車場から車を出しながら美結は言う。素早く運転席に乗り込んで雄馬にハンドルを握らせなかった。

「皮肉かい？」

助手席で雄馬は苦笑いした。

「変人同士、異端者同士ってことかもね。いやしかし、あの人は面白い。顔が憶えられないなんて信じられないなあ。しっかりぼくを見てたけど。次に会っても、ぼくの顔は忘れてるわけか」

「いまから引き返して会いに行っても、あんた誰だ？　って言われますよ」

美結は請け合った。

「刑事は地味で、見分けのつかない服装してますからね。まあ、たとえば金ピカのネクタイか、山高帽でも被って憶えてもらったらぜんぜん違うでしょうけど」

「顔は駄目だから、別の部分でマーキングして、人間を記号化して憶えるわけか。だから君は、腕にその白いゴムを」

「白は私って決めたんです。主任にも分けましょうか。何色がいいですか？」

「まだ他人行儀をやめてくれないのか」

ふいにトーンが変わった。

「ぼくは主任じゃない。雄馬だ」

「いいえ。主任です」

跳ね返したが、内心はヒヤヒヤした。

「主任だけど、それ以前に吉岡雄馬だ。君の同期の。君の」

雄馬がふいに黙った。

美結も黙る。すぐ隣に座っている同僚が、ふいに油断のならない生き物と化したような気がした。だが自分は、この男の体温や骨格の形を知っている……かつて自分の手で触れて確かめた。それを思うと全身が熱くなる。顔が紅潮しているのを、この男には悟られているだろう。黙ってやり過ごすしかなかった。美結は向島料金所から首都高に乗った。周唯《ツォウ・ウェイ》との約束の時間には充分間に合うが、ペースを上げる。この移動密室から早く解放されたい。

高速を降りて、明治通りを北上して新宿区に入る。周唯の住居だという上落合のマンションに着いた。五階建ての古びたマンションだった。部屋番号を確かめて、二階の一室のドアの前まで行ってチャイムを鳴らす。だが反応がない。

「いない？」

「まだ帰ってないんでしょうか」

「少し待ってみるか」

十分経っても現れない。美結はメールを送ってみた。

だがいくら待っても返信がない。今までは、メールを送ればすぐに返信があったのに。

「……返事が来ません」

「おかしいね」

そこから十分、もう十分経っても返信はなく、本人も現れなかった。

「まさか」

美結は思いきって言った。

「部屋の中で倒れているとか……」

最悪の事態が頭に浮かぶ。雄馬が決断した。

「管理人に鍵を借りよう」

二人で管理人室を訪れて警察手帳を見せ、緊急事態だと説明した。

「二〇七号室を開けていただきたいんですが」

禿《は》げ上がった真面目そうな管理人はすぐ協力してくれた。一緒に二〇七号室まで行き、鍵を差し込んで回す。美結の動悸《どうき》は急速に高まった。部屋の中にはどんな光景が待っているのか。最悪、若い女性の死体が転がっていることを覚悟しなくてはならない。

心にシールドを張れ。何があっても取り乱すな――自分に命じた。美結が強行犯係の刑事となって一年、今までも死体と対面したことはある。ただ、ひどく無惨な状態の被害者にはまだ出くわしていない。損壊や腐乱という状態の人体は見たことがない。

管理人が一歩下がった。あとはそちらでどうぞという意思表示。管理人もできることなら遺体に向き合いたくないのだ。吉岡雄馬は何も言わずノブを摑《つか》み、慎重にドアを開けた。中の様子を確かめながら前に進む。美結も続いた。雄馬の背中を頼もしく感じた。この背中にしがみついたことがあるなんて信じられなかった。とても広くて温かい背中だった……あたしはずっと頰を押しつけていた。もう、どれぐらい前かも分からない遠いあの夜。この背中は自分だけのものだった。

こんな時に何を思い出してるんだ、と頭を振る。緊張で調子が狂ってる、しゃんとしろ！　美結は雄馬に倣《なら》って、靴を履いたまま上がり框を越える。中は広くはない。ダイニングの奥に、八畳ほどのリビングがあるだけだった。散らかっている。脱ぎ捨ててそのままにしたような衣類があちこちにある。カップ麺《めん》の空き容器や、マンガ雑誌。一見して日本のものではない、中国語が印刷された雑誌もある。女子学生の部屋とは思えないような光景だった。そして――誰もいない。万年床のように見える布団の上を何度見ても人の姿はなかった。美結はホッと息をつく。

「事件性なしか……」

雄馬は呟いた。二人の刑事に便乗して中を覗き込んできた管理人が、

「おわ」

と言って後ろを振り返った。美結が見ると、誰かが立っている。管理人があわてて声をかけた。

「リンさん、アンタいま帰ってきたのか」

「なにやってる？」

素《す》っ頓狂《とんきょう》な声が響いた。明らかに怒っている。

「どなたですか？」

美結が訊くと、管理人が答えた。

「リンさんです、ここの人です」

「なんですって？」

雄馬が声を上げた。玄関に戻ってその人物を睨む。女子大生とは似ても似つかない、男性だった。おそらく三十代前半だ。

「なんで部屋入ってる？……ケーサツ？　わたしなにもやってないよ」

まくし立てる男の言葉のイントネーションは中国人そのもの。リン、ということは林という名字だろう。表札には名札が入っていなかったから周唯《ツォウ・ウェイ》の住まいとばかり思い込んでいた。部屋番号を確かめても、二〇七。間違いないはずなのに。美結は急いで訊いた。

「周唯さんという大学生はどこですか？」

「え？　わたしひとりよ」

林は目を円くして言った。一人暮らし？　雄馬と美結は素早く目を見交わす。

「知らない。大学生、ここにいない」

やられた。周《ツォウ》は虚偽の届け出をしていた。体調が悪いと言って、刑事から事情を訊かれる時間をできるだけ遅らせ、翌日になってここまで誘導した。ここを教えるしかなかったのだろう、本当の居場所を教えられないから。

つまり、既に逃げた。美結はあわてて訊いた。

「あなたの知り合いで若い娘さんがいませんか？　東京学際大学の、留学生です」

「周《ツォウ》？　唯《ウェイ》？……知らない」

と言いながら、その生白い顔が微妙に引きつったのを美結は見逃さなかった。

「心当たりがあるんですね？」

「二十歳すぎくらいの女性ですよ」

雄馬も鋭く言う。

「事件の重要参考人です。正直に答えてください」

中国人の男は、不安そうに目を泳がせながら言った。

「……メイちゃんかな？」

「メイ？　誰ですか？」

「私の故郷の、知り合いに紹介された子よ。梅春燕《メイチュンイエン》。日本来たばかりで、住むところ捜してるから、少し泊めてくれって。でも、何日かいただけ」

にわかには信じがたい話だ。いくら知り合いの子とは言え、若い女の子がこの男の部屋に泊まった？　だが貧しければ致し方ないのか。同国人同士、助け合うのは当たり前なのかも知れない。

「それはこの人ですか？」

さっきもらった写真を見せた。林《リン》は、目を円くして頷く。

「そう。メイちゃん。……メイちゃん、名前違うのか？」

この男もショックを受けていた。知り合いの知り合いだと思っていたのに、嘘をつかれていたのかと不安になっている。

「その子は、今どこにいますか」

「……ちょっと待って」

林は携帯電話を取り出して電話帳を開いた。

「ここ。ここにいる、はず」

携帯電話内の電話帳には、住所、美結たちの知っているメールアドレスの他に電話番号も記載されていた。違和感を覚えたが、まず住所に注目する。

葛飾《かつしか》区。墨田区を挟んでまるで逆方向だった。

「彼女は、どうしてここを連絡先に？……他人の家を」

「一時期は、確かにここが連絡先だった」

雄馬が考えながら答えた。

「ただ、ここで名乗った梅《メイ》というのとは別の名前で、大学に登録していた……となると、本名は？」

「周唯《ツォウ・ウェイ》というのは、本名のはずですけど……身元は確かだって」

だが何もかも疑わしくなってきた。一から洗い直す必要がある。

「わたしも、電話してみるよ。メイちゃんに」

林が言い、二人の刑事は目を剝いた。

「電話？」

「ちょっと待って。彼女は喋れないのでは？」

「あ？　なんのこと？」

中国男の方も目を剝いて見せた。

「……喋れるのか」

「発話障害というのも、嘘ですか？」

「やられたみたいだな。完全に」

雄馬は唸《うな》るように言った。

「私たちをここに来させたのは、時間稼ぎですか？」

「うん。こうしてる間にも遠くへ逃げてる」

「メイちゃん、悪い子じゃないよ……」

刑事たちの会話を聞いていた林が、泣きべそのような顔で言い出した。

「ケーサツ、関係ないよ。悪いことしてない」

「でも、こうやってあなたに迷惑かけてるんですよ。あなたの住所が勝手に使われて」

「何かの間違い！」

林は声を裏返して否定した。だが、この男も騙されていたのだ。

周唯とは、嘘で塗り固めた不法入国者。もしかすると――爆弾魔だ。

美結は林の携帯電話から住所と電話番号を写し取った。雄馬は矢継ぎ早に訊く。

「林さん、身分証を見せてもらえますか？　電話番号も教えてください」

林はおとなしく、日本に滞在する外国人に交付される在留カードを出して見せた。記載されているフルネームは林明桂《リン・ミンクイ》、三十三歳。在留期間も記してあり、満了日は来年になっている。訊くと北京市出身、来日四年目だという。雄馬は在留カードに記されているＩＤ番号をメモに控えた。

「また連絡します」

そう言って去るとき美結は一瞬不安になったが、捜査には優先順位がある。この男は正直そうな、少し間抜けな感じの男だし、住所はこことはっきりしている。在留カードもチェックした。今は周唯、もしくは梅春燕《メイ・チュンイェン》を追うのが急務だ。

「彼女が爆破犯でしょうか？」

駐めておいたインプレッサに向かいながら美結は訊いた。

「まだ分からない。逃げられたかな……」

雄馬は厳しい表情で答えた。美結はその顔を見られない。

「すみません。私たちが、すぐ確保に動いていれば……」

墨田署強行犯係の責任だ。だが雄馬は冷静に言った。

「いや。大学側も身元は確かだと言っていた。まさか名前や素性から偽ってたなんてこと、誰も想像しなかったからね。しかしこれは……相当な裏があるな」

二人は車に乗り込んだ。雄馬に運転席を取られてしまったが、結果的には正解だった。美結には不可能な運転技術で突っ走ったからだ。いくら回転灯をつけて派手にサイレンを鳴らしたとはいえ、上落合から葛飾区金町《かなまち》まで二十分というあり得ない短時間で走りきった。美結は目が回って気分が悪くなってしまった。青息吐息で車を降りながら、しかし美結は前向きになるしかないと思った。

今まで影さえ見えなかった犯人の後ろ姿が、見え始めたのだ。

4

小西哲多は報告を終えて席に座った。相方の早坂主任が頷いて労をねぎらってくれる。捜査一課の早坂は、小柄だが精力にあふれた感じのする男だった。笑顔に愛嬌《あいきょう》があって、所轄の後輩に対しても偉ぶったところがない。そして、この主任の手を借りるまでもなかった。地取りの成果はほぼ皆無だったからだ。

他の地取りチームも同じだった。目立った成果はなし。小西が見たところ、村松は相当くたびれていた。とにかく歩き回って不審者情報を集め続けたのだろう。初めての地取りは気絶するほど疲れる。だがそれで刑事の基礎が養われるのだ。

それにしても、成果のなさは深刻だった。やはり容疑者像が絞り込めていないのは大きい。闇雲に聞き込みを続けても無駄ではないか、やり方を考えた方がいい、と早坂がさっき長尾係長やデスク主任の土田に提言していた。長尾も土田も渋い顔で頷いた。方針転換が必要だと感じていたらしい。

午後九時半を回り、吉岡雄馬と一柳美結がようやく捜査会議に現れた。雄馬は空いていた長尾の隣に行き、美結は小西たちのいるシマにやって来て黙って座った。会議に遅れるとは大した身分だった。特命担当だからと言って自由過ぎやしないか？　会議の開始時刻に長尾宛《あて》に電話が入ったのは、遅刻の連絡だったのか。小西は気に食わない。

隣に座った美結を横目で見た。派手さはないが、小作りで整った顔立ちは充分に美人の部類だと小西は思う。ただ、眼差しのどことはない悲しさのせいでこの後輩は損をしている。常々そう思っていた。屈託なく笑った時に見せる美結の魅力をみんな知らないのだ。あまり笑わない辛気くさい若手、というみんなのイメージを払拭《ふっしょく》したい。小西は美結を笑わせないと気が済まなくなる時があった。だが小西は冗談を言うのが得意ではない。狙えば狙うほどスベってしまう。

ところが、気がつくと美結がいい笑みを見せていることがある。小西がいきり立ったり、誰かを口汚く罵《ののし》っている時だった。間抜けな失敗をした時もそうだ。

むろん今、美結の顔には笑みのかけらもない。口をきりりと結び、厳しい眼差しで会議室の前方を見つめていた。小西も前を見る。ホワイトボードの前で防犯カメラをチェックするチームが報告を始めているところだった。東京学際大学に設置されているカメラを担当したのは墨田署盗犯係の杉悦子《すぎえつこ》。盗犯係ではベテランで、防犯カメラのチェックには慣れている。

「際だって怪しい人物は、捉《とら》えられていません」

杉は結論から言った。何人かを静止画として拡大したものをホワイトボードに貼り、大学関係者に問い合わせた結果を一つ一つ報告してゆく。杉は常に綺麗に前髪を切り揃えたおかっぱのような髪型で、小西が墨田署に赴任してきて以来計ったように同じだった。どうしてなのか訊こうと思うのだが、小西はいつも踏ん切りがつかない。

「留学生の証言通り、女性が二人、この学部棟から出て正門の方に向かい、一人が戻っていくところが映っています」

周 唯《ツォウ・ウェイ》とイオナ・サボーだ。小西は目を凝らすが、会議室の後方からだと写真が小さくてよく見えない。

「ただ、目撃者の言うジャージ姿の人間が、学部棟から出てくる映像はありませんでした」

「どういうことだ？」

小笠原管理官がすかさず声を上げた。

「ジャージ姿の犯人。本当にいるのか？」

小笠原は目撃者・佐々木忠輔を信頼していない。疑ってかかるのは捜査の常道だが、小笠原の場合は現場の刑事の判断まで疑っている。それでは士気に影響するのが分からないのか。

「ただし、カメラの台数は限られています。正門に二台、裏門に一台」

小西は、杉悦子の冷静な説明に救われる思いだった。

「構内には、各学部棟入口付近に一台。他に数台ですから、計十台ちょっとに過ぎません。広い敷地にこれだけでは、状況に詳しければ、かいくぐっての侵入・脱出も不可能ではないと思われます」

「なんだあの大学、穴だらけか。意識が低いな！　教育的指導が必要なんじゃないか」

小笠原は今日も言いたい放題だが、防犯対策は各大学に任されていて、カメラの設置義務があるわけでもない。横暴なだけの管理官のセリフを受け流して、杉は淡々と説明を続けた。顔を見れば分かる、杉も小笠原が嫌いだ。

「大学付近の道路や、最寄りの商店街のカメラも分析を進めていますが、容疑者像がはっきりしていないので分析が難しいのが現状です。漠然と〝不審者〟では際限がなくなってしまうので……引き続き分析を続けますが」

やはり容疑者像の絞り込みが急務。小西は思わず美結を、そして吉岡雄馬を見た。留学生の捜査はどうなっている？

二人は視線を交わし合っている。発言のタイミングをうかがっているようだ。なんとなく面白くなかった。

美結が特命担当に任命されたのには仰天した。しかも、長尾さんの代わりに捜査会議を仕切る若僧警部補とコンビを組むというのだ。納得がいかないことだらけだった。ただ——吉岡というその名前にはなんとなく聞き覚えがあった。小西は昨日の会議の後、福山にこっそり訊いてみた。すると福山はおかしそうに笑ったのだ。

「知らないの？　名門吉岡家を」

小西がゴシップに疎すぎるだけで、吉岡一族は警察ではトップブランドらしい。吉岡雄馬の父は警視監まで務め、叔母《おば》は初の女署長を務めた伝説的女性警官。二人とも既に退官しているが、雄馬の兄もいま本庁勤めだという。全員がキャリア組だが、雄馬だけはなぜかノンキャリアとして入庁した。ということは、落ちこぼれか？　だが福山に言わせればとんでもないという。

「国家試験に受かる実力は充分あったのに、現場で捜査がしたいってことでノンキャリアを選んだみたい」

なんと奇特な男だ。そのくせ、既に警部補。まるでキャリアかと思うような出世の早さだ。二十九になっても平の巡査のままの自分からすると、実に嫌味な話だった。

「長尾さんは彼を、自分の後継者みたいに思ってるのかも。だから仕切りも任せてる。ずば抜けて優秀なんでしょう」

福山は自分の見立てを付け加えた。その通りだろう、と小西も思った。長尾さんは名門の子息だからと言ってえこひいきするような男ではない。実力に見合う仕事を与えているだけだ。しかも。

「美結ちゃんと彼、同期よ」

という福山の意味ありげな囁《ささや》きを聞いてから、小西はますます気分が悪くなった。警察学校時代から仲がいいということか？　たとえそうだろうと、同期でコンビを組むことなど非常識だ。捜査はなあなあでやれるものではない。なんでそんなことがまかり通ったのか？

あの吉岡雄馬という男は――喰わせものだ。小西はそう結論づけた。名門の威光を笠《かさ》に着て好き放題やっているのだ。そうとしか考えられない。

だがその割りには、長尾係長は本気で信頼を置いているように見える。本庁の他の刑事たちも、歳下の吉岡雄馬の実力を素直に認めているように見えるのだ。相方の早坂にしてもそれは同じだった。だから小西も、おちおち腐すようなことは言えない。

すこぶる面白くなかった。クソッと口に出しそうになり、小西はあわてて頭を振る。あの畜生、会議に集中しなくては……

「角田教授の元家族から、情報はほとんど得られませんでした」

鑑担当の神林主任刑事が報告を始めたところだった。福山と動いている神林は、角張った顔に太い眉毛を載せたいかつい男だった。だが声は妙に優しい。

「離婚して十年、元妻とは五年も会っていません。娘とも最近は会っておらず、最後に会ったのは二年前だそうです。親戚づきあいもない。友人も、あまりいないようで……引き続き、被害者に近い人物を当たりますが」

続いて、相方の福山寛子が報告した。

「爆風を受けた角田教授のパソコンのハードの復旧に成功し、中身を調べています。角田教授が残した文書やデータは、研究室の共用システムに残されていたものも含めて中身を解析しています。いくつか、ロックが掛かって開かないデータもあるので、生活安全課のサイバー犯罪対策室で解錠にトライしてもらっています」

「有用な情報は？　隠れていそうか？」

小笠原の問いに、福山が首をひねる。

「まだなんとも……」

「だが、ロックを掛けてるってことは、何か秘密があるんだろ」

「大学の先生が、大事なデータにロックをかけるのは珍しいことではないでしょう」

福山の冷静な切り返しに、小西は思わずほくそ笑んでしまう。

「フリーソフトを使ってもできることです。そのデータにすなわち重大な秘密がある、ということにはならないと思います」

「まあ、研究者なら、自分の研究データは守りたいか」

尻すぼみのままこの話題は終息した。つまり、被害者の角田教授の人物像は変わらないまま。意外な過去や秘密は見つかっていない。

「やっぱり、ジャージを着た爆弾魔なんていないんじゃないか？」

小笠原はなおさら自信を持ったようだった。つまり、目撃者の佐々木忠輔は虚偽、もしくは妄言を弄《ろう》しているとほのめかしている。

「学部棟内で、着替えた可能性が高いのではないでしょうか」

すかさず吉岡雄馬が言った。

「犯人は初めから、犯行時はジャージを着ることに決めていた。しかしそれは犯行時だけです。そのまま学部棟を出るようなことはしないでしょう。大学で、ジャージは目立ちます」

その分析を裏付けるように、声が上がった。

「えー、学部棟一階のダストボックスからジャージが見つかりました！」

ブツ担当の立浪主任の報告だった。ビニールに入れた現物を掲げて見せる。室内がざわついた——佐々木忠輔が証言した緑色だ。

「鑑識で指紋を採取してもらいましたが、発見されませんでした。手袋をしていたのでしょう」

「ふむ。手袋は」

小笠原はしたり顔で訊いた。

「見つかっていません」

「どこへ行ったんだ？」

「まだ学内のどこかにあるかも知れません。不審者が被っていたというニット帽もまだ見つかっていないので、引き続き捜索します」

だが可能性は低い、と小西は思った。手袋やニット帽くらいの大きさなら目立たない形で学外へ持ち出せる。昨日の段階で、留学生の持ち物を全てチェックしておけば……という後悔が過る。だが、あの時点ではそこまで頭が回らなかった。

思わず美結を見ると、ちょうど挙手したところだった。目には恐ろしく真剣な光がある。

「角田教授の研究室に所属する留学生、周唯が虚偽の届け出をしていたことが分かりました」

ジャージ発見に匹敵する反応が湧き起こった。

「当該住所には、同郷ではあるものの無関係の、林明桂という中国人男性が在住。周本人とは連絡がつかなくなりました。大使館経由で身元を照会中です」

小西は口を開けて美結の顔を見つめた。

「周が、林に告げた住所にも行きましたが、空き部屋でした」

つまり——失踪《しっそう》した。目の前が暗くなる。

「なお、林の証言によると、周唯は喋れます」

妙に冷静な美結の声が続く。

「発話障害者を装っていたようです。林から聞いた電話番号にもかけてみましたが、もう使われていませんでした」

「ほんとですか長尾さん」

小笠原はすっかり血相を変えている。長尾が頷いた。

「ホラ見ろ！　だから、昨日のうちに確保しておけば……ホシを取り逃がしたじゃないか」

小笠原は美結を睨みつけてくる。

「一柳巡査の責任ではありません」

福山寛子が立ち上がって言った。

「昨日、周に直接会うのを怠ったのは私です。処分は受けます」

「いや……」

堂々と言う福山に、小笠原はかえって勢いを削《そ》がれた。小西は思わず腰を浮かす。むろん福山のせいではない、墨田署強行犯係全体の失態だった。お互いをフォローし合うことができなかったのだから。前方にいる井上も振り返って、福山を憂い顔で見守っていた。

「ただ、爆弾事件と関係があると決まったわけではありません」

小西は驚いて後輩を見る。美結の声が冷静すぎた。身長一七〇センチのすらりとした身体がひどく優美に見える。その眼差しの落ち着きには、威厳さえ感じた。

「ただの不法滞在者で、強制退去を恐れて行方をくらましただけかも知れません」

「爆発時には研究室にいた、という留学生たちの証言があります」

吉岡雄馬も援護した。

「角田教授の部屋に爆弾を届ける時間があったとは考えにくい。ですから、爆破犯と断定はできません。むろん、最優先で行方を追いますが」

「そうしてくれ」

長尾係長が穏やかに言った。すでに電話で報告を受けていたようだ。福山の方を見る。

「福山さん、座ってください。責任者を特定して処罰しようというのではない。失点にこだわっているより、先のことを考えましょう。いいですね？　小笠原さん」

横を向いて確認する。あ、ああ、と小笠原は頷いた。

福山は深々と頭を下げて着席する。この福山には、長尾でさえ特別な敬意を払っているのが伝わってきた。かつて何度も捜査本部で一緒になっているのだろう。小西は詳しい経緯を聞いたことはなかったが、無言の紐帯《ちゅうたい》のようなものを感じた。修羅場をくぐり抜けてきた者同士の絆《きずな》。戦友のようなものだろう。小西は、憧れを感じた。自分はまだ本庁の人間とそんな関係を結べたことがない。まだまだだ、と思った。

長尾の横の小笠原管理官が黙り込んでいる。鼻の穴を広げて不満げな表情だった。指揮官の自分を差し置いて、現場同士で結束されたような気がして面白くないのだろう。

すると長尾が、小笠原に顔を寄せて何か耳打ちした。小笠原はたちまちうろんな表情になる。長尾は続けて、吉岡雄馬にも何か耳打ちした。雄馬は目を伏せて頷く。浮かない表情だ。

小西は気になった。公明正大な感じのする長尾が耳打ち、というのがそぐわない気がしたのだ。いったい何を囁いたのだろう。

「ジャージの分析を続けてくれ。手袋その他、犯人の遺留品と思われるものを引き続き捜索」

だが、全体に指示を出す長尾の声は毅然《きぜん》としていた。

「それと……留学生全員に監視をつける。井上さん、そちらから人を回してもらえますか？　面が割れていない人間を」

小西は喜んで立ち上がりかけたのだが、既に顔を知られていることを思い出した。井上は小西の動きに気づいて、頷いて寄こす。

「別の課の人間なら、面は割れていませんので。交替で張りつかせます」

盗犯係や組対係、生活安全課にも手を借りるのだ。総力戦になってきた。

「吉岡、留学生たちの住所は把握してるな」

長尾は腹心の部下に確かめる。

「はい。周唯《ツォウ・ウェイ》以外は全員墨田区在住です。ゴーシュとウスマンは同じアパート。イオナもその近くのマンションです」

長尾は頷いて井上に言った。

「では、必要なら付近の交番の手も借りて、目を離さないようにしてもらえますか」

「分かりました」

井上は頷いた。長尾は再び、刑事全員に向かって声を大きくした。

「行方をくらました中国人留学生は引き続き、最優先で追ってくれ。身元の洗い直しは、大使館に頼るだけでなくあらゆる手を使うこと。地取りチームは、怪しい外国人に比重を置いた聞き込みを行ってくれ。みんな、明日もよろしく頼む」

全員で一礼すると、刑事たちがバタバタと席を離れる。会議が終わるともう夜の十一時を回っていた。明日の朝はすぐやってくるが、短い間にしっかり休息を取る必要がある。急いで帰る者、時間を惜しんで署に泊まり込む者。デスク主任を中心に輪になって、同僚と情報交換する者もいる。小西は墨田署の仲間と話をしたかった。長尾は非難しなかったが、中国人留学生が失踪したのは明らかに自分たちの責任なのだ。

「ごめん」

福山寛子が寄ってきて小西に謝った。

「彼女のアパート行く途中で、呼び出しがあって……交番に任せたあたしのミス」

「でも、あの時点では容疑者じゃなかったですから」

　小西はそうねぎらった。

「大学の方でも、身元は確かだって言ってたわけですし」

　美結も慰める。

「ううん。交番の巡査さんの方から、呼び鈴押しても反応がないから、寝てるのかと思って引き上げたって連絡が来て。あわてて本人にメール送ったら返事はすぐ来たから、逃亡の恐れはないだろうって思っちゃって。甘かったね……」

「呼び出しって何だったんですか？」

　全員の顔を見回していた村松が、素朴な疑問を口にした。

　福山は表情を消して黙り込む。小西が代わりに、ぶすりと言った。

「署長だよ」

　振り返ると、前列にいた北畠署長がちょうど、のほほんとした顔で出て行くところだった。自分が何をやったか分かっていない。小西は胸ぐらを摑んで怒鳴りたくなった。てめえなんでそんな他人事みてえな顔ができきんだよ？　と。

　美結も唇を嚙《か》みしめている。強行犯係が出払っていると知って不安になった新任署長は、福山に泣きついて捜査本部設置の準備を優先させた。それが失態の遠因になったのだ。

　村松はようやく事態を理解したようだった。込み入った表情になって黙り込む。

小西は拳《こぶし》を握った。どこかに叩きつけたいが、ぐっと抑える。こんな身内の恥のようなことはおおっぴらにできない。福山はそもそも、署長を責める素振りなど微塵《みじん》も見せていない。身内の失態は身内で取り返すしかなかった。小西は後輩に訊く。

「美結。中国人の足取りは摑めないのか?」

「葛飾区のアパートにもいないのが分かって、すぐ大学に戻って佐々木先生に問い質《ただ》しました」

美結の目は暗い。自分なりに責任を痛感している。

「先生はひどくショックを受けて、そんな馬鹿なと繰り返して……研究室に残されている彼女の私物は回収させてもらいました。筆記用具や書類から、指紋は採れると思いますが」

「それで会議に遅れたのか」

「はい」

そうか。美結もできる限りのことはやった。失態を帳消しにするために、あの吉岡と駆けずり回ったのだ。だが手遅れ。中国女は姿を消した。

「周唯《ツォウ・ウェイ》の私物に、とりたてて不審な物はありませんでした」

穏やかな声が聞こえた。

小西が驚いて振り返ると、吉岡雄馬が立っている。いつの間にか傍《そば》で聞き耳を立てていたのだ。

「ミスを悔やんでいても仕方ありません。これから確保すればいいんです」

福山が複雑な眼差しで雄馬を見返す。小西は、相手を睨んでしまった。気遣いが鼻につく。情けは無用だ、責められた方が楽だった。

吉岡雄馬は小西の視線を受け流すと、美結に言った。

「一柳巡査。明日の捜査の打ち合わせをしよう」

そして答えを待たずに会議室を出て行く。

「えっ……」

美結は呆気《あっけ》にとられて、去っていく吉岡の背中を見つめた。やがて、小西や福山に目を向けてくる。少し申し訳なさそうに。そして急いで会議室を出て行く。

ああ、やっぱり面白くない。小西は顔をしかめた。

5

美結は廊下に出て雄馬の姿を捜した。正面出口に向かっているのが見えてあわてて追いかける。墨田署を出ると、雄馬は署の前の大通り沿いにある居酒屋に入っていくところだった。美結も駆け足で追い、店まで来てのれんをくぐる。

雄馬はボックス席に着いて注文を始めていた。美結が向かい側に座っても気にもせず注文を続ける。その声はぶっきらぼうで、雄馬らしくなかった。美結は不安になる。

注文を終えてメニューを畳むと、雄馬はとどめのように言った。

「勤務時間外ぐらい、同期に戻ろう。敬語禁止」

美結は絶句した。

「これ以上敬語を使われたら俺、キレちゃうかも」

美結は一度息を吸って吐き、仕方なく言った。

「分かった」

何も喋らないわけにはいかない。ならば、自分の回路を切り替えるしかなかった。

「……何よ。自分の食べたいものばっか頼んじゃってさ」

言葉は、滑らかに出た。

「ここはメバルが美味《おい》しいのよ。地元の人間に訊きなさいっての」

敬語禁止と言った当人の方が、目を瞠《みは》っている。

「……いいね。やっぱ、それでこそ美結だ」

嬉しそうに口元をゆるめる。

「いいじゃん。頼みすぎってことないっしょ。美結、けっこう食うよね？」

「食べれるけど、明日も早いんだから。食べ過ぎてお腹下さないでよ」

「大丈夫だよー」

なんと他愛《たわい》ない会話だ。悪者を追う公僕でいる間は出せないノリ。だが、何よりも急がなくてはならないことがある。

「周 唯《ツォウ・ウェイ》の身元、大至急洗わないと……大使館の返答待ちだけじゃ、いつまで経っても」

「考えてることはある。心配しなくていい」

雄馬は請け合った。だが美結は安心できるはずもない。

「考えてることって？」

「仕事の話は、今はなしだ。それよりさ」

雄馬は今や、ほとんど無邪気と言えるような顔だった。店の壁に凭《もた》れてだらしない姿勢になる。

「同期らしい話しようぜ。せっかく久しぶりに会ったのに、いままで仕事仕事、仕事のことばっかじゃん」

「……わかった」

美結は諦《あきら》めて言った。今は調子を合わせるしかなさそうだ。

「でも、同期らしい話ったって」

「親愛なる我が同期たちのその後、どんだけ追っかけてる？　卒配後みんな頑張ってるよ。ほとんど辞めてない。優秀なんじゃない、俺たちの代？」

一杯だけ、と言って頼んだビールを片手に機嫌よく喋る雄馬に、美結は曖昧な笑みを返した。美結はアルコールではなく烏龍茶だ。

「みんな元気なの？」

美結は訊いた。同期の動向に詳しいわけではなかったからだ。

するど雄馬はここぞとばかりにまくし立てた。

「吉田は念願の白バイ隊員になったよ！　よかったよなー。横山は、八王子の組対。キャラ通りだよな、本人が番長だったんだから。大河内はね、なんと科警研行った。意外だろ、でも志望通りなんだってさ。プロファイリングやりたいんだって。あいつ、学校時代はおくびにも出さなかったのに」

「……梓《あずさ》は？」

ふと、口をついて出た名前。

雄馬も敏感に反応した。なんとも言えない複雑な笑みを見せる。

「知らないか？　梓は、警備部行ったよ。これも志望通りだ」

実は美結も知ってはいた。だが、へえという顔をしてみせる。

「適任よね。男子よりも強いんだから。いいＳＰになってるんだろうなあ」

「ちげえねえ」

雄馬がおどけた。懐かしそうな目になる。美結はそれを、切ない思いで見つめた。

梓のことを思い出すだけで胸が締めつけられる。警察学校時代、なぜだか三人でいることが多かった。それぞれに個性の強い三人だった。そして、それぞれに孤独な影を抱えていた気がする。

「卒配のあと、梓に会った？」

雄馬は温かい眼差しで訊いてきた。

「同窓会の時、一回だけ」

美結は自分の顔にある影を悟られたくない。

「雄馬は？」

「何回か。一回は新木場《しんきば》の射撃場でね。あいつ、非番に撃ちに来てた。機械みたいに正確だったよ、相変わらず」

笑い合う。自分が梓と張り合えたのは射撃の腕だけだったな、と美結は思った。しかも結局は負け越して終わっている。

梓のフルネームは、戸部《とべ》シャノン梓。日本人の父とアメリカ人の母を持つハーフだった。十五歳までアメリカで育ち、格闘家の父と、女性警官だった母親の影響をもろに受けた。梓は格闘や体力テストでほとんどの男に勝っていた。負けたのはほんの数回だ（その相手には雄馬も含まれている）。さんざんにやっつけられた同期たちは、「警察よりも自衛隊が向いている」と陰口を叩いたものだ。

「梓なあ。あいつのこと思い出すと、なんだか無性にまた戦いたくなるんだよな」

雄馬らしい独特な感想だった。憎たらしくなる。柔道場での二人の死闘は今でも語りぐさだ。

「あいつは——自分の身体のエキスパートだったたな。あんな手強《てごわ》い奴には会ったことないよ。だけど、心の方はなあ」

「なに？　どういう意味」

美結は突っかかってしまう。

「あいつ、ぜんぜん素直になれなかっただろ。見てて悲しくなったよ。少しは、変わってるかな……無理か。あいつは」

知ったような口を利く雄馬に怒りをぶつけたくなる。誰のせいで、名物トリオが解散になったと思ってるの？

そんなことは口に出せなかった。傷はまだ癒えていないのだ。梓から話題を逸らしたかった。だが雄馬は、遠い目で言うのだった。

「警備部行くのは分かってたけど、俺はなんとなく、刑事になって欲しかったんだよな……あいつに」

「なんで？」

美結は仕方なく訊いた。訊かないと自分の鬱屈《うっくつ》に気づかれてしまう。

するど雄馬は、ゆるみきった笑みを見せた。

「だってほら、あいつも刑事だったら、今ごろ捜査本部でトリオ組めてたかも知れない」

「……なに言ってんの」

美結は呆れたが、

「美結は、やり甲斐感じてる？　いまの仕事。望み通りかい？」

不意に真面目に訊かれて、答えに窮した。

「余計なこと訊いたね。悪い」

雄馬は苦く笑い、締めで頼んだお茶漬けをかき込む。わざとズルズル音を立てた。

食べ終えて茶碗を置くと、顔が変わっている。

「あの林《リン》さんのことも、ちゃんと調べた方がいいか……」

結局自分から仕事に戻る。根っからの刑事だ。

「周《ツォウ》に騙されたみたいだけど、もしかしたら何か隠してるかも……だけど、正面から訊いても口は割らないだろうな。素性を詳しく調べた方がいいか」

「でも、在留カードは」

「うん。問い合わせたけど問題なかった。前科もない、真っ当な在留労働者。身元は真っ白。だけど……」

何かが引っかかるのだろう。だがうまく表現できないようだ。

「……公安の手を借りるしかないか」

ふいに低い声が聞こえて美結は絶句する。目の前の男の顔を確かめた。雄馬は、目を伏せたままだ。

在日外国人の情報が最も集まっているのは公安部であり、情報提供を依頼するのは理に適《かな》っている。だが公安は、言わずと知れた秘密主義組織。果たしてすんなり協力してくれるのか。

「可能なの？　そんなこと」

美結は訊きながら、さっきの長尾係長の耳打ちを思い出した。あれは……公安に関わることだったのではないか。

雄馬は押し黙る。しばらく宙を睨み、更に声を低くして喋り出した。間違っても他の客や店員に聞かれないためだ。

「美結も知ってると思うけど……刑事部と公安部の関係は、常に微妙だ。利害が対立することもあるから、協力し合えるかどうかは上の人間じゃないと判断できない」

苦渋の表情だった。周唯《ツォウ・ウェイ》失踪の失点を取り返すためだ。

「ごめんなさい、私たちが……」

美結は思わず言う。

「違う、そういう意味じゃなくて」

雄馬は身を乗り出してきた。美結をまじまじと見る。

「それよりさ。君は、佐々木先生の妹さんと同級生なわけだ」

「あ、うん……」

戸惑って返すと、

「妹さんにも話を聞こう」

「えっ？」

「佐々木先生の人となりを知るいい機会だ。いいね？」

有無を言わせない調子だった。

「……はい」

「事情聴取ってわけじゃない。参考として話を聞くだけ。同級生なら難しくないだろ？」

「はい。でも……」

気が進まなかった。美結は佐々木安珠に限らず、高校時代の同級生とは全く連絡を取っていない。高校時代そのものから遠ざかるようにして生きてきたのだ。

「安珠は、佐々木先生とずっと会ってないらしいです。だから、最近の先生のことは知らない。参考になるかどうか……」

「どんな小さい手掛かりでもおろそかにしちゃいけない。佐々木先生の肉親だ、彼の過去や、生い立ちを知るには恰好の人だ。きっと何か得るところがある」

確かに、どこに事件解決の糸口があるかは分からないものだ。それに雄馬の刑事としての勘は尊重したい。ただの思いつきではない、何か根拠があるのだ。この男はこのやり方で実績を上げてきた。

「分かりました」

美結は心を決めた。

会おう——久しぶりに、佐々木安珠に。

第三章　煽火《せんか》

四月十九日（金）

1

カフェのドアを開けて店内を見渡した瞬間に見分けがついた。そこだけ花が咲いたように鮮やかだったからだ。美結は少し眩暈を感じながら近づいてゆく。

相手も、美結に気づいて笑顔になる。

「ミユー……久しぶり」

声には感慨が籠《こ》もっていた。美結の顔を見つめてくる。

「久しぶり……」

美結も目を離せなかった。予想していたとおり、佐々木安珠は魅力的な大人の女性になっていた。こざっぱりした白のワイシャツにパンツスーツというボーイッシュな恰好なのに、女性としての魅力を少しも殺していない。美結は、全く化粧っけのない自分が恥ずかしくなった。

電話番号は佐々木忠輔に教わった。神奈川の川崎市のアパートで一人暮らしをしているという安珠に、朝方、美結は思い切って電話をした。安珠は驚いていたが、すぐ嬉しそうな声に変わった。しかも今日はちょうど仕事の休みだという。会って話を聞かせてもらえないかと頼むと二つ返事でＯＫ。さっそく待ち合わせを決め、昼前に佐々木安珠の自宅の近くで落ち合うことにしたのだった。

「今日はごめんなさい、急に」

「ううん。こちらこそ、兄貴がご厄介になってます。扱いづらくて困ってるでしょ？」

おかしそうに訊いてきた。

「とんでもない、すごくよく協力してもらってるの」

「ほんとに？」

安珠は意外そうだった。

「しばらく会わない間に、行儀よくなったのかな。厄介者で有名なんだけど。喋り出したら止まんないし。でも、迷惑かけてないんだったらよかった」

安珠の視線が動く。美結は自分の後ろでニコニコしている男を紹介した。

「こっちは、吉岡刑事」

「初めまして」

「よろしくお願いします」

雄馬は頭を下げ、名刺を取り出して渡すと、目を細めて美結の同級生に見入った。

「刑事さんも名刺持ってるんですね」

安珠は感心して名刺を眺める。

「なんか貴重。ごめんなさい、あたし名刺持ってなくて」

「いえいえ、お気遣いなく」

雄馬はさらりと言う。安珠の魅力に動揺した様子は見せない。そつなく喋り出した。

「お兄さんの大学で大変な事件が起きて、さぞご心配でしょう」

「いいえ」

安珠は涼やかな笑みを見せた。

「兄貴はああ見えてタフなんで、殺しても死なないようなところがあるし。むしろ、皆さんにご迷惑をおかけしてないか心配で」

「とんでもない。すごくお世話になってますよ。お兄さんの障害のこととか詳しく伺いたいんですけど、その前に」

雄馬は美結をちらりと見た。

「一柳とはしばらくぶりで、つもる話もあるでしょう。ぼくは少し外しますね」

そう言って踵《きびす》を返したのだ。えっ？　と美結は呆気にとられる。

「ちょうど電話しなくちゃいけないし。少ししたら戻ってくるから。昔話でもしてて！」

雄馬はそう言い残してカフェを出て行く。美結はただ立ち尽くした。安珠の顔を見られない。

「なんか、気を遣ってくれたみたいだね」

安珠も戸惑っているが、顔は嬉しそうだ。

「じゃお言葉に甘えて、話さない？　ほんと久しぶりだもん」

声の明るさが嬉しい。美結もどうにか笑って見せ、テーブルを挟んで安珠の正面に座った。伏し目がちに相手を見る。

「元気そうでよかった」

安珠の花のような笑顔に、美結は目を細めてしまう。

「うん。元気よ。ありがとう」

美結はできるだけ嬉しそうな顔を見せたい、と思った。

「あなたも元気そう」

「うん。なんとかやってます。それにしてもミュー」

佐々木安珠は上から下まで美結を見た。

「刑事さんになってるとは思わなかったから、正直びっくりした」

美結は顔を伏せて言う。

「なれるって自信はなかったけど、ほんとに刑事になっちゃった」

美結は「安珠」と親しげに呼ぶのをためらったが、安珠はかまわず距離を詰めてくれた。ミューというのは高校時代の呼び方。安珠は当時もみゆではなくミューと呼んだ。この子にとって、あたしはミューなのだ。

「兄貴のことはちょっと忘れて、同級生として話そうよ。せっかく吉岡さんが気を遣ってくれたんだし」

「ごめんね、ビックリさせて。あのひと変な気い遣いだけど、分かりにくいんだよね。唐突でごめん」

美結は頭を下げた。

「でも、女刑事が急に訪ねてくるなんて怖いよね」

「ぜんぜん！　だってミューだもん。嬉しいよ」

優しい笑みに心が溶ける。高校時代の同級生で、久しぶりに会ってこんなに歓迎してくれる人がいるだろうか。こんなにこだわりのない笑みを見せてくれる人が？　思い浮かばない。

いま雄馬が口にした名前について訊いてこないことにホッとしていた。よく聞き取れなかったのかも知れない。名字が高校時代と変わっていることを、伝えないわけにはいかない。だが伝えると事情を話さなくてはならない。美結は、踏み出せなかった。

「でも警察って、いろいろ大変なんでしょ？　やっぱり男社会だろうから」

安珠が喋り出してくれて助かった。

「まあね……でも思ったほどじゃなかった。女性の刑事も増えてるし」

「そうなんだ」

美結は頷く。実際そうだった。警察としての方針だろう。全国平均で二十パーセントが女性警察官だという統計を見たことがある。美結にはそこまで女性が多いという実感がないが、女性の採用が増えているのは間違いない。そして、女刑事の割合が増えているのも間違いない。

「あの吉岡さんって人、ちょっと素敵ね」

安珠は椅子の上で足を組み替えると、少し上目遣いになった。

「お医者さんか、大学の先生みたいじゃない？　ああいう刑事さんもいるのね」

「うん。警察の中では、変わり者よ……同期なの」

「へえ！」

「同期で上司」

「同期で上司？」

「直属の上司じゃないけど、階級が違う。立場もぜんぜん違うの。彼は優秀だからどんどん出世してる。あたしは所轄だけど、彼は本庁の刑事」

「あ、ドラマで見たことある。ショカツの意地！　とか言って。本庁の人って偉ぶって、所轄の人を顎で使うイメージある」

「実際はそんなことないけどね。実力が違うから、しょうがないだけ」

「でも美結も、立派に刑事さんなんだねえ。だって美結、高校のとき音楽の先生になりたいって言ってなかったっけ？　それがいきなり真逆の男社会だもんね。体力勝負でしょ？　美結って部活は……」

「バドミントン。やっといてよかった。基礎体力だけはまあ、あるから」

「運動神経よかったもんね。体育祭のときとか、見とれてたよ。バレーのエースだったよね。アタックばんばん決めてた」

「……懐かしい」

胸にぽっと明かりが灯ったような気分になる。自分にも青春時代があったことに気づかされた。

「あたしは運動神経ないから、体育祭はバックれてたもんなあ」

「その分文化祭で活躍してたじゃない。あの絵やオブジェ。いまでも憶えてる」

「あはは」

嬉しそうに笑った。お世辞ではないと分かったようだ。安珠には特別な才能がある——美結は当時からそう感じていた。

「ありがとう。一応、芸大入ったんだ。いい気になって」

「ぴったりじゃない！　安珠は今、なんの仕事を？」

忠輔は〝フーテン〟と言っていたが。

「いろいろよ。今は子供相手にお絵かき教室やったり、マイナーなファッションブランドの手伝いをしたり。ハイテク機器のデザインに関わらせてもらったりもしてる」

「へえ、すごい」

美結は素直に感心した。安珠に向いていると思っていた仕事を実際にしていることが嬉しい。

「頼りにされてるんだね。やっぱり安珠、美的センス抜群だもんね」

「えへへ。ありがと」

安珠は満面の笑みで、さっきから飽きずに美結の顔を見つめている。懐かしさを感じた。

そうだ、この遠慮のない視線……この子は特別な目をしている。当時からそう感じていた。

佐々木安珠はいつだって、隅から隅まで見るのだ。全てを自分の目に焼きつけようとする。

観察力の塊、そして表現の名手。これが優れた芸術家の目だ。美結は思いきって訊いた。

「ね、安珠。歌は？」

安珠の顔が少し緊張する。

「まだ唄ってるの？」

すると安珠は、目を伏せて答えた。

「うん。まあ、その……バンドやってる」

「へえ、よかった」

美結は笑った。自分は自然に笑えている、と思った。

「やりたがってたもんね。高校時代」

「うん」

「CDとか出してるの？」

「あ……一応」

「ほんと！　すごいじゃない。ごめん、知らなくて」

「ぜんぜん！　商業ベースじゃないから。趣味みたいなもんよ、知らなくて当たり前。っていうか、知らなくていいから」

「ううん、教えて。なんてバンド？」

「いいよ。恥ずかしい」

安珠の照れ笑いに、美結の胸が熱くなった。

「ライヴがあったら教えて。安珠の歌、久しぶりに聴きたい」

「ほんとに？」

安珠は美結の目を、少し眩しそうに見つめる。まばたきを繰り返してから言った。

「じゃ、こっぱずかしいけど……今度教えるね。忙しいと思うけど」

「事件がないときはけっこう暇なの。行けたら必ず行くから」

何かを取り戻そうとしている自分がいた。胸の中が温かい。だが、切ない温度だ。ふいに目元がゆるんで美結は動揺する。

「ね。兄貴の大学の事件のこと、訊いていい？」

救われた思いだった。話題を変えようという安珠の心遣いかも知れない。

「やっぱりその、爆弾魔みたいなのが、あの亡くなった先生を狙ったわけ？」

「……うん」

美結は急いで、同級生から刑事に意識を切り替える。

「詳しく話せなかったら、差し支えないところまででいいんだけど」

美結は頷く。捜査機密に触れなければ大丈夫だ。

「兄貴が、逃げていく誰かを見たってことね。ただ、兄貴はその顔を覚えてない」

「うん。でも、それを別にしても、謎が多い事件なの。まだ犯人の目星がついてなくて」

「目撃者が兄貴じゃねえ。頼りにならないから。迷惑なだけでしょ」

「とんでもない。すごく参考になってる」

「ほんとに？」

「ほんとよ。でも、安珠にお兄さんがいるって知らなかったからちょっとビックリした」

「隠してたの」

安珠はペロッと舌を出した。

「だってあんな厄介者！　誰にも紹介できないもん」

事実が分かった。

やはり安珠は当時、兄のことを話すのを避けていたのだ。

「そんなに厄介な人かなあ」

美結は本心から言った。あの障害を別にすれば、しごく真っ当な人だとさえ思っている。

へえ、と安珠は意外そうに言った。

「迷惑かけてないの？　喋り倒してない？　行儀よくしてるみたいね。警察相手じゃさすがにかしこまってるのかな」

安珠は首を傾げ、

「いや、そんなタマじゃない」

と自分で訂正した。

「ほっとくと止まんないのよ、口が。とにかくいろんなことをずっーと考えてて、考えて考えて考えて、それをぜんぶ口に出す男だから。一種の病気ね。おまけに顔が見分けられないなんて、周りにとってはなおさら厄介だし」

「だからあたしも、腕にゴムを」

美結は腕を上げてみせる。忠輔に会うとき以外はむろん外しているが、安珠に見せようと思ってつけてきたのだった。安珠は苦い顔になった。

「ゴメーン。やっぱ迷惑よね」

「仕方ないよ。生まれつきなんでしょ？　相貌失認って」

「うん。ちゃんと理解してくれてるんだね。ありがと」

安珠はホッとした顔をした。

「担当が美結でよかった」

カフェのドアが開く音がしたので見ると、雄馬が戻ってきた。スマートフォンをポケットにしまいながら笑顔を見せる。

「たっぷり昔話に花が咲きましたか？」

美結の隣の席に座ると、女性たちを見比べる。

「おかげさまで。ありがとうございます」

安珠はとびきりの笑顔で礼を言った。

「すみません、こんなに時間もらって」

美結も言う。ここまで自由にさせてくれるとは思いもしなかった。

「はは。佐々木さん、どう思います？　同期なのにこの態度。丁寧すぎるんですよ」

美結は唖然《あぜん》とした。雄馬は安珠に向かってチクったのだ。もちろん安珠は困ったように笑うしかない。

「主任、ふざけてる場合じゃありません」

美結はなおさら慇懃《いんぎん》に言った。

「お気遣いには感謝します。でもそろそろ、しっかり話を聞かないと」

「分かってるよ」

悪戯《いたずら》っ子のように口を尖らせる。

「じゃあさっそく。安珠さん、相貌失認について少し、調べさせてもらったんですけど」

雄馬は瞬時に真顔になった。

「大きく分けると二つの種類があるみたいですね。一つは、熟知相貌に対する失認。つまり、既に知っている人が分からなくなる。もう一つは、未知相貌に対する弁別、および学習の障害。つまり、初めて会った人の区別がつかず、覚えることができない」

美結は呆気にとられた。いつの間に調べたのだろう。

「忠輔さんの場合、どちらですか。それとも」

「両方です。ほとんどの顔が苦手」

安珠は即座に言った。ああやっぱり、と雄馬は頷く。

「でも調べれば調べるほど、異常とか障害っていう表現は大げさだなって気がしてくるんです」

雄馬はにっこりして見せた。

「いわゆる健常者って、相手の顔は覚えられても、相手の服装や持ち物、名前、喋った内容なんかは忘れることも多いわけじゃないですか。なのにそっちは『忘れっぽい』とか『ウッカリ屋さん』とかで済まされてしまう。どこに差があるのか。だから優劣じゃなくて、多数派か少数派かの違いだけって気もしてくるんです」

「近眼の人の方が多かったら……裸眼の人の方が異常だってことですか？」

美結は思わず言う。忠輔を異常者扱いしたくない、という雄馬の気遣いを感じた。

「私より相貌失認に詳しいみたいですね。頭が下がります」

安珠は殊勝げに言った。

「いや、ぼくも人の顔をよく忘れるので。先生には親近感を覚えるんです。特に、好きな人の顔が記憶から薄れたりするとすごく悔しくなる」

「ね。お兄さんって、相手の表情は？……読めるの？」

美結は前から気になっていたことを訊いた。本人には訊きづらかったのだ。

「相手が笑ってるか、それとも泣いてるか、怒ってるかとか……そういう表情って、分かるのかな」

「分かる、と自分では言ってる。怪しいけどね」

安珠は苦笑いする。

「でも、顔かたちの識別と、表情の識別をする脳領域は違うみたいですよ」

雄馬がすかさず言う。

「あ、はい。独立した認知機能らしいですね」

安珠も知っていた。ということは、忠輔は——顔から全く情報を得られないわけではないのだ。形は覚えられなくても、相手の表情は読める可能性がある。ではもしかすると、刑事たちの猜疑《さいぎ》に満ちた表情もぜんぶ認識していたのかも知れない。美結は思わず顔が熱くなった。

「あの……」

だがめげずに訊く。少し気を遣いながら。

「忠輔さんは、安珠の顔は？……どうなの？」

「よく忘れられるよ」

安珠はますます笑みを苦くした。

「忘れたいから忘れるのかもね、あたしの顔の場合。ただ、やっぱりつき合いが長いから。いったん思い出すと区別はつけやすいみたい」

「ご家族は、やっぱりそうなんだ」

「まあ、他人よりはマシって程度じゃないかな」

「人間以外はどうですか。動物の顔は？」

雄馬が訊いてくる。

「動物って、あんまり顔で判断しないですよね。顔が似通ってるから。体つきとか、模様があればそっちで判断する。だから、見分けるのは人間より得意だと思います」

安珠はおかしそうに言い、美結を見た。

「図形も大丈夫だし。幾何《きか》学は得意だからね。駄目なのはとことん、顔なの。人間の顔」

「なんか、ほんとに不思議だね……」

「そう言えば兄貴、〝逆認識〟って言葉を使ってた。顔と見ると、脳がすかさずスクランブルをかけるような感じなんだって。部分部分に焦点は当てられるけど、顔全体を見てしまうと靄《もや》がかかったようになる。特に馴染みのない顔の場合、できる限り早くぼやかして、消し去ろうとしてるような気さえするって」

「人は赤ん坊の時から、親の顔を見分けられるようになってますからね」

雄馬は何度も頷きながら言った。

「その機能が、逆にこの障害につながってるって説もあるみたいです。五十人に一人は、何らかの相貌失認だという統計もあるくらいですから。軽度の人も含めてですけど」

「そうですか」

安珠はすっかり感心して雄馬を見た。当然だと思った。雄馬が人を魅了し、どんどん出世するのは当然かも知れない。必要な知識を吸収するセンスと能力がずば抜けているのだ。

そこで会話が途切れた。美結はさりげなく言う。

「すみません、ちょっとお手洗いに……」

ふっと場が和む。

「なんだ、我慢してたの？」

安珠が言うと美結は曖昧に笑みを返し、

「すぐ戻ります」

そう言って席を立った。

雄馬は半笑いで見送って、安珠に顔を戻す。

そこにある眼差しの鋭さに凍りついた。

2

佐々木安珠は低い声で訊いてきた。

「兄貴が爆弾を作ったんですか？」

「いえいえ！」

雄馬は手を振って否定する。

「でも疑われてるんでしょ？」

「とんでもない。あなたの兄上は重要な目撃者です。容疑者じゃない」

安珠はまだ雄馬を見据えている。本心を見極めようとしている。

「でも、あたしが話を聞かれるっていうのは、やっぱり疑われてるのかと」

「その割にはあわててませんよね」

雄馬が指摘すると、まあ、と安珠は首を傾げた。

「あの男はトラブルメーカーではあるけど、爆弾は作らないんで……たとえ作ったとしても、それで人を傷つけることはしません。それだけは、あいつのモットーに反するんで」

「モットー、ですか」

雄馬は面白そうに反復した。

「ええ。モットーというか、あいつの柱ですね。背骨みたいなもんです。誰がなんと言っても絶対曲げないような」

「ほう……やっぱり信じてたんですね。兄上のこと」

雄馬は笑った。

「お兄さん思いいだ」

「そんな口幅ったいことじゃないけど、あの男の信念と、爆弾は、真逆だってだけです」

静かに言った安珠に向かって、雄馬はきっぱりと返した。

「信じます、佐々木さん。今日は念のために話をうかがってるだけですよ。兄上を理解するために。お兄さんのあの障害はとても興味深い。どこに事件解決の糸口があるか分からないけど、兄上が目撃者になったのは偶然ではないかも知れない」

安珠は頷く。改めて、興味深そうに雄馬を見つめた。

「あの男らしい、素っ頓狂な障害でしょう？　でも本当に面倒くさいのは兄貴の性格の方です。今はまだおとなしいかも知れないけど、吉岡さんもそのうち分かると思いますよ。あんな厄介なヤツはいないって」

「そうですか。楽しみです」

雄馬は本心から言った。

「トラブルメーカーとおっしゃいましたが、別に前科もなければ、軽犯罪さえ犯したことがないじゃないですか。兄上はごく真っ当に学生生活を送ってこられた。それどころか、飛び級で大学に入学して、画期的な論文が注目されて。飛び抜けた頭脳と才能を評価されて、今は教える側になった。とても立派な経歴です。何度か出向はあったようですが、その先でも事件は起きていない」

「もう、調べ上げられてるんですね」

安珠は諦めたような笑みを見せる。

「刑事事件はたしかに起こしてません。でも、いろんな人間が騒動に巻き込まれてます。二度と兄貴の顔見たくないって人も多いと思う」

「そうなんですか？」

「ええ。あの男のおかげで、世界中をドサ回りさせられたことがあるあたしが言うんだから間違いありません。軽はずみに近づかない方がいいですよ。本当に」

安珠は不気味に釘を刺した。

「世界中をドサ回り？　へえ、興味あるなあ。大冒険でもしたんですか」

「まあ。死ぬかと思ったこともありました。兄貴の謝罪は聞いてないけど」

詳しく聞きたいと思った。だがもうすぐ美結が戻ってくる。その前に訊いておかなくてはならない――雄馬は顔から笑みを消した。

「ところで、美結の高校時代のことなんですが」

「……はい？」

「高校三年の頃のこと」

安珠の顔が緊張した。思わず身構える。

その反応を予想していた雄馬は、うっすらと笑ってみせた。

安珠はじっと雄馬の顔を見つめ、やがて頷いた。

「……知ってるんですね。あの子のこと」

「ぼくは、刑事ですから」

「うん。そりゃそうですよね」

安珠はそこで言葉を切った。しばらく沈黙が落ちる。

だがふいに、覚悟を決めたように言った。

「名字が、変わったんですね……あの子」

「はい」

雄馬は頷く。

「どうしてか、予想はつきます。過去と訣別するため……ですよね」

雄馬は今度は、黙って頷いた。

「ミューは、笑顔で会ってくれました。ホッとしましたけど、でも内心はどう思ってるか……同級生になんか、会いたくなかったかも」

「彼女はいい笑顔してました。ぼくには向けたことのない類《たぐい》の笑顔です。つまり、本当に嬉しいんですよ。あなたに再会できて」

雄馬は親身な声で言った。

「たぶん、高校時代の笑みと、今の彼女の笑みは違うでしょう。でも、どうですか？……彼女はまた笑えるようになった」

「はい。あたしは嬉しいです。もう、二度とあの子の笑顔が見られないんじゃないかと思ってたから」

安珠の目は少し潤んでいる。

「やっぱりあなたを訪ねて正解だった」

雄馬は強い声で言った。感謝を込めて、美結の同級生を見つめる。

「不思議な縁ですね……彼女と、あなたのお兄さんがつながるなんて」

「ほんとです」

安珠は表情をゆるめた。

「傍《はた》迷惑な男だけど、たまに大仕事するんだよなあ」

「忠輔さんですか？」

「はい。あの忠輔です。まあ、事件に巻き込まれるのもあの男の得意技で。しばらく大したこともなかったから気を抜いてたけど、その分でっかいのが来ちゃったなあ」

そこで美結がお手洗いから戻ってきた。雄馬は殊更に気楽な顔をしてみせる。椅子に凭れかかると、砕けた声を出した。

「考えたら、ぼくらは全員タメ年ですよ。仲良く遊んでてもおかしくなかったわけだ」

安珠も調子を合わせた。ただの世間話をしていたふうを装う。

「さっき美結にも言ったんですけど、吉岡さんってほんと、刑事って感じじゃないですね」

「それ、けなしてるんですよね？」

「いいえ。誉《ほ》めてるんです」

美結は瞬《まばた》きを繰り返しながら席に座る。妙に軽い空気に拍子抜けした。今までこの二人は何を話していたのだろう？

「よく上から怒られるんですよ、強面《こわもて》の練習しろって。それじゃ取り調べでも相手がビビらねエぞって」

「いや。有能なのは分かります。相手に信用されるでしょ？　好かれる才能があるのかな」

安珠はちょっと流し目をしてみせる。美結はヒヤリとしてしまった。あんたこそ男に好かれるでしょ、と言いそうになる。

「でも気をつけてくださいね。目が笑ってないときがある」

安珠が言い切り、雄馬が頰を引きつらせた。

「そうですか？」

「ええ。取り調べで相手がビビらないっていうの、相手がよほど鈍感なときだけでしょ。ほんとは吉岡さんって、怖い人ですね」

「ええ？　怖くなんかないですよ！」

雄馬が抗議しても安珠は取り合わない。

「執念深い。こうと決めたら絶対諦めないでどこまでも追いかける。たとえば……好きな女とか」

「ちょっと、勘弁してくださいよ」

雄馬は完全に目が泳いでいた。

「そんなこと初めて言われました」

「そうですか。ごめんなさいズケズケと。でも感じたことを言っただけです」

安珠は取り澄ました顔で言った。

「あたしもちゃらんぽらんなんで、あんまり真剣に受け取らないでくださいね」

そしてニッコリ笑う。それは必要以上に魅力的で、美結は落ち着かない気分だった。あたしは何を動揺してるんだ……雄馬がいま明らかに、安珠に見惚《みと》れている。そのせいだということを認めたくなかった。

「あなたこそ、怖い人ですよ」

雄馬は反撃したが、

「あたしなんか怖くないですよー。凡人ですもん。自分の才能のなさに毎日気づかされて凹んでます。あたしの収入はいつまで経っても安定しないのに、兄貴は毎月給料もらってるわけですからね、あの大学から。不条理だよなあ。まああの男の頭の出来は確かに異常だけど、どれだけ人の役に立ってるんだか」

「でも兄上は、留学生たちに凄く慕われてますよ」

「変な人望があるところも気に食わない」

安珠が吐き捨てて、美結は笑ってしまう。だが雄馬は真剣に言い続けた。

「いや、尊敬されて当然の人だと思います。留学生たちのことを本気で心配してる。立派です」

「そうですか。そりゃどうも」

安珠は目を瞠った。

「じゃ……吉岡さんが兄貴を疑ってないっていうのも、ほんとだと思っていいんですね」

「繰り返しますけど、ぼくが疑ってるのはお兄さんじゃない。彼が気にかけている留学生たちです」

美結はあわてて雄馬を見た。そこまで言っていいのかと心配になったのだ。

だが雄馬は意図的に口に出していた。

「留学生たちのことを一番よく知ってるのが忠輔さんですから、彼にはこれからも大いにお世話になると思います。申し訳ありませんが」

「いくらでも使ってやってください」

安珠はふざけたように笑う。

「負担がかかるのはそちらなんで、こっちは申し訳ないと思ってるんですよ。兄貴が本領を発揮しないことを祈るだけ」

「ぼくは、本領を発揮したお兄さんが楽しみですけどね。これから見られるのかなあ。だって彼は、めったにいない天才。そうでしょう？」

「そういう説もあるみたいですけど」

妹は口の端を歪める。

「お兄さんから論文をいただきました。ちんぷんかんぷんでした」

雄馬は頭を掻きながら言った。今朝早くから捜査本部に出て、昨日忠輔にもらった論文の束に挑んでいたのだ。美結がやって来た頃にはすでに顔色が悪くなっていたが。

「うーん、分からん」

美結が近づくと、雄馬はそう言って紙束を放り出したのだった。

美結は手に取ってそのタイトルを見た。


「超弦理論眺望に於けるカラビ‐ヤウ　n‐次元多様体フラックスコンパクト化の問題点」

「十および十一次時空における重力波の伝播・変動についてのドジッター解的考察」


ページを開ける気が失せた。美結は他の論文を物色する。もっと分かりやすそうなものはないのか？

「数学や物理は、得意なつもりだったんだけどな……まるで歯が立たない。ダメだこりゃ」

雄馬は凹むより、むしろさっぱりした調子だった。

「こういうのもありますよ？」

美結が差し出したのは、いささか趣の違うタイトルの論文たちだった。


「憎悪分解セオリー ver.5.6」

「贖罪学《アトンメントロジー》序章――罪の解析と贖《あがな》いのメソッド」

「正当防衛ガイドライン―罪なき抵抗のための三十六の原則―」

「そっちは、もっと分からない」

雄馬は思い切り顔をしかめた。

「理論物理の人だというから、何もかも数式とか記号で書いてあるのかと思ったら、なんだか抽象的というか観念的というか、そんなのもある」

その通りだ。開いてみて、美結は眉に唾《つば》をつけたくなった。「罪」とか「贖罪《しょくざい》」、「憎悪」という単語のせいだ。とても科学で扱う類のワードとは思えない。

「もうやめよう。ぼくらがおかしいんじゃない。あの先生が異常なだけだ」

雄馬は引きつったように笑った。

「でもこれって、大部分は忠輔先生の論文ですね」

美結は指摘した。

「いくつか、留学生と連名だけど」

「日本語のヤツはね。留学生単独の論文は、ほとんど英語だから。困ったな。翻訳に出すか?」

そこまでするべきなのか。やってみてどれほどの成果があるのか、首をひねってしまう。英語の論文を翻訳して読むのが刑事の仕事なのか?――二人は苦い笑みを顔に貼りつけたまま、捜査本部を出たのだった。論文を書いた男の妹に会うために。

「ああー、同情します」

その妹、佐々木安珠は口を開けて笑った。

「あたしも十代の頃、日々そういう気持ちを味わってたんですよ。父親も理論物理の教授なんですけど、父親もついて行けないくらいでしたから。一人で喋ってどんどん突き進むから誰もついて行けなくなる」

そのとき、雄馬のスマートフォンが小さく鳴った。画面に表示された番号を確かめた途端、雄馬は真剣な表情になって電話に出た。

「なんですって……」

そして顔色が変わる。美結は思わず身構えた。

「佐々木さん」

雄馬は目を剝いて安珠を見た。

「あなたのご実家はどこですか」

「杉並ですが？」

雄馬は一瞬だけ息を吸ってから言った。

「爆発があったようです」

3

インプレッサは佐々木安珠を乗せて爆発現場に直行した。

ハンドルを握ったのは、再び吉岡雄馬。ルーフに回転灯をくっつけるとノンストップで爆走した。東名高速に乗っても三十分はかかるはずの道のりを、雄馬はまたもや二十分を切る勢いで走破してのけた。大橋ジャンクションで一般道に降り、中野坂上で左折するとたちまち目的の土地に入る。

杉並区東部——。堀田《ほった》、依川《よりかわ》、瀬木《せき》付近。高校を卒業して以来、美結はほとんどこの土地に足を踏み入れていない。高校時代に安珠の実家へ行ったことはなかったが、どの辺りかということはなんとなく記憶していて、行ってみると確かに記憶通りだった。見覚えのある区画、いつか通った大通り。

「しばらく真っ直ぐ。あそこのお寺の先を右です」

後部座席の安珠の指示通りに車を走らせて、辿り着いたのは住宅街の一角。パトカーと消防車と、爆発物処理班の特殊車両が日常の風景をぶち壊していた。家屋はごく平均的な一戸建てだ。火や煙は見えない。ただ——インプレッサから降りて緊急車両の間から覗いて見ると、明らかにおかしな光景があった。

門がひしゃげている。

アルミ製だろうか、直線が見事に、あり得ない曲線に変わっている。塀の一部も欠けていた。周りは黒く煤《すす》けている。

「あ——ポストが」

美結のすぐ後ろで安珠が呆然と呟いた。郵便受けの部分が爆発しているのだ。郵便爆弾——美結はその言葉を、口に出すのを避けた。雄馬が現場検証をしている所轄や機捜の刑事にあいさつして話し出す。

「ご家族は大丈夫？」

美結は安珠に確認した。

「うん。さっき一応電話してみたけど、パパは柏の方に行ってて、ここには週末しか帰ってこないの。兄貴もあたしもここを出て一人暮らしだし」

「じゃ、誰もいなかったの？」

「うん」

母親のことは口にしなかった。美結もあえて訊かない。安珠を連れて、走り回っている鑑識員の間をすり抜けて雄馬に近づいた。機捜の刑事とおぼしき年配の男が説明している。

「郵便物のパッケージを回収してるところだけど」

「残ってるんですか？」

「散り散りになってるけど、読める部分があった。ちょっと待ってよ。本橋さん！」

鑑識の人間を呼んで、ビニールに入った残骸を見せてくれた。

「宛先の住所も、宅配便の伝票も特に見あたらない。犯人が自分で持ってきて郵便受けに入れたんだろう。ただ、これ。パッケージは白紙じゃなかった。何か書いてある――URLのようだ」

「ええ？」

指差したところを見ると、たしかにURLだった。印刷された活字なので、ワープロソフトを使ったのだろう。wwwに続いてアルファベットが並んでいる。

「十九日まで開けるな、とも書いてある。つまり、今日」

「いつ入れられたんですかね？」

「さあね。住んでる人が気づかなきゃ、こっちは分からない」

「月曜から誰も帰っていないから、まる四日間は無人でした」

安珠が言った。

「あ、あなたここの人？」

「実家なんです。ここには今、父親が週末だけ帰ってます」

「あっそう。爆弾持ってきたヤツは、そのこと知らなかったんだろうねえ。誰も見ないうちに爆発しちまった」

「………」

「ポストに入るような小さい爆弾を、自分で持ってきて入れたのか」

雄馬の目は据わっていた。さっきまでカフェにいた気楽な男とは別人だ。

「このURLにアクセスしましょう！」

美結は言ったが、鑑識員が首を振った。

「ところが、吹っ飛んでて、一部が欠けてる」

美結はビニールの中をよく見て確かめた。その通りだ。これだけでは正しいページに辿り着けない。

「なにそれ。意味ないし」

腹立たしそうに言った安珠の携帯電話が鳴った。

「あ、事務所からだ。ちょっとすみません」

電話に出た安珠が、うんと言ったきり沈黙する。

「触らないで！」

いきなり声を張り上げた。

「そっとしておいて！　そこから逃げて！　爆発するから」

その場の全員が緊張した。消防隊員までが何事かと集まってくる。

「別の爆弾？」

雄馬が安珠に詰め寄った。機捜の刑事も目を剝いている。厳《いか》つい男たちに囲まれて、安珠は怯えた目で何度も頷いた。携帯電話を耳に当てたまま言う。

「あたしがお世話になってる事務所に、速達で荷物が届いたって連絡です……差出人のところに、ＵＲＬが書いてあるそうです。明日まで開けるなって」

「ここで爆発したのと同じやつだ。期限は、明日まで？　住所はどこですか？」

「祐天寺《ゆうてんじ》です」

「至急人を向かわせます。事務所の人には、それを静かに置いて、そこから避難するように言ってください」

安珠は電話口に言われたままを伝えた。

「連続テロだ。犯人が動き出した」

雄馬が言い、美結は声を震わせた。

「でもどうして、忠輔先生の家族を……」

「そのURLにアクセスすれば何か分かるだろう。とにかく爆発させずに回収して、分析しないと」

雄馬は爆発物処理班の人間を捕まえて、新しい仕事だと伝えた。そして自分の電話で各所に連絡して緊急出動を要請する。美結は墨田署の捜査本部を呼び出して状況を説明した。事務所に行きたい、と訴える安珠を制して、佐々木家の一階のリビングで報告が入るのを待つことにする。所轄の高円寺《こうえんじ》署の署員たちが安珠から鍵を借りて中に入り、内部の安全を確認してくれたのだ。

十五分ほど経って、爆発物処理班からミッション成功の連絡が入った。目黒区祐天寺の事務所にて不審物を無事回収。怪我人はなし。そして直ちに、パッケージに記載されていた文章を画像添付メールで雄馬宛に送ってきてくれた。全員で雄馬のスマートフォンの画面を覗き込む。

〝20日　マデ　アケルナ〟

という、ごく小さなカタカナの下に、一行のURLのみ。これも佐々木家のポストに入っていたものと同じ、印刷されたワープロソフトの活字。機種も同じだろう。

美結は佐々木家のノートパソコンを借りて、そのアドレスにさっそくアクセスしてみた。緊張の一瞬だった。つながるまでのわずかな待機時間がいやに長く感じられる。つながった。ページが表示される。

白地に、赤い文字が浮かび上がった。すべてアルファベットだった。

You're the biggest threat to me.
I order you to cease all current research.
YOU MUST STOP THINKING.
Chusuke Sasaki, you have been warned.

——C

英文のメッセージ。最後に記された名前は——

「Cだって⁉」

雄馬が声を上げた。

「Cって、あのハッカーの？」

安珠は妙に不満げな顔だった。まるっきり実感が持てないのだ。

「これ、翻訳してみよう」

美結は頷いて、別ウインドウを立てて翻訳ソフトや辞書サイトを使って和訳してみた。

雄馬も手伝い、やがて訳文ができあがった。

お前は私にとって最大の脅威だ。

全ての研究を停止せよ。

考えるのを止めろ。

佐々木忠輔、お前は警告されている。

——C

「うん、こんな感じだろうな……」

雄馬が納得する。

「脅迫状。それに、犯行声明だな」

「……先生を名指しで？」

美結は安珠を見やる。安珠は強ばった笑みを浮かべていた。悪い冗談だと思っているようだ。だが雄馬は厳しい声で言う。

「狙われてるのは……佐々木先生だったのか？」

「ならどうして、おとといの犯人は佐々木先生に危害を加えないで、角田教授を」

「単なる間違いか？」

まるで納得がいかない、というように雄馬は首をひねる。

「でもCはハッカーだろ？　直接爆弾を送ってくることなんかあるのか？」

かつてサイバーフォースにいた美結に訊いた。美結の経歴に敬意を払ってくれたのだ。

「そういえば……」

美結は目を閉じて集中し、記憶を総ざらいする。

「聞いたことはあります。ハッキングでシステムを操作して、爆発を引き起こしたという噂とか……実際に爆弾を送った事例も、あった気がします」

「本当か？」

「ただそれは、C本人か、Cのシンパが勝手にやったことかは、分からないんですが」

「まあ、世界中にシンパがいるんだもんな」

雄馬は少し歪んだ笑みを浮かべた。

「Cはただのハッカーじゃない。世界中の軍や警察に追われてるんだ、立派なテロリストと見なすべきだな」

「でも、これが本当にCの仕業かどうかは……」

「うん。疑わしい。Cのせいにしたいだけかも知れない」

雄馬は素早くスマートフォンを取り出した。

「このページを作った人間を調べよう！　プロバイダに連絡を」

捜査本部に電話をしている間に、美結はこのページのデータと訳文をメールした。これで捜査本部に残っている人間たちが詳しく調べてくれる。

雄馬はいったん電話を切り、長尾係長宛にかけた。もう捜査本部を出てこっちに向かっているところらしい。少し話し、了解ですと答えて電話を切ると、美結に告げた。

「捜査本部は特捜本部に格上げになる。人員も増強される」

特別捜査本部。当然だと思った。これから、美結が経験したこともないような体制が敷かれる。

「何やったんだろ、兄貴？」

安珠が呟いた。心底不思議そうな顔で。

そうだ。一連の事件の焦点は佐々木忠輔に移った。ただの目撃者と思われていたが、実は犯人に狙われていたのだ。名指しの脅迫文と複数の爆弾がその証拠。美結は安珠にかける言葉もなかった。家族ぐるみでテロの標的になるなんて想像したこともないだろう。

「Cを怒らせるようなことしたの？……まったく、とことん厄介なヤツ！」

そして電話をかけ始める。

「兄貴？　あんた何やったの」

いきなり渦中の男と話し出した。

「これから行く、と伝えてくれる？」

美結は急いで言った。

「できるだけ安全な場所に隠れて。私たちが行くまで、誰にも会わないようにって」

「うん。先生の警護を徹底しよう。もう最寄りの交番が向かってるけど」

雄馬は自分の電話をしまいながら言った。

「参ったな、すべての鍵は先生が握ってたのか！」

4

墨田署の大会議室はごった返していた。高円寺署の捜査員たちも加わり、爆発物処理班、科捜研の所員たちもやって来た上、本庁の捜査官も増員されたので大所帯になったのだ。

「ここの会議室じゃもうおさまんねえぞ」

小西はこっそり呟いた。隣の村松がビクリとする。本部に呼び出され、お互い地取りを中断して大あわてで戻ってきたのだ。

「もう、本庁に捜査本部作った方がいいんじゃねえのか……」

言いながら、どうせそうなると小西は思った。もはや墨田区ローカルの事件ではあり得ず、広域に跨《また》がった連続テロ事件になったのだ。前列のひな壇を見れば、どれほどの非常事態なのかが分かる。

小笠原管理官の隣に、綿引《わたびき》という理事官がしかめ面で座っていた。

理事官は刑事課長に次ぐナンバー2のポストで、捜査一課に三人しかいない。ふだん所轄の捜査員がお目にかかることなどない。だが墨田署くんだりまで引きずり出されたのだ。我らが所轄の北畠署長と六川課長も雁首《がんくび》揃えているが、全く血の気がない。小西は見ていられなかった。二人の手前に控えている係長だけが頼りだが、その井上の顔もさすがに硬い。

「しかし犯行声明といっても、何を要求してるのかよく分からん」

緊急会議は、小笠原の耳障りな大声でいきなり始まった。

「佐々木講師を敵視しているのは分かったが、考えるななんて要求は聞いたことがないぞ！」

これほど人員が膨れあがり、上官がやってきても、横柄な態度を変えないところはさすが小笠原と言うべきか。

「犯人は、彼の頭脳を恐れているということか？」

綿引理事官が冷静に問う。頭髪はほとんど坊主頭と言っていいほど短い。小笠原より幾分若く見えた。この男が刑事部のトップに上り詰める日は遠くないかも知れない。だがそのためには、どんな難事件も解決することが必要となる。まずは、明日の朝一で開かれる記者会見を無事乗り切ること。報道の矢面に立つのは管理官や理事官なのだ。

「佐々木講師は、いったいなんの研究をしてるんだ？」

綿引は小笠原に訊いた。小笠原は答えられる人間を捜す。だが、誰もが目を逸らした。

北畠署長は初めから我関せずという顔。六川課長はまるで空気のように存在感を消している。

「それは、その」

かろうじて井上係長が答える努力をした。

「たしか理論物理学、が専門だと」

「というと宇宙論とか、素粒子論か」

綿引が教養を見せた。だが井上の方が詰まってしまう。要領を得た説明は、むろん小西にもできない。福山はまだ戻ってきていないし、長尾は現場に向かっている。デスク主任の土田が何度も長尾から連絡を受けているが、その度に童顔がひきつっている。状況が深刻な証《あかし》だった。

そして――美結と吉岡雄馬も現場だ。なんと、捜査本部の刑事の中では一番先に臨場したという。ちょうど佐々木忠輔の妹と会っていたらしい。

「初めからその佐々木講師が狙いなら、どうして角田教授が死んだ？」

綿引は質問を変えた。

「犯人側のミスか？」

「人違いだとしたら、ずいぶん粗い仕事ですが……」

小笠原は面白くなさそうに言う。

「それにタイミングが遅い。どうして角田教授爆死の段階で犯行声明がなかった?」

綿引は畳みかけた。法廷の検事のように容赦がない。

「出せなかった。人違いのせいか、それとも、何か不測の事態が起きたのか」

小笠原は落ち着いた素振りで答えたが、目にある緊張は隠せなかった。明らかにプレッシャーをかけられている。捜査の停滞、管理不行き届きを責められていた。小西は妙に気の毒になる。小笠原がいい仕事をしていたかどうかは別にして、誰が責任者でも同じだろうと思ったからだった。いったい誰がこんな事態に対処できるのだ?

「なんだか違和感がある。今日と一昨日の爆破犯は、同じ人間だろうか」

「それは疑うべきでしょうな」

小笠原はしたり顔で言った。

「前回ほどの強い殺意が感じられない。今回はまさに、警告、脅しという感じがします。爆弾が爆発しなくても構わなかった。脅して震え上がらせたかった」

「爆弾のパッケージにあったURL、〝C〟のサイトのURLに似ていますが、直接のリンクはないんです」

井上が急いで指摘した。

「プロバイダに問い合わせました。このページを立ち上げた人物は、虚偽の住所氏名で申し込んでいたようです。特定を諦めてはいませんが……」

「前回の爆発に便乗した模倣犯かも知れない」

綿引の指摘は外科医のように冷徹だった。

「それとも、犯人自体が分裂気質なのか」

腕を組んで考え込む綿引に向かって、井上が意を決したように言った。

「情報通信局の、水無瀬《みなせ》さんに力を借りるべきではないでしょうか」

なに？　と綿引が目を剝く。

「サイバーフォースか？」

小笠原も眉をひそめた。

「Cという国際的なサイバー犯罪者が関与している可能性が出て来ました。なりすまし、模倣犯だとしても、危険なことに変わりはありません。やはり専門の方に協力してもらうべきではないかと」

小笠原は顔をしかめて上司の顔色をうかがった。だが綿引はそれ以上に顔をしかめている。なんだ？　小西は首を傾げた。井上の進言はしごく真っ当なものだ。なのにお偉方の渋い顔はなんなのか。

井上が、情報通信局の水無瀬に親近感を覚えていることは知っていた。同じ部署になったことはないはずだが、過去の事件の捜査本部で一緒になり、チームを組んだことがあるらしい。井上は一年前、美結がここに配属になってすぐにこう言っていた。

「一柳をよろしく頼む、と水無瀬さんに直々に頼まれてるからな」

そう、水無瀬とは、美結が前にいた部署の直属の上司なのだ。

小西は水無瀬に会ったことがないが、三十代後半の警視正だということは知っていた。つまり井上よりだいぶ年下。キャリアとノンキャリアの悲しさで、年々階級も立場も離れていくばかりだが、人間同士の結びつきは続いてゆく。それが組織を支えている。

「科捜研！　爆弾の分析はどうなってる⁉」

話を逸らすように小笠原が声を上げた。くすんだ色の作業着姿の男が立ち上がる。物理科所属の牧田《まきた》です、という自己紹介の後、資料を手にぼそぼそと喋り出した。

「一昨日、東京学際大学で使用された爆薬の飛散残留物には、爆発物マーカーが含まれていないことが判明しました」

「なんだって⁉」

声を上げたのは、大勢いる刑事たちの中でも数人だけだった。あとはぽかんとしている。もちろん小西もその一人だった。

「爆発物マーカーとは、プラスチック爆薬に添加を義務付けられている揮発性の物質です。探知剤とも言います」

意味が分からなかった者のために、牧田所員は辛抱強く説明した。

「爆発物探知機による探知を容易にするために、法令で取り決められています。マーカーとして使用される物質は略称でＤＭＮＢと呼ばれるものが主流。他にｐ‐ＭＮＴ、パラモノニトロトルエンなどがありますが、そのどれもが……全く検出されませんでした。実用爆薬の製造のある段階以降は、必ずマーカーが含まれているはずなんですが」

「ということは、つまり？」

小笠原が苛々《いらいら》して訊いた。科捜研所員はあわてて続ける。

「つまりこの爆薬は、爆発物の製造元からの、直送品ということになります」

「製造元？」

「つまり……化学工場。もしくは、軍。もしくは……政府直轄の組織」

これは大事《おおごと》だ、という空気が満ちてくる。

爆弾魔の背後には――恐ろしく巨大な何かがある。

「大規模なテロ組織が、独自に製造した可能性もあり得ますが……あるいは、爆薬探知条約に加入していない国で製造されたものか。いずれにしてもこれは、あまり前例のない……」

「今日回収された爆弾も同じですか？」

小西は思わず大声で訊いていた。牧田所員は小西に目を向けてくる。

「現在大急ぎで分析中ですが、おそらくは、同じものです」

「ではやはり同一犯なのか？」

「わけが分からんな」

理事官と管理官も顔の強ばりを隠せない。居並ぶ歴戦の刑事たちが顔を見合わせて喋り出すが、その声も完全に上擦っている。

小西は悲愴な気分だった。これはいよいよ、所轄の平の刑事が出る幕ではない。俺は今後も捜査に関わることができるのか？　いや。できたとしても隅に追いやられるだろう。直接犯人を追うことはできなくなる。

「小西さん……」

村松の情けない声を無視する。美結。そっちは今どうなってる？

我慢できなかった。すかさず携帯電話を取り出す。

5

「ぼくが狙いだった？」

またもや大学にやってきた刑事たちに向かって、忠輔は思い切り顔をしかめた。

「角田さんじゃなく、ぼく？　で、角田さんはただの巻き添え？」

「そういうことになりそうです」

美結自身が釈然としないまま説明した。

「しかもぼくを狙ったのが……Cだって？」

忠輔は開いた口が塞《ふさ》がらないようで、そのまま天井《てんじょう》に目を向けて固まった。

緊急事態だ、と電話で伝えてもよく呑み込めなかったらしく、安全な場所にいてくれと言ったにもかかわらずそのまま教員室にいて、鍵もかけていなかった。最寄りの交番の警官が押っ取り刀でやって来て、廊下に突っ立っていてくれたのがせめてもの慰めだ。

「もう少し危機感を持っていただいた方が……」

美結はとがめ立ててしまった。だが忠輔は堪えない。

「安珠は無事だったんでしょう。親父も。だったらいいじゃないですか」

その安珠は、ここには来ていない。いっしょに大学に来ないかと誘ったのだが、

「あたしはいいや」

と言って実家に残ったのだ。

「ちょっとここで、やることもあるし」

お兄さんが心配じゃないの？　という問いが喉まで出かかったが、美結は呑み込んだ。やることがある、というのが嘘だとは思わない。だがこの子は兄に会いたくないのかも知れない。どんな理由でかは分からないが、そんな気がした。

「今後、安珠さんには護衛をつけさせていただくことになると思います」

雄馬が説明した。安珠の兄は、また顔をしかめた。

「護衛なんか要らないと思うけどなあ」

まるで他人事のように聞こえて、美結はいきり立ってしまう。

「どうしてですか？」

「だって本気で殺したければ、わざわざ脅すはずないでしょう。角田さんみたいに不意打ちでやればいい。こんな持って回ったやり方……」

確かに、忠輔の考え方は筋が通っていると思った。雄馬はじっと目を当てて聞いている。

「だいいち、ぼくが出くわしたジャージの人物はどうして手を出さなかった？　むしろぼくを、爆発の巻き添えにならないようにしてくれたんですよ。その上で脅す？　どうにもおかしい」

「先生の疑問はもっともです」

雄馬は言いかけて、それからあわてて右の手首を見せた。そこには黒いゴムが巻かれている。

「ああ、吉岡さん。いちいち見せなくて大丈夫ですよ」

忠輔はニヤリとした。

「あなたはそこを動いていないし、声も覚えたから。間違えない」

雄馬はホッとしたように笑い、続けた。

「同一犯ではない可能性もある。我々もそう考えています。一昨日起きた爆弾事件に便乗して行動を起こしたのかも知れません。しかもCの名前を出して、先生を脅したい。そう望んだ人物の仕業です。心当たりはありませんか？」

「ないよ。こんな失敬きわまりない奴」

忠輔は憤慨を隠さない。

「ぼくに考えるのを止めろ、だよ？　死ねと言ってるのと同じだ。こんな失敬な奴がいるとはな……ぼくが考えるのがそんなに気にくわないか？」

確かにこんな脅し文句は聞いたこともない。それを「失敬」と怒る人間も珍しいと思った。

「だいたい、ぼくを狙うなら、なぜ家族に」

「いま先生の周りには、しょっちゅう警察官がいる。だからご家族を狙ったんでしょう」

忠輔はしばらく考え込んだ。美結は訊いてみる。

「あの、今日は、留学生のみなさんは……」

「もう帰ったよ」

忠輔は上の空で返してきた。

「学校にいたんですね？」

「うん。三人とも、朝からね」

だがそれはなんのアリバイにもならない。佐々木家に届けられた爆弾が何日の何時何分にポストに入れられたか判明していないし、祐天寺の、安珠が所属するインディーズの音楽事務所に届けられたのは速達郵便の形だった。むろん差出人の住所氏名はでたらめのもの。しかも印刷された活字だった。科捜研で隅から隅まで調べてもらってはいるが、犯人の痕跡《こんせき》を辿るのは難しそうだ。

「その後、周《ツォウ》の消息は……？」

忠輔が訊いてきた。

「まだつかめません」

「……そうか」

目に暗い光が宿っている。忠輔を気遣いながら、雄馬は言った。

「周唯《ウェイ》さんの素性を改めて調べています。北京市の宝石商の娘ということでしたが、そこからもう、経歴を詐称していた可能性があります」

その通りだった。周唯という宝石商の娘は確かに実在した。生まれつき口がきけず、言語学のエキスパートだというのも間違いがない。だが、北京に人事交流のために派遣されている警視庁の人間に現地調査を頼んだところ、判明した事実がある。彼女の留学先は日本ではなくアメリカだというのだ。周唯の直接の知り合いに確認したので、ほぼ間違いないという。

中国大使館は当初、周の身元に太鼓判を捺《お》していたはずだ。だから東京学際大学も何の疑問もなく留学生として受け入れた。だがとんだ間違いだった可能性がある。どうして大使館はそんないい加減な仕事をしたのか。

「ぜんぶ嘘だった。しかも発話障害者ではなく、喋れるというのか」

忠輔は目を上げて雄馬を見た。それから、手首の黒いゴムを。

その目に宿る悲しみに、美結は胸が痛んだ。爆破犯ではあり得ない、とかばい続けてきた教え子にずっと騙されていたのだ。

「彼女がどこへ行ったか、心当たりはありませんか」

美結は訊いた。

「ない。すまない」

謝罪が返ってきて、ますます胸が痛む。この男も責任を感じている。

責めるわけにもいかず、美結と雄馬は互いの顔を見合わせた。しばしの沈黙。

「……Cか」

やがて忠輔が呟いた。気を取り直したようにパソコンに向かう。キーボードを軽快に叩き始めた。さっき美結が教えたURLにアクセスする。

赤い文字のメッセージが浮かび上がった。

「まだ見られますか。もうすぐ閉鎖されるはずです」

雄馬が言った。

「虚偽の住所氏名で申し込んだ人物が立ち上げた、こんな不審なページですからね。こんなものがあると、先生も落ち着かないでしょうし」

「このページから犯人を割り出せないかと思ってるんですが」

美結が言うとうん、と忠輔は頷く。

「まあ、難しいだろうね。ここから尻尾《しっぽ》を摑むのは」

「どうしてですか？」

「ユーザーの痕跡を消す手はいろいろある。警察も、よくご存じだと思うけど」

二人の刑事は頷いた。思い起こすのは、いわゆる〝遠隔操作ウイルス事件〟。匿名化ソフトと新種のウイルスを駆使した愉快犯に振り回されたあの事件は警察のトラウマになっていると言ってもいい。多くの警察官にとってサイバー犯罪、ハッカーに対する苦手意識は根深いものがある。

だが、いつまでも不甲斐ないところばかり見せられない。この大学講師には警察を信頼してほしかった。

「このページ、Cのサイトに似せてはありますが、下手《へた》な偽装です」

美結は努めて冷静に説明した。

「このURL、C本人のサイトに直接のリンクはないんです」

「そう、Cは、犯行声明を上げるとしたら決まって自分のサイトでやるはずだ」

雄馬は何度も頷きながら言った。

「別立ての変なページを作る必要はない。犯人は爆発をCのせいにしたいだけなのか、あるいは……」

「捜査の現場を攪乱《かくらん》したいんだろうね」

忠輔は言った。

「Cと名乗っている限り、警察はCにも精力を振り向けなくちゃならない。ところがCは、世界中の政府や捜査機関が追いかけても未だに実態が摑めていない。逮捕すると言っても、雲を摑むようなもの。どれが本体で誰が偽装とか、明確に言えない。そこに目をつけた」

「……おっしゃる通りです」

説明不要。忠輔は既に犯人の意図を見抜いている。

忠輔はパソコン画面を眺めたまま言った。

「Cのことは、知る必要があると思っていた」

「でも、おそらく名を騙《かた》っているだけです」

「うん。分かっているよ」

忠輔は頷く。そしてキーボードを叩き出した。勢いがみるみる増してゆく。

そこで美結の携帯電話が震えた。見ると小西哲多からだった。すみません、と言って美結は部屋の隅に行く。

『おい美結』

聞こえてきた小西の声は、どこか疲れていた。

『こっちは大変なことになってんぞ。そっちは爆発現場か？』

「今、大学の方に移動しました。佐々木先生に事情を話してたところです」

『先生のご家族、みんな無事なんだよな。それは何よりだが……こっちは理事官が出てきた。ウチの捜査本部、長くねえな。墨田署じゃ収まんねえ。本庁に吸い上げられて、俺たちはお役ご免かもしれん』

美結は目の前が暗くなった。事件が大きくなりすぎたのだ。

「捜査から外されるってことですか？」

『そこまでは行かなくても、ただの補佐、ガキの使いみたいな仕事しかできなくなるんじゃねえかな。最前線には立ててない』

美結には返す言葉がなくなってしまう。

『なんつったって、爆弾の出所もヤバい。そのへんの爆弾じゃねえし』

「どういうことですか？」

小西の説明を聞くうちに、美結の顔から血の気が引いていった。

『どこのどいつか分からんが、相当でかいバックが控えてる。理事官でさえビビッてるよ』

小西の声に張りがないのも当然だと思った。末端の歩兵に過ぎない自分たちにとって、あまりに手に負えない事件になってしまった。

『ところでお前』

小西の声が少しだけ元気になった。

『サイバーフォースの水無瀬さんに連絡できるか？』

「えっ。どうしてですか」

かつての上司の名前が出て来て、美結は驚く。

『Cがらみだから、水無瀬さんに力を借りるべきじゃないかって井上さんが提言したんだけど、無視された。刑事部に嫌われてるみたいだな。だからお前が連絡してみてくれないか？　内々に』

小西の意図が呑み込めた。電話を持つ手に力がこもる。

『頭越しに協力依頼なんかしたら懲戒処分ものだが……手段選んでる場合じゃねえだろ、もう。お偉方の事情なんか気にしてられるかっての』

「分かりました。連絡してみます」

できる限り力強く言った。

『じゃあ頼む。これからも気をつけろよ。何が起こるかまるっきり見当もつかねえ』

小西はそう言って電話を切った。美結は雄馬と忠輔のところに戻ったが、放心状態を隠せない。

「どうした？」

雄馬が見咎めて訊いてきた。

「はい……あの」

何から伝えればいい。爆弾が、と言いかけて、佐々木忠輔の前だと気づいた。爆弾の組成は捜査機密に当たる。迂闊《うかつ》に口にすることはできない。

美結の逡巡《しゅんじゅん》を察した雄馬が、部屋の外へ出ようと目で促した。忠輔に断って廊下に出ると、美結はいま小西に聞いた爆弾の詳細を伝えた。雄馬の目が鋭さを増す。

「長尾さんは今、先生の実家に臨場してる。戻って話し合うか？……ちょっと電話してみる」

雄馬の判断はもっともで、さっそく長尾と話し込み始めた。

美結は雄馬から離れる。雄馬の電話を耳に入れたくなかった。事件が大きくなるばかりで、所轄の出る幕はもうない。ますますそう思い知らされる気がした。

廊下の先まで来て、雄馬の声が聞こえなくなると少し気分が落ち着いた。窓から大学構内を見下ろす。先には正門が見え、その先には街の灯が連なっている。

いま、風景は穏やかだ。ふだんの日常があり、人々の生活がある。だが——いつまたぶち壊されるか分からない。この風景のどこから火柱が上がるか分からないのだ。

私はこのまま無力感に捕らわれて、じっとしているのか？

自分にできることはないのか。懸命に自分に問うた。

……そうだ。さっき小西に頼まれたことがある。井上や小西は正しいと思った。昨今のサイバーテロのニュースを聞くたびに、美結も水無瀬のことを思い出していた。連絡してみようと思っていたのだ。忙しいに違いない、連絡などしても迷惑だろう。そんな遠慮もあって控えていたが、今こそ連絡すべき時だ。

……雄馬に言っておくべきだろうか。廊下の向こうに耳を澄ます。だがまだ電話が終わる気配はない。

断る必要はないだろう、と美結は思い直した。下っ端がかつての上司に連絡するだけだ。捜査の話をすると決まったわけではないし、ましてや正式に何か依頼するわけではない。きっと世間話だけで終わるだろう。それ以前に、もう夜だ。水無瀬は既に帰ったかも知れない。

美結は警察庁情報通信局にコールした。かつての直属の上司の直通番号に。

『はい、水無瀬』

あっさりと声が聞こえた。

「あっお疲れさまです、墨田署刑事課の、一柳です……」

『お、美結！』

弾んだ声が返ってきた。

『珍しいな電話くれるなんて』

「ご無沙汰しております。お元気ですか？」

『ああ。変わりないよ』

情報技術解析課課長、水無瀬透《とおる》警視正。三十七歳。ハイテク犯罪テクニカルオフィサーという妙に恰好いい肩書きも持っているが、美結は口に出して言ったことはない。なんだか笑ってしまうからだ。

『そっちはいろいろ大変みたいやな。墨田署に捜査本部ができたんやろ』

関西弁のイントネーションが懐かしい。水無瀬が標準語を喋っているところを、美結はほとんど聞いたことがない。

「はい。ご存じですか？　連続爆弾犯がCを名乗ったんです。あの、Cについてお詳しいですか？」

『詳しいも何も、最近はCの研究ばっかりしとるわ』

「えっ、ほんとですか」

『ああ。忙しくなってきてたとこや。深刻な被害が出だしてるからな』

「そうなんですか？」

『具体的には言えへんけど、まあZ省とか、S銀行とかな』

ほとんど言っているのと同じだった。イニシャルにする意味がない。水無瀬らしいふざけぶりだが、世界中で巻き起こっているサイバーテロに日本もとっくに巻き込まれているのか？　そんな報道は出ていない。日本社会お得意の隠蔽か。美結は血の気が引くのを感じた。となると、今回の事件も……

『Cが日本で爆弾テロやと？　ふむ。詳しく教えてくれ』

美結は事件の経過を説明しようとした。

不可能だった。美結は思わず電話を取り落としそうになった。雄馬が血相を変えて向かってきたからだ。

「上落合……」

唐突な言葉が飛んでくる。全く理解できない。ただ、その声に込められた絶望だけは鮮やかに感じた。美結はその先を聞きたくない。

だが雄馬は、非情とも思えるくらいはっきり告げた。

「やられた。林《リン》さんだ」

6

ここは本当に、昨日来たのと同じ場所か？

美結は大がかりな冗談に引っかかった気分だった。

昨日は昼、今日は夜という違いはある。だが最も大きく違うのは――炎。

激しい火がいくつもの窓から噴き出している。

山手通りを北上し、上落合の手前の東中野に入った時点でもう、夜空に火が照り返しているのが視認できたほどだった。到着して車を降りた美結と雄馬は、ただ立ち尽くした。

古いマンションは変わり果て、再び人の住める場所に戻る見込みはなさそうだ。緊急車両で固められ、乱暴に非常線が張り巡らされた向こう側に見えるのはまるで映画のセット。それも刑事ドラマではない、パニック映画か怪獣映画だ。

爆発の規模は疑いなく、今までで最大だった。郵便爆弾程度でここまでの破壊が起こるか？　とんでもないと思った。これをやった人間はマンション全体を倒壊させるつもりだったに違いない。非常線の手前から見ても分かるのは、爆発したのが二階の部屋だということ。二〇七――林明桂《ミンクイ》の部屋に違いなかった。

「どうしてあの人が……」

美結の呻《うめ》き声に雄馬が反応した。

「何か知っていた」

その声はひどくかすれていた。まるで爆発で起きた煙を吸ったかのように。

自分たちはあまりにも多くを見過ごしている。おかげで今も被害が拡大している……お互いの胸の中は無力感でいっぱいだった。為す術《すべ》もなく、消防隊の奮闘を遠巻きに見守るしかない。

やがて長尾係長が臨場したが、部下たちに倣うだけだった。厳しい目をしたボスに向かって雄馬は言った。

「すみません。彼を保護するべきでした」

「いや」

長尾はきっぱり言った。

「彼が狙われるとは誰も思わなかった。自分を責めるな」

「しかし……」

どう見ても被害が大きすぎる。爆発した部屋から燃え広がった火は、上の階や両隣の部屋に及んでいた。深夜だから在宅率も高い。この場から去った救急車の数を見れば、相当の人数が被害にあったのは明らかだ。詳細を聞くのが恐ろしい。

美結の電話が鳴った。相手が小西だと分かって、一瞬出たくないと思った。何やってんだと怒鳴られそうな気がしたのだ。だが、怒鳴られた方がすっきりすると思い直した。通話ボタンを押して耳に当てる。

『おい、今度は上落合だって？　臨場してんのか？』

「はい。爆発の規模が大きくて、まだ火が……」

『気をつけろよ。まだ一つや二つ爆発するかも知れねえ。俺もそっち行きたいが……』

「大丈夫です。長尾さんもいらしてますし……」

『一つ、新しい情報がある』

小西は早口で言った。

『杉さんから防犯カメラ映像の詳しい分析が上がってきたんだが、どうもおかしいぞ。周唯《ツォウ・ウェイ》が大学を出た時間が、留学生たちの証言とズレてる』

「ズレてる?」

『ああ。とにかくろくでもねえぞ』

やがて、電話を持つ美結の腕は痺《しび》れ始めた。

四月十九日（金）

間奏——王の瞋恚《しんい》

男はぐったりと動かなくなった。

さっき仕込んだ薬は即効性。効果覿面《てきめん》であった。あとは、部屋に放り込んで終わりだ。RDXをこれでもかというくらい並べたあの部屋に。そして——点火。

むろん、この男は生きながら焼かれることになる。だが苦しみは長引くまい。部屋の中が完膚《かんぷ》無きまでに焼き払われるのはもちろん、壁や床も無事では済まない。爆風は老朽化したマンションごと揺るがし、巨大な火柱が建物を舐《な》め尽くすだろう。そして全ての痕跡を消し去ってくれる。

だが爽快さの欠片《かけら》も感じない。なぜならこれは全くの予定外であり、次善の策とさえ言えないからだ。派手な破壊など好まない。やられた、と気づかぬうちにやられているような、静かにして効果的な一撃をこそ私は愛する。どこまでも気配を殺すことが私の美学。存在を最後まで悟られぬ暗殺者こそが、地上でもっとも気高い芸術家なのだ。

故に私の機嫌はすこぶるよくない。

なぜこんな事態に陥ったのか。こんな雑な破壊活動を強いられたのはどうしてか？

問うまでもない。あの娘のせいだ。

娘は常に私の手の中にあった。無力な子犬よりも従順だったのだ。娘を酷使した挙句生《い》け贄《にえ》として締めくくる予定だった。その運命は、何があろうと変わりようがなかった。だが娘は――小癪《こしゃく》にも私の支配下を抜け出し、何処《どこ》かへと去ってしまった。それに留まらず、なんと私に追っ手を差し向けた！

したたかな雌犬め。だが私は少しもあわてなかった。追っ手と顔を突き合わせても、百を超える窮地をくぐり抜けてきた私の心拍数は一つも上がらなかったはずだ。すかさず機知を働かせ窮地を抜け出した。

だから同志たちよ――心配など無用だ。私は再び娘を支配し、最後に勝利する。

直ちにそう連絡を入れた。返ってきた答えは、全くもって信じられぬものだった。

――**龍を使うことは罷《まか》り成らん**。

同志たちは無情に言い渡してきた。中央の決定だと言う。

私は――吠《ほ》えた。手近に起爆装置があれば直ちに押していただろう、怒りの炎は爆発より激しく吹き荒れた。ここまで漕ぎ着けるために私がどれほどの苦労をしたか知らぬとでも？　なぜ今更そんな宣告を？

――分かった。もはや凡愚どもなど頼らぬ。

〝皇〟に直接申し入れる。私は決意した。そして、

〝皇〟とは——龍の生みの親の一人。そして、どの勢力からも独立した、天に燦然《さんぜん》と輝く北極星のような存在だった。

〝皇〟を頼ったとなれば同志たちは私を抹殺にかかるかも知れない。いやそもそも、〝皇〟がどんな反応を見せるか予測がつかない。

危険な賭《か》けであることは重々承知だ。

だが——〝皇〟ならば、私の価値を認めてくれる。私のことを理解してくれる。

そんな奇妙な確信がずっと以前から、私の中に燠火《おきび》のように燃えていたのだ。

だれもが畏《おそ》れている〝皇〟に会いたい。その目をしっかり見たい。

その瞳の中に、自分と同じ光を宿しているかどうか、確かめたい。

私は虎穴に飛び込む覚悟で、〝皇〟に接触した。

そして程なく——私の願いは聞き入れられた。

〝皇〟が私を招いてくれたのだ！

ついに見《まみ》えることができる。全てが報われる時が、近づいている……

同志たちよ。その惰弱《だじゃく》な心根から、私の行動を不遜《ふそん》な越権行為と見なすか？　だがその目にどう見えようと、国のためを思い、国のために死ぬ私の意志は揺るぎない。たとえ叛逆者《はんぎゃくしゃ》に見えようとも、本物の英傑、救国の志士が誰であるかはいずれ歴史が証明する。

私はなんとしても〝皇〟から龍を譲り受ける。そして使命を完遂する！

世界よとくと見よ。刑場に上る生け贄の姿を。
そして、この国の終わりの始まりを！

第四章　烈火《れっか》

四月二十日（土）

1

インプレッサのハンドルを切りながら、美結は隣の雄馬をちらりと見た。

さすがに厳しい表情だ。目のあたりが腫《は》れぼったい。墨田署の大部屋で仮眠を取ったはずだが、あまり眠れなかったのだろう。美結の方は、雄馬の命令でいったん寮に帰った。寝ておかないと車の運転に支障を来すからだ。

朝から大学に向かっていた。雄馬はボスも一緒に来てくれることを望んだのだが、長尾は警視庁に戻るしかなかった。昨夜の大爆発で今朝の記者会見も飛んでしまったのだ。混乱を収めるべく、現場レベルからトップまでが揃う緊急大会議が開かれるらしい。

今日にも捜査体制が刷新される。役割分担も変わるだろう。雄馬とて、今までのように捜査に関われる保証はないのだ。口にはしないが、明らかに焦っていた。

美結の方は諦めの境地だった。小西も愚痴《ぐち》っていたが、まず所轄は前線から外れる。墨田署は今後はせいぜいサポート要員。ということは、大学に来て佐々木忠輔や留学生の顔を見られるのも今日が最後かも知れない。

そもそも特命担当など、自分には荷が重かったのだ……淋しい思いとともに大学に入った。第四学部棟の五階まで上がる。

「上落合の爆発は、大変だったね」

教員室の忠輔は労をねぎらってくれた。爆発の報を受けたのがまさにここだった。戻ってくるまでに半日も経っていないが、美結はまるで何日も経ったような気がした。

「大変な被害でした……」

と言ったきり、言葉が出てこない。

「爆発した部屋から出た遺体は、黒焦げだ。ほとんど炭だよ」

鑑識員のやけくそのような放言が今も耳から離れない。

「隣の部屋に住んでた大学生も爆風で重傷。上の部屋に住んでた一家が煙に巻かれて全員救急車で運ばれた。下に住んでたお年寄りも、ショック状態で危ない」

そして結局、お年寄りは亡くなったことが今朝分かった。八十一歳の身寄りのない老婆。マンションの住人によく声をかける人なつっこい性格だったという。

「部屋を爆破された林明桂《リン・ミンクイ》さん。それに、下の階の人が巻き添えで亡くなりました」

雄馬は事務報告のように、無感情に言った。忠輔は神妙な顔で頷く。美結はあわてて言った。

「先生、安珠ちゃんとお父様には既に護衛をつけてありますのでご安心を」

「それは恐縮です。ご面倒をおかけします」

忠輔は深く頭を下げてきた。

「職場と実家が東京にある安珠ちゃんには、若い者を常時張りつけます。お父さんが平日いらっしゃる柏の方は、土地鑑の問題があるので千葉県警にお任せします。東京に戻られる際は我々が引き継ぎますが」

今週末は、父親の光重氏は柏に留まることになった。爆弾騒ぎが連続している東京には戻らない方がいい、という警察の勧告に従った形だった。忠輔はまた頭を下げる。

「万全な態勢を取っていただいたようで、ありがとうございます」

当の忠輔には制服警官と、墨田署署員が付近で常時、目を光らせている。留学生の監視も兼ねており、常に複数の警察官がこの大学とその周辺にいることになる。不審者を見逃すことはあり得ない。

「爆発が連続して起きたことで、そしてCの名前が出ることで、この事件は一気に注目を浴びています」

雄馬は丁寧に状況を説明した。

「つまり、標的となった佐々木先生も注目される。マスコミが押し寄せるかも知れません。今朝はまだのようですが、時間の問題です」

「そうか」

忠輔の表情が曇る。

「我々警察も、更なる人員増強を行います。体制が決まり次第記者会見を開きます」

「早いところ犯人を突き止めて逮捕しないと、ずっと騒がしいわけか。研究どころじゃないね」

忠輔はゆっくりと頭を振った。

「まあ、犯人がぼくに研究を止めろ、考えるな、と言うんなら、この状況を喜んでるだろうが」

どこか他人事のような分析。この男らしいと言えるのかも知れないが、美結はもどかしい。

「事件解決のためには、先生のすぐそばの人たちから、順に潰《つぶ》していく必要があります」

強い声が響いた。雄馬は決意の固さを伝えようとしていた。

「当初は先生も、内部の犯行の可能性が高いと口にされていた」

「…………」

「犯人、とまでおっしゃる必要はありません。ただ……留学生たちは何か知っている。そう感じたことはありませんか？」

忠輔はしばらく黙っていたが、やがて言った。

「周《ツォウ》は素性を偽っていた。だが……彼女だけじゃない。他の留学生も嘘をついていると？」

「周唯《ウェイ》の素性や、行方を知っている人間がいてもおかしくない。そうは思いませんか？」

雄馬の口調は、追及というより懇願に近くなっていた。もはやなりふり構ってはいられないという必死さは、相手にも伝わったようだ。

「被害の拡大を止めるために、ぼくもできることはするよ。しかし……」

その顔には苦悩が浮かんでいる。雄馬は構わずに続けた。

「留学生の中で、最も早く来日したのはゴーシュとウスマンでしたよね」

「……うん。半年ほど前だ」

「その次がイオナ。周唯が、二カ月前でしたか」

「ああ」

忠輔は眉をひそめて頷く。

「彼女がいちばん日が浅い。発話障害というハンデもある。だから、人一倍熱心に大学に通ってきた。ぼくと話をしたがった。授業やゼミのない日も、一人でやって来たぐらいだ。話が噛み合わない日もあったし、あんまり喋らずに、ただそばにいただけの日もある。でも彼女の熱意は本物だった。ぼくはいつだって正面から彼女と向き合ったつもりだ。どんなことを問われてもできる限りの答えを返した。対話の手段はもちろん、パソコンの画面を使っての筆談が主だったが、ぼくもできる限り手話を覚えるようにした。下手だけど、最近はだいぶ使えるようになっていたよ。彼女も嬉しがってくれた。そしてぼくの言葉を真心で受け止めてくれた。その彼女が、まさか……」

忠輔は未だに、教え子が全てを偽っていたことを受け入れられない様子だった。美結は胸が痛いが、雄馬は表情を変えない。声に感情を込めずに言った。

「昨日の二つの郵便爆弾は、一つは犯人本人が届けたが投函された日時が不明、もう一つは郵送ということで、アリバイの確認が意味をなしません。ふだんどおり毎日学校に来ていても犯行は可能です」

忠輔は口を開きかけたが、ノックの音が響く。ゆっくりドアを開けて顔を覗かせたのは、少女のようなハンガリー人、イオナ・サボーだった。その後ろにはウスマンとゴーシュの姿も見えた。雄馬は鋭く目を向ける。渡りに船だ、今度こそ一人一人厳しく追及する。そんな覚悟が見える。

「唯は、見つかりましたか?」

イオナは訊いてきた。美結は雄馬の顔を見る。なんと答えたものか。

「……まだです」

雄馬は最低限の答えを返した。

「心配しているのですが……」

イオナは消え入りそうな声で言った。これが演技だとしたら、恐るべき役者だと美結は思った。だが他の留学生の顔を見ても、心から心配しているように見える。失踪した仲間が、実はテロリストなのではないかと疑う様子は微塵《みじん》も見えない。

「あなた方は連絡を取っていないんですか？」

雄馬らしくない尖った声。

「本当に、彼女の行方を知らない？」

「連絡がとれなくなった。だから心配しているんです」

ウスマンの悲しげな声に、雄馬も黙ってしまう。

「みんな入ってくれ」

忠輔が促した。三人とも部屋に入ってくる。椅子が足りなかったので、美結と雄馬はすかさず立った。

「申し訳ないな。広い部屋に移ろうか」

「この方がいいです。立っていたいんで」

雄馬は言った。見下ろす形の方が優位に立てる、そんな心理かも知れない。

気持ちはよく分かった。これから、あるカードを切るのだ。

「みなさんは――嘘をついていますね」

雄馬はついに口火を切った。

「防犯カメラ映像を詳しく分析しました。周唯《ツォウ・ウェイ》さんは爆発にショックを受け、気分が悪いと言ってすぐに早退した。あなた方はそう証言した。でもそれは嘘です」

部屋に緊張が走る。忠輔が目蓋《まぶた》の辺りを震わせていた。

「周さんが早退したのは――爆発が起こる少し前のことだった」

全員が無言だった。顔を見合うこともしない。

忠輔だけが、目を瞠って教え子たちを見ている。顔と手首のバンドを見比べながら。

知らなかったのだ。留学生たちが嘘をついていたことを。

「こちらの大学の監視システムはかなり古く、映像の解像度や撮影のコマ数も充分とは言えない。なにより、時刻表示。これが案外いい加減で、カメラごとに少しズレがあったのです。それをぜんぶ照合して、同期をする作業に時間がかかってしまいました。しかし、そこから導き出された結果は明らかです。周さんとイオナさんが学部棟を出る姿が映っていたのは、爆発時刻の明らかに前。つまり爆発時刻に、彼女はこの研究室にはいなかった」

「だったら、どうだと？」

ゴーシュが言った。平然と開き直ったのだ。雄馬は穏やかに訊いた。

「どうしてみなさんが、嘘をついたのかと言うことです」

「無用な疑いを持たれないためです」

ゴーシュは答えた。

「爆発の前にいなくなったと聞いたら、あなた方は唯《ウェイ》を疑うかも知れない。だが唯は無関係です。だから」

「彼女をかばうために口裏を合わせた。しかし、彼女はそのまま行方をくらましてしまったんですよ？　あなた方の罪は軽くありません。彼女は、今も新しい爆弾を用意しているかも知れない」

「唯がそんなことをする人間でないことは、変わらない」

「そう、爆弾なんか……」

「唯に罪を着せようとする、何者かの仕業だ」

ゴーシュとウスマンが我先に言い、イオナが激しく頷いた。

「罪をかぶせる？　どこにそんな人間がいるんですか？」

雄馬は冷淡に言った。

「分からない。だが、唯は罠《わな》に嵌《は》められた。犠牲者なんだ」

「あなた方の言うことには根拠がない」

「いや。根拠はあります」

ずっと黙っていた忠輔が口を開いた。

「ぼくも彼らと同意見です。周《ツォウ》はそんなことをする人間ではない」

「そういう主観的な感情論は、尊重はしますが、証拠にはなりません」

雄馬は残念そうに眉をひそめた。

「人間には二面性があるものです。どんな犯罪者も、知人からは決まって『そんなことをする人ではない』『犯罪者だなんて信じられない』という感想が聞かれます。でも彼女は実際、嘘の住所を届け出ていたではありませんか。来歴もでたらめ。そして行方をくらましたんですよ」

「そうするしかなかったんだ！」

「あなた方がなんと言おうと、周唯さんは爆発時刻の十分ほど前に大学の正門を出ています。そこからこっそり大学にとって返し、角田教授の部屋へ行って爆弾を手渡すことは、物理的に可能です。いや、妥当な推測です」

「彼女が戻ってきたところもカメラに映ってるの？」

忠輔が訊いた。雄馬は忠輔を見返す。

「……いいえ」

「じゃあ、彼女が二度目に出て行くところは？」

「……映っていません」

「そうか」

頷く忠輔は、満足げだった。

「でも構内のことをよく知っている人間であれば、カメラの死角をついて動くことは可能です。この学部棟も、入口は一つではない。カメラに映らない出入口もある」

雄馬は急いで指摘した。

「そのあと彼女が映っていないからと言って、大学に戻っていないことにはなりません」

「だが、彼女がやったという決定的な証拠もないわけだ。防犯カメラ映像は、彼女が爆発より前に大学を去った、研究室にはいなかった、ということを証明したに過ぎない」

「そうです。ただ彼女は、爆発が起きたことは知っていた。外からも爆発音が聞こえたのか、あるいは、留学生の皆さんがすぐメールで知らせたのでしょうね。そして、帰った時刻の口裏を合わせた」

「それが犯罪とは言えない。偽証罪が成立するとすれば、周が真犯人と確定してから。そうでしょう？」

雄馬は黙った。忠輔の言うとおりだからだ。

ああ、という溜め息を美結はどうにか抑えた。嘘を暴いて動揺を誘い、一気に真相告白まで持って行くことを狙っていたのだ。目論見は外れてしまった。

失敗を悟った雄馬は、美結に苦笑いを向けてきた。

「たぶん唯《ウェイ》は今、苦しんでいる」

そこでセネガル人が言った。

「私たちにも、連絡を寄越さなくなった。何か理由があるんだ」

ウスマン・サンゴールはあくまで、いなくなった仲間のことを思いやっている。美結は周唯に会ったことがないのを悔しく感じた。会ったことさえあれば、彼らと思いを共有できるのかもしれない。彼らと同じように「この人は絶対犯人ではない」と思えるとしたらどんなに楽だろう。だが自分たちは、状況から判断して最も疑わしいと思われる人物を追及するより他にない。

「吉岡さん。一柳さん」

佐々木忠輔が改まった声を出した。

「ぼくに、少し時間をくれませんか」

雄馬は虚をつかれて忠輔を見つめる。

「時間、ですか?」

「そう。調べてみたいことがいくつかある。その上で、ぼくがもう一度彼らと話します。遠慮なしにとことんまで。そして一緒に考えます。真実は何か、ということを」

決意に聞こえた。

「彼らが、ぼくに隠していることがない、なんて思ってはいません。でもぼくは彼らを信じている。角田さんを殺すようなことは、絶対にしないと。真犯人は他にいる」

当の留学生たちが目の前で聞いているのにも構わず、忠輔は言い切った。

「何らかの成果をお渡しします。おそらく、事件の真相に近いものを開陳できると思う。だから少しだけ待ってください。お願いします」

佐々木忠輔は深々と頭を下げてきた。

それを留学生たちがじっと見つめている。イオナなど、泣き出しそうに見える。

雄馬は腕を組んでじっと考え込んだ。迷っている。

美結は何か言いたかった。だが正しい言葉を見つけられない。何を言っても、刑事らしからぬ発言になってしまう気がした。

「どれくらいの時間が必要だとおっしゃるんですか」

ついに雄馬が言った。忠輔が顔を上げる。

「明日まで待たせるつもりはない」

「では、今日中に？」

「ああ。保証まではできないが、今夜のうちに」

「本当ですか？」

忠輔は頷いた。

留学生たちは何も言わない。神妙に黙っている。

「……分かりました。では今夜、またうかがいます」

雄馬は決断を下した。この風変わりな教師に、謎を秘めた留学生たちを託すことに決めたのだ。

「先生にそこまで頭を下げられては、かないません」

「……顔を立ててくれますか」

「メンツとかの問題じゃないです」

雄馬は声を張った。

「これは、先生への信頼です。そう捉えていただけると、ぼくは嬉しい」

「ああ」

忠輔は感極まったように目を見開いた。

「ありがとう、吉岡さん。この事件を担当してくれたのがあなただったことに、感謝しなくてはならないようだ」

「ただし」

雄馬は釘を刺す。

「皆さんが嘘の証言を認めたことは、捜査本部に報告させてもらいます。当然、皆さんの共謀の疑いが濃くなる。これ以上の嘘が発覚すれば、令状を取って皆さんを拘束せざるを得ない。どうか肝に銘じてください」

「分かりました」

忠輔が、全員を代表するように言った。

「猶予は今夜。それ以上は待ちません」

雄馬は更に厳しく言う。

「皆さんももう気づいているでしょうから言いますが、あなた方は全員、二十四時間態勢で監視されています。逃亡を考えても無駄です。どうか賢明な選択を望みます」

暗に自首や告発を促した。

「唯《ウェイ》を守るためとはいえ……」

するとウスマンが口を開いた。

「一度嘘をついたぼくらを、信用する気にはならないかも知れません。でもぼくらは、何よりも真実を愛し、日々考えています」

「なぜ唯がこんなことになったのか……考え続けています。先生と一緒に考えます。何が真実かということを」

ゴーシュも言う。イオナが頷いた。

美結は一人一人の顔を見た。誰一人として、目を逸らさなかった。

2

今夜――全てが明らかになるのかも知れない。

だが果たして間に合うだろうか？　大学の駐車場に向かいながら美結は考えた。自分はいつ任を解かれるのか。もう彼らには会えないかも……頼りない思いで雄馬を振り返ると、腕時計を見ている。そして美結に言った。

「ぼくはいったん本庁に戻らなくちゃならない」

「えっ？」

美結は戸惑った。初耳だったからだ。

「長尾係長のところですか？」

「うん。まあいろいろ」

雄馬は言葉を濁した。

「時間が読めないけど……もしかしたら二、三時間。もっとかかるかも」

驚いた。どうして事前に教えてくれなかったのだろう。

「ごめん、急に決まったから」

具体的な内容は言おうとしない。美結はひどい胸騒ぎに襲われた。

「そのあいだ私は、どうすれば……」

「時間潰《つぶ》してて。マンガ喫茶ででも。映画見ててもいいよ」

「そんな……」

冗談じゃない。こんな状況で息抜きなどできるわけがない。非難の目で見ていると、雄馬は声を低めた。

「まだ詳しくは言えないけど、何か持って帰れるかも知れない」

「……どういうことですか？」

訊きながら、美結の頭の中で閃くものがあった。

だが雄馬の表情を確かめて、口を噤《つぐ》んで運転席に乗り込む。雄馬がまだ言えないと言ったら言えないのだ。訊くことはこの男を苦しめる。美結は黙って車を発進させた。ただの運転手に徹する。指示に従い、警視庁の中に車は入れず、手前の路上で雄馬を下ろした。

「終わったらすぐ電話入れるから」

「近くにいますね」

「うん。ありがとう」

警視庁に向かって歩き去るバディの後ろ姿を見送ってから、美結は車を出した。あてどなく霞ヶ関の道路を流す。胸の中には妙な悲しさが居座っている。やがてそれは、やり場のない怒りに変わった。このまま高速にでも乗って飛ばそうか？　何もかもを振り切って無心に走りたい。だが……そんなことはできない。雄馬のそばを離れることは。美結は諦めてアクセルから足を外す。

メールの着信音が鳴った。携帯電話を取り出して確かめる。

水無瀬透《とおる》警視正からだった。あわててメールを開ける。

——連絡待っとるで。

というシンプルなメッセージだった。昨夜は自分から連絡しておきながら、上落合の爆発の報が入り乱暴に電話を切るしかなかったのだ。美結は駐車場を探して車を入れると、すぐ水無瀬に電話した。

『おう美結』

相手はすぐ出た。

『これから時間あるか?』

「えっ」

『近くにおるんやろ。すぐ来い。おもろいもん見せたる』

「ちょ、ちょっと待ってください」

電話は切れた。わざと切ったのだ、美結の答えを待たずに。

いいいいい、近くにおるんやろ。どうして分かったのだろう。

たしかに、水無瀬の職場は警察庁。警視庁のすぐ隣だ。

もやもやした不安を感じながら、美結は駐車場を出て歩き出した。徒歩で警察庁に向かう。警視庁の向こう側に警察庁が見えてきたとき、美結は思い立ってメールした。警視庁の建物を見上げながら、そのどこかのフロアにいるバディに向かって。

――情報通信局の水無瀬さんのところにいます。

それから、思い出して小西にもメールする。水無瀬と連絡を取ってみてくれと言い出したのは彼だ、報告しておかなくては。井上係長に伝えるかどうかは……小西に任せる。

そして美結は警察庁――正しくは、中央合同庁舎第二号館――を正面から見上げた。来るのは一年ぶりだ。二十一階建て、霞ヶ関中央官庁地区では二番目の高層庁舎。屋上の鉄塔が懐かしい。警察と消防用、そして中央防災無線のアンテナだ。ここには警察庁以外にも消防庁、総務省などが入居している。

正面口から入るとき、配属したての頃に感じた威圧感が甦ってきた。この建物は警視庁よりお役所然としている。実働組織というより管理側、という印象だ。たかが平の巡査である自分がここに一年間通っていた、ということが我ながらリアリティがない。緊張しながら受付に向かうとすんなり中に通された。美結はエレベータで目的のフロアまで上がる。中層階で扉が開いた。訪ねてきた顔が目の前にあった。

「水無瀬さん！　お久しぶりです！」

「おう、よう来てくれた」

ニコニコしながら頷く。恵比寿《えびす》様のような笑みは何も変わっていない。

「わざわざお出迎えいただかなくても」

「お前がおった頃とはレイアウトが変わっとるからな。迷子になったらいかん思て。こっちゃ」

水無瀬は先に立って歩き出した。確かにフロアは広いが以前の職場だ、迷子になるはずもないのに。自分より少し背の低い水無瀬の後ろ姿を見つめながら、この人は親のような気持ちで迎えてくれたのかも知れないと思った。じんわり胸が温かくなる。

情報通信局は確かに様変わりしていた。サイバー犯罪の急増であわただしく編成が変わり、課の呼び名も変わっている。美結はここにいた頃、防護研究室に所属していた。その室長が水無瀬だったのだ。だが、美結がここを去るのと軌を一にして防護研究室は解散となり、水無瀬はその後、サイバーフォース全体を統括する立場になった。

「打ち合わせ室入るか。水入らずや」

水無瀬は一番奥の部屋に美結を招き入れた。恐縮しながら入室する。本来は来客用。窓に面して明るく、周りの目を気にせずに話せる部屋だ。ソファも座り心地がいいのでリラックスできる。水無瀬は深くソファに座った。美結もその正面に浅く座る。すぐに若い男がコーヒーを淹れて持ってきてくれた。美結は顔を知らなかったので、おそらく新人の技官だと思い黙って会釈した。

彼が去ったところで、水無瀬は口を開く。

「俺たちの班がなくなってから、俺はすっかり閑職や。野放しにされとる」

「え、そうなんですか?」

美結は額面通りに受け取れない。立場としては情報技術解析課課長に格上げされている。階級の警視正は変わりないが、警視長に昇進する日も近いはず。立場が立場なので立派な制服を着てはいるが、水無瀬は微妙に着崩していた。不良公務員と糾弾されるギリギリのラインだ。だがこの自由さが美結は好きだった。警察という封建的な組織にあって、自分らしさを失わない闊達《かったつ》な男。

水無瀬の下にいたサイバーフォース時代はいま思い返すと気楽だった。水無瀬は美結を自分の補佐に任じ、四六時中共にいることを命じたのだが、それは普通の若い警官が体験できないことを山ほど経験することを意味した。

防護研究室はコンピュータ防護システムの研究開発構想を担う部署で、時代の先を見据えてサイバーテロを予測して備えたり、日本のネット環境のあり方を考えて提言していく役割を担っていた。サイバー犯罪対策の講習会を開き、民間と協力して新しいＩＤＳ(Intrusion Detection System、侵入検知システム)の開発を行う部署だったので、他部署からは警察というよりベンチャー企業みたいだと陰口を叩かれることもあった。確かにリアルタイムで犯罪者を追う緊迫感はない。あまりに水無瀬にべったりなので、あんたは派遺秘書かと真顔で訊かれたり、陰湿な輩から愛人疑惑までかけられることもあったが、美結は気にしないようにした。水無瀬の側近でいることの面白さに比べればどうということもなかった。

秋葉原のネットカフェを巡ったり、警察官僚の天下り先になっている財団法人・社団法人・IT系団体を順繰りに訪問して半日茶飲み話をするなど、当初は全く意味が分からなかった。たださぼっているのにつき合わされているような罪悪感を覚えたこともあった。だがのちの講習会やシンポジウム開催に結びついたりして、水無瀬が地道に種を蒔《ま》いていたことが分かるのだった。

「俺らは未来を見てる。有事に備えるには、俺らみたいに腰を据えてしっかり先のことを考える人間も必要なんや」

水無瀬の言うとおりだと思った。サイバー犯罪は日進月歩で、多種多様な手口が発明されている。予測・予防が絶対必要だし、自分たちは重要な仕事に携わっているのだ。そんな誇りを感じていた。

「すみません……ずっとここにいられなくて」

久しぶりに目の前にする水無瀬に、美結はついそんな言葉をもらしてしまう。自分がいたって、たいしてこの男の力になれはしないのに。

「何を言っとるんや」

自虐的な高笑いが返ってきた。

「ここはそもそも、若いもんのいるところやない。陰険なオタクが集まってうじうじやる場所や。お前は出て行って正解や」

水無瀬らしい優しさだった。サイバーフォース時代どんなに水無瀬に可愛がられても、どんなに刺激的な仕事に携わらせてもらっても、強行犯係志望を変えなかったのは他でもない、自分だった。サイバーフォースの仕事が気に入らなかったのではない。居着いてしまいそうで怖かったのだ。サイバーフォースに配属になって一年近くが経ち、

「ここの仕事はどうや？」

と水無瀬に訊かれたとき、美結は正直に答えたのだった。

「本当に充実した、素晴らしい仕事をさせていただいていると思います。でも」

本音が迸《ほとばし》り出た。

「やっぱり、生身の人間を相手にしたいんです。足で捜査して、自分の手で犯人を捕まえたい」

水無瀬は頷いた。

「人殺しを野放しにしたくないんか。そうか」

深く頷く。上司の顔ではない。美結はそう思った。家族の顔だ……まるで父親のような。

その顔は美結の実父に似ても似つかない。だが美結は、ふだんから水無瀬の情を感じて

いた。静かに見守るような、慈しみのような思いを。

美結が自分の家族のことを自分から口にしたことはない。だが、やはりこの人は私の過去を全て知っている。そう確信した。

「しかし、とんでもないことになってんなあ！」

久々に見る目の前の水無瀬は、活き活きとしていた。この男をよく知らない人間なら、事件の深刻さを分かっているのかと怒り出しかねない顔。だがこの顔こそが真剣さの表れだった。

「この爆破事件が本当にCの仕業だとすると、一気にワールドワイドになる。公安どころやない、政府まで巻き込んだ国際問題になるかもな」

美結が詳しく説明しなくとも、水無瀬はすでに爆発事件のことをよく知っていた。テーブルの上にあるノートパソコンを開いて起動させながら、ますます口角を上げる。

「そしたら本部と公安の案件になって、所轄はまた日常に戻るだけです」

美結は思わず言った。無力感が声に出てしまう。

「おもろないか」

ニヤリとする水無瀬に、美結は苦く笑ってみせる。

「いま、警視庁で捜査体制の再編中です。私は間もなく外されると思います」

「まだ分からんやんか」

「でも……」

「じゃあ出世して本庁に移るか？　毎日毎日人殺しを追いかけられるぞ。しかも、タチの悪いのばっかりを」

「……………」

黙り込む美結を面白そうに見たが、水無瀬は話題をシフトした。

「東学大の佐々木っちゅう若い先生はなかなか変わっとるらしいやん。集まってる留学生たちも、相当クセものぞろいやな」

美結はほとんど説明の必要がないのを知った。いったい誰に聞いたのだろう、まるで捜査会議に出ていたのではないかと思うほどだ。しかも喋りながら、手が一刻も休まない。キーボードがリズミカルに鳴り、ディスプレイの画像がどんどん切り替わっている。何をやっているのだろう。おもろいもん見せたる、と言っていたが……

かつて全く同じセリフを言われたのを思い出して、美結はゾクリとした。

「おもろいもん見せたる。他のヤツには内緒やで」

サイバーフォースに配属になって半年ほどした頃のことだ。美結に下手くそなウインクを投げながら、水無瀬はパソコンのモニタを見せてきたのだった。

「……何ですかこれ？」

美結は目を円くした。オフィスの中で、スーツ姿の男女が仕事をしている様子が映し出されていた。どこかの防犯カメラの映像のようだった。

「K――社や」

誰でも名前を知っている超有名企業。

「……はい？」

「リアルタイムやぞ」

水無瀬はニコニコと罪のない福顔。どうにも真剣味に乏しいので、それが冗談ではないと納得するのに時間がかかった。だが……この男は明らかに、某大企業の本社の監視システムをハッキングしている。

これは違法じゃないんですか？　という問いが喉まで出かかった。訊かなかったのは、答えが明らかだったからだ。

――美結はまばたきを繰り返す。あの時も驚いたが、本当に驚いたのはその翌週、K――社の幹部が産業スパイとして告発されたことだった。それで水無瀬が捜査第二課、企業犯捜査係の内偵捜査に協力していたことが分かったのだった。

そういうことだったんですか、と美結が思い切って確かめても水無瀬はニヤニヤするばかりだった。だが今思えば、自分で集めた情報を警視庁に伝えたのは間違いなかった。実際に逮捕するのはサイバーフォースではないから功績が分かりにくいし、水無瀬自身も喧《けん》伝《でん》したりしないので、結局サイバーフォースは、外から見れば相変わらずわけの分からない部署のまま。だが美結にとっては明らかだった。水無瀬透がキャリア官僚にして、凄腕の捜査員だということが。ただふんぞり返っている権力者とは真逆の存在として、美結は水無瀬に対して不動のリスペクトを抱いているのだった。

その水無瀬は今——果たして何をやっているのか。

胸の鼓動を抑えながら、美結はモニタを覗き込んだ。

3

『兄貴』

受話器から聞こえてきた声に、佐々木忠輔は眉の端を上げた。

「……安珠。どうした？」

『どうしたじゃないでしょ。これだけの事件に巻き込んでおいて』

忠輔は二人の刑事を送り出し、留学生たちをいったん研究室に戻して、パソコンに向かっていたところだった。猛烈な勢いでキーを叩きマウスを動かしていた。情報を集め、何通かのメールを送受信した。必要な作業が佳境に入ったところで電話がかかってきたのだった。忠輔は頭を掻く。面倒なことでなければいいが、そう思いながらコーヒーをすする。

『何か言うことはないの？　あたしやパパに』

安珠は声を尖らせた。

「ああ?」

『言い忘れてることがあるでしょう』

忠輔は一度首をひねってから言った。

「ああ。謝ればいいのか?」

『謝るだけじゃ足りない。美結から説明はしてもらってるけど、あんたの口からも聞かせてもらわないと。なんでこんな騒ぎが起きてるのか。パパだってだいぶ肝冷やしてるよ。連絡したの?』

「いいや」

『まったくもう』

「だって、お前たちは安全だ。警察に守ってもらってるんだからな。護衛つけてもらってるんだろ?」

『うん。村松さんって人がずっとついてくれてる』

「じゃあ安心して、任せてればいい」

『兄貴はなんで大学いるの? アパートいた方が、護衛の人も楽でしょうに。大学にも迷惑かかるでしょ』

「大丈夫。学長は理解があるからね。ぼくがここにいるのは、留学生たちと話すためだ。

彼らもそれを望んでる」

安珠は呆れたように息を吐いた。

『あの学長……相変わらずぶっとんでるのね』

「そんなこと言っても、学長は喜ぶだけだぞ。お前に会いたがってる。久しぶりにこっちに顔出せ」

『絶対イヤ』

「まあ、そりゃそうか」

そして忠輔はカップをテーブルに置く。真剣な声で言った。

「命の危険を感じさせたことについては、素直に謝ろう。だけどあれはただの脅しだ。狙いはぼくだから、心配することはない」

『まあ、分かってるけど』

安珠はあっさり言った。忠輔は頷く。

「親父だって、そんなにあわてちゃいないだろう」

『あの人は生まれつきお気楽だからいいけど、周りに迷惑がかかってるんだから。あそこの研究所の人たち、居心地悪いと思うよ。佐々木さんなんで護衛されてるんだ、ああ、またあの息子《むすこ》が問題起こしてとばっちりか、って』

「犯人に言ってくれ。ぼくには、迷惑をかける気なんてなかった」

『それも分かってるけど』

安珠はふう、と息を吐く。口調を変えた。

『美結の捜査に協力してあげて。研究室の学生、疑われてるんでしょ？』

「……ああ」

『犯人の見当つかないの？』

「少なくとも、テロで殺人をする人間はいない」

『本当？』

「本当だ」

『一人逃げてるそうじゃない。その人じゃないの？』

「違う。中国人の女の子だが、彼女に裏がないとは言わない。だが、殺人者ではない」

『なんで断言できるんだか』

忠輔は黙る。安珠はフッ、と笑った。

『実は、兄貴の謝罪なんかどうでもいいの。あたしもパパも自分のことは自分でやる。あたしが伝えたいのは、美結のこと』

「一柳さんのこと？」

忠輔は眉をひそめた。

「お前の同級生なんだろ」

『うん。まさに、同級生だった頃のこと』

安珠は少し声を低くした。

『話せば長くなるんだけど……如水高校の頃、美結の名字は、一柳じゃなかったの』

「なんだって?」

だがそこで、忠輔のパソコンにメールの着信があった。

「ちょっと待て。話せば長くなるんだな?」

『えっ』

「悪いが、今ちょっと時間がない。改めて話そう」

『ちょっと兄貴……』

忠輔は電話を切り、届いたばかりのメールを開いた。

そして画面に釘付けになる。

4

このフロアへ足を踏み入れると、少しだけ呼吸困難になる。

いつもそうだ。まるで違う国に来たような眩暈を覚える。同じ警視庁内の建物だというのに。

だが吉岡雄馬は平気な素振りでフロアを進んだ。ここ、公安部の刑事たちは、同じ刑事でもまるで違う生き物に思える。出払っている人間も多そうだが、妙に暇そうに座っている男もいる。異物を見るように目を向けてくるが、雄馬からは目を合わさない。脇目《わきめ》もふらず外事第三課の課長席を目指した。

フロアを突き進んでくる雄馬に気づいた第三課課長が、上長席に座ったままじっと見つめてくる。雄馬が目の前に立つと、

「来たか」

と一言言い、立ち上がった。雄馬よりわずかに背が低いが横幅は勝《まさ》っていた。悠然と歩き出す。雄馬は黙ってついていった。奥の小部屋に入って扉を閉めると、完全な密室になる。

「お忙しいところ、お時間いただきありがとうございます」

「十分だけだ」

雄馬はしばらく課長に向かって頭を下げていた。ようやく上げると、低い声で言う。

「私が来た理由は、お分かりかと思いますが」

「分からない。はっきり言え」

雄馬は逆らわず、一言一言丁寧に言った。

「連続爆弾事件捜査本部からの正式な申請を、小笠原管理官から上げてもらったはずで

す」

「なんの申請だ？」

「情報提供の要請です」

「ほお」

言いながら課長は顎をかいた。

「そうなのか？」

とぼけたような反応。だが雄馬はめげない。

「はい。それなのに、担当だと伝えられたこちらの副部長は小笠原さんを完全に無視。代わりに長尾さんを何度も呼び出してる」

「奥島《おくしま》さんは小笠原を信用していない。当然だろ」

課長は愉快そうだった。

「しかしその割りには、全く情報をいただいていませんが」

「そんなことはないだろ。できることはしているはずだ」

「いいえ。まるで長尾さんを足止めして、捜査の邪魔をしたいのかと思うほどです」

「穏やかじゃないな」

課長は不敵に笑った。

「だからお前が出てきたのか。たかが主任刑事が」

「長尾さんが振り回されてるのが、見ていられません」

「俺は知らない。奥島さん相手じゃしょうがない。諦めろ」

課長はドカリとソファに座る。

雄馬は突っ立ったまま、押し殺した声で言った。

「口を利いていただけませんか。被害が拡大してる……今のうちに止めないと、事態がどうエスカレートするか」

「では、お前が話をするか？　奥島さんと」

雄馬の頰が引きつった。だがどうにか声を出す。

「今日は、いらっしゃるんですか？　奥島副部長」

「いない」

課長は口の端を歪めた。

「いても、会えるとは限らない。気が向かなければ部下とも喋らん。俺でさえ、話したいときに話せるわけじゃないんだ」

「……そうなんですか」

複雑な表情で黙り込む雄馬に、課長は言い放つ。

「刑事部の捜査を邪魔するつもりはない。好きにやれ」

そして鋭く睨《ね》めつける。

「ただ……捜査状況を逐一俺に上げろ」

有無を言わせぬ口調だった。雄馬は眉をひそめる。

「公安のスパイになれと？」

課長の口角が更に上がった。

「スパイだと。つまらんことを言うな。刑事部も公安部も、国のことを思って仕事に取り組んでいるのは変わらない。現場レベルで情報を共有しようってことだ。実の兄貴が信用できないのか？」

おどけたように両手を広げる。

厄介なことになった――と思いながら、雄馬は目の前の顔を見つめた。幼い頃から見慣れた顔を。

公安部外事第三課課長の名は、吉岡龍太《りゅうた》。三十歳、階級は警視。異例の若さで公安部の管理職の一角を占めることになった雄馬の兄は東大法学部卒、ストレートで国家試験を突破し入庁を果たした。エリート中のエリートコースをひた走る、吉岡一族最大のホープであった。親からも親族からも、いずれは警視総監、警察庁長官も夢ではないと期待をかけられている。雄馬が知る限り本人もその気だった。

雄馬は一度深呼吸してから言った。

「捜査情報が欲しいなら正式に話を通してもらわないと。捜査会議に人を出すなりして、仁義を通してください」

「俺たちが捜査会議になんか出られるか！」

龍太は吐き捨てた。誰が下賤《げせん》の泥を被るか、とでも言わんばかりだった。

「寝言はよせ。公安がお前らと立場が違うのは分かってるだろう」

「しかし、ここでただ横流しというのは……」

相手の反応は織り込み済みだった。雄馬はとぼけて見せる。

「何かそちらからも情報をいただけないと」

あからさまに見返りを求めた。龍太は弟を、面白そうに見た。駆け引きは始まっている。

「よかろう。ただし、一つ条件がある」

龍太は冷徹に言った。

「周唯《ツォウ・ウェイ》は追うな。あの女はこっちでやる」

雄馬は固まる。目の前の男はあっさりと重大なことを言った。周唯という中国女は、刑事部でなく公安部の対象。つまりただの留学生ではない、スパイかテロリストだと明言したのだ。

雄馬は素早く思考を巡らせた。どこのスパイだ？　中国人だということは、国家安全部所属。あるいは中国人民解放軍の諜報部所属とも考えられる。だが、まだ二十二歳——年齢詐称している可能性を考慮しても、二十代前半だろう——の女が爆弾テロを？　しかも

Cを騙るという不可解な行動まで取り、一介の大学講師を狙ったというのか？

　実の兄の尊大な表情を見ながら、雄馬は考えた。公安はどこまで摑んでいる……外事第三課はまさに、国際テロに対処する部署だ。テロリスト容疑は確定しているのか？　もう刑事部は手を出せないのか？

──知ったことじゃない。刑事部の仕事ははっきりしている。連続爆弾魔を割り出し、容疑が固まったらすかさず逮捕する。それが使命だ。雄馬は食い下がった。

「周《ツォウ》が爆破犯ですか？　だったらこっちにも情報を下さい。マルタイを避けて捜査なんかできませんよ」

「だめだ」

　龍太はびくともしない。

「詳細は現段階では明かせない。察してくれ」

「でも刑事部や、所轄にどう説明すれば……」

「刑事部長にはこちらから話す。所轄は、お前が説得しろ」

「いや、不自然すぎます」

　雄馬はきっぱり言った。

「周は、こっちでもホンボシに格上げするところだったんです。その線を捨てるなんて……ある程度情報を開示してもらえないと現場を納得させられない」

命令することに慣れている人間の口調だった。龍太は実際、自分より年上の部下を何人も使っているのだ。

「周だけじゃない。死んだ角田教授の調査も打ち切れ」

「……なんですって？」

「いちいち目くじらを立てるな。お前らがいくら心外だと思っても、こっちはそれ以上だ。俺たちのシマを荒らしてるのは、お前らの方なんだからな」

勝手な言いぐさだ。自分たちこそ上、と思っていなければ出てこない発言だった。

「……龍太！」

雄馬はいきなり呼び捨てにした。幼い頃のように。

龍太はビクリと肩を震わせた。不本意だろうが、どんな猛獣でも驚けば跳び上がる。

「だからキャリアは下から信頼されないんだ。頼むから人間扱いしてくれ！」

「な、なんだと？」

「根拠の分からない理不尽な命令ほど、人心が離れてしまう。士気ががた落ちする。それを分かって言ってるのか？」

「俺が、人の上に立つ器じゃないと言いたいのか」

そう言う龍太の唇は震えていた。

「結局お前は……俺を馬鹿にしてるんだ」

「いいえ」

　雄馬は瞬時に言葉を改めた。

「そう思われたのなら謝ります」

「お前は昔からそうだ。家族を見下してる。みんな馬鹿だと思ってる」

　青ざめた顔で龍太は言い募った。幼い頃の顔が重なる……かつて龍太は、泣き虫だった。

　雄馬は胸に痛みを覚えながら言った。

「課長は馬鹿ではありません。馬鹿は公安の課長になれません」

「……フン。おべっかを憶えたか。やっぱり長尾さんは優秀だ」

　頬を引きつらせながら龍太は吐き捨てた。

「いいえ、事実を述べたまでです。長尾さんは課長を尊敬しています。ぜひ、力を貸してもらえと」

「お前も刑事らしくなってきたな」

　龍太の頬は歪んだまま。

「自分の部隊長に忠誠を誓うのは、いい心がけだ。だが大局を見誤るな。あの人には先がない」

　雄馬は何も言わない。言葉に詰まったのではない、言い返す価値がなかった。

「お前は部下の顔色ばかりうかがって、人に好かれたいだけの人情派になるなよ。上からいいように利用されるだけだ。上昇志向がない奴は、結局都合のいい道具にされておしまいなんだ」

兄としての思いやり。雄馬はそう捉え、頭を下げて礼をした。だがすぐ顔を上げて言う。

「ぼくは別に、それでもいいと思っています」

「なんだと？」

「ぼくは長尾さんを心から尊敬しています。あんな刑事になりたいと思います」

「変わったな」

龍太は呆れて口を開けた。

「なんでも一番を取りたがったお前が……」

頭を振る。過去の弟と、目の前の弟が重ならないのか。

雄馬は否定しない。かつての自分など思い出したくもなかった。龍太は、弟がノンキャリアの道を選んでホッとしている。だが本当は警察官にさえなってほしくなかった。警察に入ってきたこと自体を、嫌味のように感じている節もある。

もう自分に怯えるのはやめてほしい。雄馬はそう思った。自分は二度と兄を脅かすことはないのだから。キャリアがノンキャリアに抜かれることは絶対にない。それを思い出させてやる必要があった。

「兵隊の扱いをうまくやってくださいと言っているだけです。帝王学です」

笑ってみせる。少し卑屈に。

「俺も兵隊にすぎんよ」

すると龍太の目は切なげになった。

「俺の命令じゃない。これは、部としての正式な要請だ。部長同士でもいま話していると
ころだ。もう、決定事項なんだよ」

「そう……なんですか」

龍太の一存ではなく、もっと大きな意志が動いている。つまりここにいる兄弟は無力。

二人はお互いの目を見る。

「教えてください」

雄馬はごく自然な調子で訊いた。立場を越えて、ただの兄弟同士がそこにいた。

「周《ツォウ》が真犯人なんですか？」

「……おそらく」

龍太もいやに素直な声を返してきた。雄馬は思わず頭を掻く。

「だが、逮捕してはならない。では我々はなんのために捜査を？」

「犯人は一人ではない」

「ほんとですか？」

「おそらく」

「推測ばかりですね」

龍太は笑った。

「学内に協力者がいる。あんな怪しい女がすんなり入学できていることから、それは明らかだ。死んだ角田教授が一枚嚙んでるのはもちろんだが、他にも誰かが大きな役割を担ってる。角田はいつも大学にいたわけじゃない、よく日本を出ていた。主に中国やロシアの大学に出張っていた。だが彼がいない時期にも、周の手続きや、あの大学への順応は円滑に進んだ。誰かが面倒を見ていたんだ。だがそれが誰かはまだ分からん」

「……そうなんですか」

「ああ。だからお前たちは、そっちを押さえろ。周の協力者は、エージェントではない。他国の政府の息がかかっていないから、こっちの標的とはなり得ない」

「思っていた以上に入り組んだ裏がありそうですね、この事件には……」

「ああ、深い闇がある。覗き込んだら後悔するような類のな」

龍太は目を細めた。どこか虚ろな眼差し。こういう兄を見るたびに、雄馬は自分が幸運だと思うのだった。現場をバタバタ駆け回っている方がずっと純粋に職務に向き合える。

「公安は汚い。みんなそう言う。だがな」

龍太の目の暗さは夜行性の獣を思わせた。

「俺たちだっていろんなものに縛られてる。しかも状況は毎日、刻一刻と変わるんだ。本当は爆弾なんか炸裂させてはならなかった。ボン、と言った時点で負けだよ。傷は深い。とっくにドバドバ出血してる。ただ……どうやって止めるかだ」

だが、牙《きば》が抜かれた獣よりはずっとマシだと雄馬は思った。どんなに暗くとも、この男の目は死んでいない。

「報われない仕事なんだよ、初めからな」

そう言って兄は笑った。笑いに見えない苦しげな笑み。

龍太の言葉の全ての意味は分からない。だが、信じられると思った。

憎み合ったこともあったかも知れない。それでもこの男はたった一人の兄だった。

「とにかく、セオリー通りに捜査を続けろ。周《ツォウ》以外の留学生たちを徹底的に洗うんだ。ほら、連中の情報は渡す」

龍太は、テーブルの端に積んであった紙の束を押し出して寄越す。

留学生について調べ上げられた資料が、雄馬の目の前にあった。

「お前も鼻高々だろ。小笠原も、長尾さんでさえもらえなかった情報だ。手柄にしろ」

雄馬はただ黙って頭を下げ、龍太の正面のソファに腰を下ろす。

「Cの件は？　もう動いてるんですか？」

資料に手を伸ばしながら雄馬は訊いた。

「むろんだ。その情報も、出せる段階で出す。お前が想像してる以上に、俺たちはCに迫ってるよ。時が来たら、できる限り詳細な情報を渡すことを約束する」

「ありがとうございます」

雄馬は殊勝に頭を下げた。今はそれ以上は望めない。手にした一束の資料を開くと、雄馬はざっと目を通した。目を瞠る。

なんてことだ――資料を持つ手が震えた。

どの留学生も普通の経歴の持ち主ではない。

「怪しいだろ」

龍太がニヤリとする。

「……何がですか?」

「そんな人間ばかり集めた、佐々木忠輔だよ」

「彼が集めたんですか?」

「さあな。とにかく、彼はクセものだ。気をつけろ」

「危険人物じゃないでしょう」

雄馬は異を唱えた。

「私は、とても興味深い人物だと思います」

「変わり者のお前が好きそうな人間なのは、分かる。だがさすがのお前でも、あの先生のご高説は理解できんと思うよ」

「論文、読みました。何本かは」

「理解できたか？」

「……いいえ。ほとんど」

「だろう。彼はどうやら、世界的に見てもほんの一握りの、傑出した頭脳の持ち主らしい。最先端の数学と物理学を修めていないと、何について書いてあるかすら分からん。彼の画期的な論文のいくつかは、世界でも十数人しか理解できないと言われているらしいぞ。話題になっていないのは、時代を超えて先に行きすぎてるからだとさ」

「そうですか。すごいなあ」

「彼が提唱する理論の検証には何十年もかかるらしい。ノーベル賞は、諦めた方がいいな。生きてる間に検証ができないんじゃ、賞の対象外だからな」

「課長も、読んでみたんですね？」

「チラッとな。もちろん、すぐやめたよ。時間の無駄だからな」

　龍太は東大を次席で卒業している。その龍太にしてお手上げだという。

「だが、変わり種の論文もある。科学とはまるで関係のなさそうな、怪しい奇説の類だ。罪を科学的に解析するだとか、憎悪を分解するだとかなんとか……まあ、天才にありがちな、わけの分からん道楽だな。ただの気分転換かも知らんが」

雄馬は思わず口元をゆるめる。同じ感想を持ったことを思い出したのだ。

「ほとんどの人間が独特なユーモアと捉えているが、真に受けている奇特な連中もいるらしいぞ。まるで、佐々木を教祖扱いする輩もいるらしい」

「まさか」

雄馬は笑い飛ばそうとした。

「彼は留学生たちに慕われてはいましたが、本人はいたって自然体というか、うさんくさいところは見受けられませんでした。まあ、人の顔が識別できないっていうのは、最初は信じられなかったけど」

「だが、診断書を見たわけではあるまい？」

龍太の顔にはまた暗い喜びが瞬いている。

「……彼が嘘をついていると？」

雄馬は憂鬱《ゆううつ》を感じた。

「いや。原則を言っているだけだ。何事も疑ってかかれと」

「…………」

「お前も佐々木にたらし込まれてるんじゃないだろうな？　心配になってきたよ」

雄馬はそれには答えず、再び資料に目を落とした。留学生たちの監視につけた捜査員からは、とりたてて不審な情報は上がっていない。同じアパートや近所の人間に探りを入れても格別変わった情報はない。つまり彼らはごく穏当な日常生活を送っている。

何かあるとすれば、過去だ。

日本に来る前に彼らを形作った思想や、生い立ちだ。

一行ももらさずに読み込みたい。彼らの何もかもを把握したかった。

雄馬の資料を持つ手は、また震え始めた。

5

美結が覗き込むと、水無瀬のパソコンのモニタにはコンピュータ言語がずらりと並んでいる。美結にとっては意味不明の記号の羅列だ。

「これや、これ」

水無瀬はニンマリと笑っている。

「なんですか？　これ」

「あの大学の研究室のネットワークや」

美結は目を円くして水無瀬を見つめた。

手並みの鮮やかさは知っているつもりだった。だが、こうも簡単に入り込むとは……この男は東京学際大学の研究室をハッキングして、内部を覗こうとしている。

水無瀬が某大企業をハッキングしたときの不安が甦ってきた。だが警察庁の警視正には〝犯罪抑止〟という職務もある。プライバシーの保護と犯罪捜査は常に対立するのだ。特にサイバースペースは丸ごとグレーゾーン、無法地帯と言っていい。それに乗じて犯罪者たちが自由に泳いでいるなら、こっちはクルーザーで乗り付けてやろう。警察の財力と情報力を利用して、最新のツールを駆使しどこへでも押しかける。水無瀬は、それを躊躇《ためら》う男ではなかった。

でも——と美結は思わずにいられない。これが許されるなら、Cの何が悪いのか？「悪を討つ」という目的に変わりはない。違いは、国家の後ろ盾があるかないかということだけだ。

「ちょっと待てよ……えげつないファイヤーウォールやなあ！」

水無瀬は美結の複雑な心中には気づかない。楽しげな声を上げた。

「あらゆるレイヤーにダイナミックフィルタが仕込まれとるぞ。こんなもんえらいメモリ食うし、メンテナンスも大変やろうに……なんでここまでするんやろ？　む、見たこともないプログラムもあるな……オリジナルのＩＤＳか？」

興奮した水無瀬の言葉を、美結は大づかみにしか理解できなかった。サイバーフォースに一年いても、専門的な講習を少し受けたとしても、複雑なプログラムを読みこなせるようになどならない。だが、水無瀬には面白い小説と同じらしかった。

「ここまで来ると、ただの盾やない。矛《ほこ》や！　うかつに手を出すとこっちが火傷する」

美結は心配になってきた。実際にこうして覗いているわけだから、痕跡は残すはず。侵入を検知されて逆襲されることはないのか。

「おっとこっちは……ハニーポットやな。うまく作っとるが、落っこったらえらいこっちゃ。念の入った罠だらけやぞ。感心するわまったく」

ハニーポットとは、ハッカーにとっては落とし穴のようなもの。不正アクセスを受けることを前提とした囮《おとり》プログラムだ。まさに〝密壺《みつつぼ》〟。入り込んであさっている間に、こちらの痕跡を辿られて痛い目に遭う。だがこんなものは、よほど他者に知られたくない機密を持つ組織や企業が設置するものだ。大学の研究室にあることが不自然とまでは言わないが、例が少ないことは間違いない。プログラムを見ただけで即、ハニーポットと見抜く水無瀬もさすがとしか言いようがないが、並みのハッカーならまんまと引っかかっている。

「通信ログを取られないんですか？」

心配になって思わず訊くと、

「大丈夫や。こっちも複数のノードを経由しとる。そのへんはぬかりないよ」

水無瀬はあくまでお気楽だった。

「もしかして、Ｔｏｒ《トーア》使ってるんですか？」

「まあ、似たようなもんをな」

だとしたら、警察が痛い目に遭ったハッカーの手法を利用していることになる。なんとも皮肉な話だった、警察が犯罪者に学ぶとは。だがこだわりなくこんなことをするのも水無瀬らしい。

「おい、美結！」

更に興奮した声が上がった。

「独自のＩＰＳまで作って、外敵に備えとるぞ。まるで要塞だ」

ＩＰＳとは Intrusion Prevention System の略。不正に侵入されるのを防御するシステムのことだ。これがあると管理者権限を乗っ取るのは容易ではない。受身的発想のＩＤＳよりもずっと強力なのがＩＰＳなのだ。

「一般人でここまでやるヤツはほとんどおらん。これは怪しいで！　よほど見られたない秘密があるのか……」

さすがの水無瀬も警戒心を露《あらわ》にした。

「パスワードを突き止める。で、このＩＰＳを解除や」

水無瀬はあっさり言った。見慣れないソフトを起動させると、たちまちプログラムのスキャンを始める。

「ちょっと、水無瀬さん、どこまで……」

まさか、このままパスワードを突き止めて管理者権限を乗っ取るつもりか？　美結は青くなった。やればむろん内部は覗き放題になる。だが相手にも、ハッキングの事実が確実に伝わる。美結の顔色に気づいて水無瀬は手を止めた。頭に血が上りすぎていることに気づいたらしい。

「ふむ。これ以上やるのは、止めておくか……まあ、あそこの研究室がこれだけガードが堅いと分かっただけでも収穫や」

その通りだった。誰が研究室のシステムを管理しているのかは分からないが、明らかに何かを守ろうとしているのだ。秘密を。

それはなんだ？　佐々木忠輔はそれを知っているのか？　彼の命令で要塞を築いたのか？　確かめなくてはならない。

「さて……ご本尊にお参りするか」

そして水無瀬は少しも満足していない。その目はますます輝いている。

「えっ？」

「次は、Cや。今回の事件の黒幕が本当にCかどうか、確かめんといかんやろ」

水無瀬は手早くCのサイトを開いた。ブックマークしてあったらしい。短い読み込み時間の後、〝C〟のロゴがふわりと金色に輝き出す。

美結は身震いした。簡素にしてスタイリッシュ、そして不気味さを放つこのサイト。美結もアクセスしたことはある。いま世界で一番注目され、恐れられているサイトと言っていいかも知れない。カウンターこそ付いていないが、毎日世界中から何億件というアクセスを数えているはずだ。

ただ、日本という国とは縁遠い。それが今までのCだったはず。美結は訊いてみた。

「Cはどれだけ日本を攻撃してるんですか？」

「増えてるよ。明らかに」

水無瀬は即答した。

「いろんな相談が持ち込まれ始めてるし。そんなのは実態の一部で、まだほとんどは水面下やけど。本物の悪党は警察に相談なんかしないわけやからな。攻撃の被害は相当の数に上ってるかも知れん。それにしても、C……ホンマとんでもないやっちゃ。俺は、サイバースペースの必殺仕事人と呼んでるよ」

水無瀬は溜め息をついた。だがそれは憂鬱ではなく、感嘆の息に聞こえた。

「まあうまいこと、悪党を捜し出して攻撃しかけるもんやで。えらい執念。えらい実行力や。一人でこんなことができるとは思えへんけど、行動基準は一貫しとるし。リーダーは、やっぱり一人なんかなあ。よほどの天才やろな」

Cを誉めているようにしか聞こえなかった。警察官僚にあるまじき言動だ。

「さ、表敬訪問や。新しい時代の神に」

「えっ、でも……どうやって」

水無瀬は答えない。マウスを操作しながら、今や満面の笑みだ。

この水無瀬のはしゃぎ方は危うい……美結は焦った。K——社産業スパイ事件のすぐ後にあった出来事を思い出す。水無瀬は共有ファイルソフトで児童ポルノをばらまいていた男を突き止めたのだが、まるで容赦しなかった。すぐに実働部隊を送り込んで逮捕させた。事前にマスコミにもリークし、逮捕の瞬間をこれでもかというくらい報道させたのだった。

「いいクスリやろ。こんな目に遭ったら、また手え出す気も失せるってもんや」

当時の美結は、全く水無瀬に共感した。私の上司は英雄だとさえ思った。

だが今は怖さを抑えられない。水無瀬がCの執念や実行力を誉めるのは——Cと自分を重ねているからではないか。水無瀬は鮮やかな手つきで、Cのサイトにあるいくつものコンテンツを順繰りに開いていく。美結はいつもトップページで怖くなって、その先に進めた例《ためし》がなかった。閲覧しただけで未知のウイルスに感染するという噂もあるし、向こうに居場所や素性を特定されてしまうのではないかという恐怖がある。むろん、いかなCでもそんなことは難しいと承知してはいるのだが、とにかくCは得体が知れない。どんな最新技術を開発して備えているか分からないのだ。

「さて。ここがCシンパの巣やな」

水無瀬はメッセージボードを開けた。そこには、英語だけではなく様々な言語で世界中からメッセージが書き込まれている。スペイン語、アラビア語、中国語。パッと見日本語はなさそうだが、だからといって日本人の書き込みがないとは限らない。

「お前も見てみ」

水無瀬は翻訳ソフトを通して、美結にも読めるようにしてくれた。美結は恐る恐る、膨大なメッセージに目を走らせる。Cの共鳴者の声が並んでいた。

「Cに感謝。本気で望めば、革命家になれるんだと分かった。戦争は止められる！」

軍事政権下の国、独裁者が統治する国、他国と交戦中の国をCは真っ先に標的にする。そのことへの熱烈な共感だ。Cはまず軍事施設を狙い、次に政府機関、それから金融機関、経済システム。更には、重要なインフラにまで容赦なくサイバー攻撃を仕掛けて国の機能を麻痺させせようとする。実際にそれで戦火が止んで、結果的に人命が救われたこともあったというから、Cが〝革命家〟だというのは誇張でもなんでもなかった。

「大国の傲《おご》りと、軍需産業の血まみれの罪。核施設を停止させたり、兵器工場を爆破して制裁を下したのは痛快だ。C、あんたは本物のヒーローだ」

サイバー攻撃に留まらず、実際に爆発を引き起こしたり、爆弾を送って直接被害を与えたという噂は本当のようだ。Ｃはまさに英雄に祭り上げられている。

「前アメリカ大統領を戦争犯罪で告発したＣに感謝する。大量破壊兵器が見つからなかったことで、イラク戦争はただの侵略だと証明されたのに、どうして奴は処罰されないのか。戦争に関する新しい内部文書も暴いて、どんなにずさんな戦争だったか明らかにしてくれた。ありがとうＣ。あなたに神のご加護があらんことを」

これはもしや、戦争被害者の書き込みだろうか。感謝の念があふれている。

Ｃにタブーはない。気に食わなければ超大国にも、危険なテロ組織にも容赦なく攻撃を仕掛ける。その公平さが不動の人気につながっているのだ。

「Ｃは世界の真の姿を教えてくれた。いかに自分が何も知らなかったのか分かった。

資本主義、金持ちが勝ちだって世界は、何かおかしいと思ってました。

特に金融って仕事、なんだか狂ってる。合法的な詐欺みたいな仕事ですよね。

株だの証券だの債権だの金融商品だの、何で人間が作ったシステムに人間が支配されて振り回されるんですか？　一部の奴らが好き放題やって大もうけして、大半の貧しい人たちの財産を更に奪ってるんですか？　誰のせいですか？
C、こんなシステムをぶち壊してくれてありがとう。
私は絶対、人のお金をかすめ取るような仕事はしない」

これは去年、いんちきな金融商品を売りさばいて市場に混乱を引き起こした巨大金融企業に対する集中攻撃についての書き込みだった。この件でもサイバー攻撃に留まらず、爆弾が送られて実際に爆発したというニュースを美結は見た。CEOの大邸宅が吹き飛ばされたのだ。ただ、爆発はCEOとその家族が不在の時に起きたので死者は出ていない。なおC本人がやったのか、Cのシンパが勝手にやったことなのかは未だに明らかになっていなかった。Cも、邸宅爆破については犯行声明を上げず沈黙を守っているのだ。

「姉を殺した男が、あなたの突き止めた情報のおかげで逮捕されました。
ミスターC、本当にありがとう。あなたはまるで神の使いだ」

長年逃げおおせていた凶悪殺人犯の居場所がいきなりさらされて、それをもとに実際に逮捕されたことへの感謝の書き込み。東欧の国での話だった。つまりCは、犯罪捜査にも協力していることになる。これは一時期テレビでも大きく取り上げていた。以降、国によってはは極秘裏にCに接触し、犯罪捜査に協力してもらっているという噂さえあった。

「……………」

読めば読むほど美結は困惑した。Cは英雄に違いないという気がしてくるのだ。こうした書き込みにたちまち感化されて、シンパが増殖するのも無理はなかった。地球上の悪や不公平に対して、これほど具体的に行動している人間が他にいるだろうか？

「こいつのサイト、ガードはえらい堅そうやけど、ダウンさせられるかな……」

水無瀬は気楽な調子でとんでもないことを口にした。

「ええ？」

「ダウンさせたら、怒るやろな……」

「か、可能なんですか？　そんなこと」

「分からんけど、不可能ではないやろ」

「……やめてください」

美結はきっぱり言った。

「Cだけじゃないです。世界中のシンパたちが怒り出しますよ」

「じゃあ、やめとくわ」

舌を出した。水無瀬も分かってはいるのだ。

「ま、世界中の軍や諜報組織がトライして失敗してるんやからな。逆に反撃を喰らってダウンさせられたりして痛い目を見てる。腫れ物にでも触るように、静観してるってのが現状や。まるでCは祟《たた》り神やな。俺には無理や」

そう言いながら、もし許されるなら全力でダウンさせにかかるに違いなかった。警察官僚の制服を着ていながら、まるで悪戯っ子。

「正攻法でいこう。堂々と、Cにメッセージを送る」

水無瀬が声を張る。

「えっ……本当ですか」

「当たり前やないか。処分を恐れて手をこまねいてるうちに事態を悪くするヤツばっかりや。責任回避。保身。ワルを恐れて放っておくのが警察の仕事か？　討って出な話にならん」

美結は居住まいを正す。この男はいざというときは威厳を放つ。たちまち制服が似合って見え、ふざけた空気はどこかに行ってしまう。

「美結。これは、お前の事件や。どうする？」

そして水無瀬は——美結に容赦なく選択を突きつけてくる。

「お前が本気で確かめたいなら、ここに書き込んで、Cに訊こう」

水無瀬は、覚悟を問うている。いつの間にか最前線に立たされている自分を見つけて美結は押し黙った。覚悟が足りないと言われても仕方ない。だがこの決断は、重すぎる。

「私が、決めるんですか？」

反問して時間を稼ぐ。

「そや。ビビッとんのか？」

水無瀬は慈悲深い笑みを見せた。

「難しく考えるな。自分で決めな後悔するやろ。お前のタイミングで、お前の意志で始めてほしいだけやって」

「でも……そしたら……捜査本部に連絡して、許可を取らないと……」

「かめへんかめへん。正体も分からんヤツと話すのに、いちいち許可が要るか？」

軽い口調に気が抜けた。頷きそうになって、だが美結は踏みとどまる。

捜査はチームプレーだ。選択に迷ったら、その選択が重要であればあるほど、必ず上の人間に判断を仰がなくてはならない。実績のある刑事なら〝現場の判断〟で押し通せるかも知れないが、所轄の平の巡査の分際で個人突破は許されない。だいいち捜査本部は、美結がいまサイバーフォースを訪れていることさえ知らないのだ。

「気になるんなら、長尾さんに一本電話入れとくか」

美結の懊悩《おうのう》を見かねたのか、水無瀬はスマートフォンを取り出してかけ出す。

「えっ……」

手際の良さに、止める暇もない。水無瀬はあっさり話し始めた。

「おう、ノボさん。大変やなあ今回のヤマ。爆弾魔に、Cを名乗る脅迫状たあね」

この男は本当に長尾と話しているのか？　疑ってしまう自分がいる。

「いま一柳がこっち来とる。いや、俺が強引に呼んだんです。ほんでさノボさん」

ノボさん。長尾の下の名前、昇《のぼる》の愛称か？　旧知の仲？　携帯電話の番号を知るほどの仲ではあるらしい。

「Cに接触してみようと思うんやけど。Cのサイトから、メッセージを送れるからさ。うん、穏便にやるから。心配せんでええよ」

水無瀬は言葉巧みに説得にかかっている。この男の口調ならどんなことも大したことではないように思わせてしまう。罪作りだ。

目の前で重大な決断が下されようとしている。美結は思わず、こくりと喉を鳴らした。

「オッケイ、分かりました」

水無瀬は歯を剝き出しにして笑った。

「ほな改めて。お疲れさんです」

通話を終えて、スマートフォンをテーブルに置く。

「慎重にやってくださいよ、やて」

獲物を捕らえた野良猫を思わせる、邪《よこしま》な笑み。

「まあ、雲を摑むような話やからな。長尾さんもCのレスポンスなんか期待してない。ダメもとぐらいに考えてるんやろ。実際、糸垂らしてもなんにも釣れへんかもしれん」

水無瀬は美結の目を見る。

「いいな？」

最終確認。

美結は——頷いた。

「お願いします」

美結の言葉と同時に、水無瀬の指がなめらかに動く。キーボードがたちまち文字を並べてゆく。


「日本からこんにちは。Cに質問があります。

東京学際大学に爆弾を仕掛け、犯行声明を送ってきたのはあなたか？

大学講師の家族にも爆弾を送りつけた覚えはあるか？

あなたの名を騙った別人の犯行の可能性がある。

ただの模倣犯か、それとも、あなたによる新たなテロかどうか、確認したい」

気がつくと、記名する欄には〝ＭＥＷ〟と入っている。

「み、水無瀬さん」

「ええやんか。ただの名前や」

水無瀬は取り合わない。そのままポンと送信ボタンを押した。

「あ、英語にした方がよかったかな」

そう言い、水無瀬はたちまち英訳してもう一度送信した。水無瀬は英語も堪能で、美結がそばについていた頃もしょっちゅう外国とやりとりしていた。世界中のハッカーの情報やサイバー関連の最新情報を仕入れるために、外国の警察やＩＴ企業、セキュリティ会社などとよく情報交換をしていたからだ。

三秒ほどのタイムラグののち、Ｃのメッセージボードに水無瀬の書き込みが浮かび上がった。もう後戻りはできない。

「さて、反応があるかどうか。気長に待とうや」

うーんと伸びをし、

「コーヒー持ってくる。お前も要るか?」

と訊いてきた。いえ大丈夫ですと答える。水無瀬が部屋を出て行っても、美結はなんとなく画面から目を離せなかった。

レスポンスは期待しない方がいい。少なくとも、直ちに反応があるはずがない。Ｃは世界中の悪に制裁を下すのに忙しいのだから。

だが、他の人間からレスがつく可能性はある。穏やかではない書き込みだし……案外、すぐ反応があるかも……

「……あっ」

次の瞬間、声が出ていた。画面に釘付けになる。

6

こう言っては不謹慎だ、と分かってはいる。

だが雄馬は内心思わずにはいられない。この留学生の調査資料は、下手な小説より面白いと。

一人目、ゴーシュ・チャンドラセカール。彼はシュードラというカースト下位の階級の家庭に生まれたが、幼い頃から神童ぶりを発揮。特に数学の才に秀で、国立の教育機関、インド工科大学に特待生として進むことができた。だが。

「これ……本当ですか」

雄馬は思わず言う。

「ゴーシュは過激なデモ活動で拘留されたことがある。それに……ハッキングの疑いをかけられたこともあるって？」

「ゴーシュは物心ついたときから、伝統的インド社会の矛盾を激しく非難していた。だが、恋愛が絡んでから、ますます過激になったようだぞ。女は怖いな」

龍太が歪んだ笑みを浮かべた。その通りのことが資料には記されている。

ゴーシュは大学で、バラモンというカースト最上位の階級に属する女性と恋に落ちた。周囲に隠して関係を続けていたが、ある時それが露見。親族の大反対にあって別れさせられてしまった。インドでは未だにカースト間格差が激しく、結婚の障害となっている。特に高カーストの女性と低カーストの男性の結婚はまず認められない。初めから悲劇を運命づけられた恋に、ゴーシュは落ちてしまったのだ。

〝身の程知らず〟と見なされ、迫害を受けたゴーシュは絶望し、全てを捨てるようにして日本へやって来た。

「日本人には、なかなか理解できない世界ですね……」

「インド系の人には、日本に階級がないのが信じられないらしい。差別に無縁のパラダイスに見えるのかもな」

「だけど、パラダイスでもなんでもない」

雄馬は思わず言った。

「貧富の差や、生まれた土地や、親の素性や、学歴、容貌。いろんな差別の種がある」

「お前、俺たちの家のことを言ってるのか？」

「いいえ。一般論です。本当に」

他意がないことを、真っ直ぐな目で伝える。

「ぼくは家のことなんかどうでもいいですから」

龍太は疑わしそうに笑うだけだった。

雄馬は再び資料に目を落とす。二人目の留学生、まだ十代のイオナ・サボーはブダペストで生まれ、まだ幼いうちにハンガリー北部の都市・エステルゴムに移住した。インフレと高い失業率にあえぐ国の中で、エステルゴムの日系自動車工場は五千人以上の従業員を抱えて堅調を維持していた。両親ともそこに雇われたのだ。

だが外国系企業の好調を妬《ねた》んだ人間の仕業か、工場のシステムにハッキングがあり、ラインを止めてしまうという事件があった。それを解決したのが当時十六歳のイオナだ。無口で大人しい性格だったが、朝から晩までコンピュータに向き合って少しも飽きない子だった。数学や物理の論文を検索しては読みこなすのが趣味で、学校でも早くから天才と見なされてはいたが、惜しむらくは無口なことで、友達はほとんどいなかったらしい。

だが両親の工場がダウンしたときの反応はめざましかった。すぐさま工場に乗り込み、工場を復活させるためにシステムをゼロから再構築、効率のいいネットワークを確立した上に強固なセキュリティの砦《とりで》を築いた。以後、ハッキング事件は一度も起こっていない。

当然工場から雇いたいと言われたし、この活躍が話題になったおかげで奨学金を得て地元の大学にも迎えられた。現代物理学の最先端施設、スイスの欧州原子核研究機構《CERN》行きの話もあったらしいが、イオナは日本行きを望んだ。

「イオナは理工学の分野ではずば抜けているのか……」

資料を読みながら、雄馬は感嘆の息をもらす。

「ＩＣチップからコンピュータのハード、最新ソフトまで、ぜんぶ一人で作れるんじゃないかっていうくらい精通してる。おまけに物理の最新理論にも明るい。これでまだ十代だなんて……末恐ろしいですね」

「だが、彼女にも妙な噂がある」

龍太はにこりともしない。

「資本主義経済の市場金融システムについて、根本的な改善を施す理論を生み出したと言って、論文にして発表したんだが無視された。難解すぎて、世界中の経済学者が匙《さじ》を投げたらしい。若すぎるというのも災いした。子供の奇説と断ずる輩がほとんどだったらしい。まあ、論文の半分は、金融業に群がる人々を非難する言葉で埋まっているらしいがな。家族が貧困にあえいで、幼少から楽な生活ができなかったことが影響してるんだろう」

雄馬は頷く。ゴーシュもそうだが、育った環境、自分を取り巻く因襲と不正に対して、生まれつきの才能を使って対抗せずにはいられなかった。そんな印象がある。

「ただ、イオナの論文に反応をよこした人間がいた。佐々木忠輔だ。だからイオナは来日した。佐々木に師事するのは、悲願だったらしい」

そうだったのか……雄馬は納得した。

天才は天才を呼ぶ。孤独な異能者たちが、自分に似た人間を求めて集まってきた。

「ただ、おかしなことが起こっている。論文を発表した直後、ウォール街やシティ・オブ・ロンドンのシステムが一時、完全にダウンした。何者かが大規模な攻撃を仕掛けて、世界の金の流れを止めたんだ。このサイバー攻撃の首謀者だと名乗り出たハッカー団体はいない。だから未だに、誰の仕業か分からない」

「……まるでＣだ」

雄馬が呟き、龍太も頷く。

「聞けば聞くほど……怖くなってきますね。じゃあ、ウスマンは……」

手の震えを抑えながら、雄馬は資料をめくる。

「あのセネガル人、ウスマン・サンゴールな。これも相当な厄介者だぞ。本国では富裕な一族に生まれたんだが、完全にはみ出し者で、問題ばかり起こして一族に疎まれている。ついにはカザマンス紛争に連座して国を追われた」

資料に注釈があった。セネガルのカザマンス地方という一地域が、以前からセネガルからの分離独立を主張している。カザマンス民主勢力運動《ＭＦＤＣ》が反政府武装闘争を続けており、日本の外務省はセネガルについて渡航延期勧告を継続していた。

ウスマンは、おそらくこのＭＦＤＣと関わりを持ったのだろう。

「その後は留学という名目でパリにいたが、ここでもやらかした。移民の権利弾圧に反対して、デモを煽動《せんどう》して逮捕されている。だが一方で、優秀な学生として評価する人たちもいて、大学の教授たちが政府に働きかけてこの男を解放させたんだ。人を籠絡《ろうらく》することにかけては相当長けているぞ。そしてこいつも、コンピュータ工学は一通り修めている」

龍太が言外に示唆することは明らかだった。この男にもサイバーテロリストの資質はある。いや、武力闘争に関わった過去を考えると、爆弾を扱う凶悪なテロリストである可能性もあるということだ。

「しかし……」

直接ウスマンに会って話を聞いている雄馬は、違和感を抑えられない。穏やかで思慮深い人物に感じられた。暴力の匂いを嗅ぎつけることはできなかった。自分が鈍いだけかも知れないが、資料に書かれている過去はまるで創作のように感じられてしまう。

いや、と雄馬は自分を戒めた。人間の中には恐ろしく底深くて、本性を見せない者もいる。自分は数回会って話を聞いたに過ぎないのだ。心の奥底までは読むことができない。

「分かっただろう。連中には、隠したい過去がごまんとある」

「敵も多いってことですか。みんな、日本に逃げてきた？」

「そんなところだ。佐々木の研究室はよくもまあ、揃いも揃ってこんな札付きを集めたもんだ」

佐々木忠輔が首謀者だと疑っているのか。雄馬は迂闊に口を開けない。

「こいつらの周りで、爆弾の一つや二つ爆発したってなんの不思議もない。それが分かっただろ」

「そうですね……」

曖昧に頷くのみ。

「この中の誰がCだっておかしくない。C本人じゃないとしても、シンパだってことは充分あり得る。すぐ正義の味方を気取って、実力行使するような奴らだ」

雄馬は異を唱えることができない。これほどの資料を見せられてしまっては。こんな詳しいものは公安でなくては手に入らない。さすが、外国政府の諜報部と直接やりとりをしているだけはある。

「これを、捜査本部の資料とさせてもらっていいんですね？」

「ああ。恩を売っておく。その代わり、周《ツォウ》には手を出すなということだ」

龍太は言い放った。

「だがこんな奴ら、周に比べれば可愛いもんだぞ」

曰《いわ》く付きの留学生たちをも上回るほどの、闇。周唯《ウェイ》はやはり、大国の政府の息が直接かかった人間だと見なさざるを得なかった。資料をめくりながら雄馬は訊く。

「周唯の資料は、やっぱりこれしかないんですね」

雄馬は一枚の資料を指した。それは捜査本部が手に入れたものとほぼ同じ内容だ。北京の宝石商の長女。生まれつき喋ることができないが、彼女はめげることなく、コンピュータを駆使して世界中とコミュニケーションをとり続けた。その過程で各国の言語を、書き言葉と手話でマスターし、世界で指折りの言語学のエキスパートになった……そんな感動的なストーリーが綴《つづ》られていた。中国大使館がこれを認め、東学大に正式な経歴として渡したのだ。だが全くの別人のものと承知で渡してきたのか？　だとしたら……

「だから、お前らの手に余ると言うんだ」

龍太は傲然と言った。雄馬は表情を変えずに訊く。

「彼女の本当のプロフィールは、もう手に入れてるんですか？」

龍太は口を噤んだ。答える気はなさそうだ。雄馬は言ってみた。

「留学生たちは、彼女が人を殺せるような人間じゃないと口を揃えていましたが……」

「どの口が言うんだ」

兄の表情は一気に歪む。

「あんな奴らのことを信用するのか？」

「でも、佐々木先生も」

と言いかけて止める。龍太は佐々木忠輔のことも疑っている。言っても無駄だ。

「長尾さんの悪いところまで受け継ぐ必要はない」

龍太は弟を哀れんでいるようだった。

「昔気質《かたぎ》は流行《はや》らんぞ。お前だって、信じていいヤツとそうでないヤツの区別ぐらいつくだろう」

兄の情を感じた。感謝するべきだろうか。だが雄馬は、頷くことができない。

「感情で判断を鈍らせるな。手柄を立てろ。ゆくゆくは刑事部を仕切りたいんだろ？」

「とんでもない」

雄馬は手を振りながら言った。

「自分の立場で、できることをやるだけで手一杯ですよ。あんまり責任をしょいたくない」

「ふん。俺は信じないぞ」

龍太は宣言する。

「三つ子の魂百まで。お前の負けず嫌いは生まれつきだ」

雄馬は反論しようとして、やめた。

行動で証明していくしかない。雄馬は深々と頭を下げた。

「ご協力、感謝します」

龍太は薄く笑う。雄馬は資料を手に立ち上がった。ふと、音を切っていた自分のスマートフォンがメールを受信していることに気づく。素早くチェックした。美結からだ。内容を見て意表をつかれた——水無瀬さんのところに行っているのか？　なぜだ？

「ついでに、もう一つ忠告だ」

龍太が言い出した。

「一柳美結に気をつけろ」

「なんですって？」

雄馬は目を剝く。

「どういう意味ですか」

思わずスマートフォンをポケットの奥に突っ込みながら、雄馬は強気に問い質した。兄の真意が読めない。

「彼女がスパイだとでも言うんですか？」

「ある意味ではな」

龍太はニヤリとした。

「なぜ彼女が入庁してきたか。どうして、刑事を志したか。本人に訊いたか？」

「……いいえ」

雄馬は、軽いえづきを感じた。素手で腹の底を探られたような感触。

龍太の笑みはますます影を深くする。

「今までの働きぶりを見ても、彼女はどうやら本気で、立派な女刑事になりたいと思って頑張ってるようだ」

「公安は一巡査まで監視対象にするんですか！」

また声を荒らげてしまった。美結が自分の弱点だ、と晒《さら》したようなものだ。だが構いはしないと思った。事実だからだ。

龍太は笑みを消した。弟の弱みを握った、と得意がる様子はない。

「彼女は特別だ。なにせ、あの事件の」

「彼女が立派な刑事になりたいと思って何が問題なんですか」

雄馬は押し被せるように言った。

龍太は黙って弟を見つめる。弟の示す激情や苦痛を理解している。雄馬はそう感じた。

「問題は……彼女じゃない」

雄馬は絞り出すように言う。

「彼女を警察に入れることを許した人だ」

「その通りだ。よく分かってるじゃないか！」

兄は大口を開けてのけぞった。こんなに愉快なことはない、とでもいうように。

雄馬は確信した。この男は〝公安病〟だ……全ての裏を把握していないと気がすまないのだ。

「つまり彼女は、状況によっては、何をしでかすか分からん」

公安課長のゆるんだ顔が元に戻らない。

「それは……龍太の考えか」

我ながら物騒な声が出た。肉親としての問い。

「それとも上の？」

「さあな」

龍太の笑みがますます歪む。

「余計な心配かも知れないが、余計な心配をするのが公安の仕事なんだよ。分かってるだろ？」

7

美結は瞬きを繰り返し、目の前の光景を確かめた。

間違いない。Cのサイトのメッセージボードに、新しい文字が浮かび上がっている。


——私の仕業ですが、私の仕業ではありません

レスがついたのだ。しかも日本語で。

名前の欄を確かめる。そこには……

〝C〟。

「水無瀬さん！」

あわてて呼ぶ。立ち上がって応接室のドアを開けた。水無瀬がコーヒーをすすりながら戻ってくるところだった。

「釣れたか？」

水無瀬は小走りに応接室に戻ってきてパソコンの画面を覗き込む。

「お……なんやこれは！」

水無瀬の叫びに同感だった。まるで意味の分からない、謎の返答だ。禅問答のような。紛れもない日本語であり、しかも敬語なのも奇妙だった。相手は翻訳ソフトでも使っているのか。

「ほんとにCが答えてんのか？」

水無瀬の疑問はもっともだった。だがここはCのサイトであり、他の人間がCを名乗ってレスをつけられるとも思えない。するとその下に続いて、こんな文字が現れた。

――正確には、〝Cダッシュ〟の仕業であって、Cの仕業ではありません

「Cダッシュ？」

美結は口に出す。水無瀬が首を傾げる。

「わけわからん」

美結は思わずキーボードに指を置いた。いま、回線の向こうのどことも知れない場所にCがいる。この機会を逃すことはできない。

「Cダッシュとはなんですか？」

日本語のまま、エンター。答えは即座に返ってきた。

——私の代理人です

代理人……Cではない。だが、Cの意志の代行者。だからCダッシュか。

続けてメッセージが浮かぶ。


——あれはただの警告でした。誰かを傷つけるつもりはありませんでした。今は、まだ、

どういうことだろう。美結は水無瀬と顔を見合わせた。

——佐々木の家族に爆弾を送ったのも、私ではありません
裏切り者が、私の名を騙ったのです

美結は言った。

「周唯《ツォウ・ウェイ》……？」

「面白なってきたで」

水無瀬は美結をけしかけた。

「チャンスや。どんどん訊け。情報引き出すんや」

美結は頷いたが、上擦って考えがまとまらない。どう訊けばいい？

「あなたは誰ですか？」

悩んだ末に、美結はシンプルな問いを投げた。それは最も危険な問いではないのか、とヒヤリとしたのは送信してしまったあとだった。もう取り返しがつかない。

だが幸か不幸か、返答はなかった。

代わりに浮かび上がったのはこんな文字だった。


——代理人〝Cダッシュ〟は私を裏切りました

さっきから返答は日本語のみだ。Cには妙なサービス精神があるようだった。相手の言語に合わせようとする。おかげでタイムラグなくレスポンスできる。美結は考えた。つまり周唯は、Cに忠実なシンパを装っていたのだ。代理人となってCの意志を遂行するはずだった。だが彼女は、勝手な行動に走った挙句に行方をくらませた……

確かめなくてはならない。

「代理人とは誰ですか？」

――佐々木忠輔の教え子です

美結は水無瀬と顔を見合わせる。決定的な答えが返ってきた。

――私は、制裁を加えることにしました

だがCはなぜか名指しはしなかった。敬語で物騒なことを羅列し出す。

――私のふりをして勝手な暴力行為を行う者を許すわけにはいきません

「なんやろ？」

水無瀬が首を傾げた。

「名指しはせんのか。もしかしてこいつ、裏切り者が誰か分かってないんちゃうか」

水無瀬は美結からパソコンを取り返した。

「またお得意の制裁か。悪を叩くのか」

喋ったことをまたたくまに文字に変え、送信する。

「制裁制裁って偉そうに。何様だ」

「ちょ、ちょっと水無瀬さん！」

美結は止めたが水無瀬は聞かない。更に続けて打ち込む。

「コンピュータの前でぼやいてるだけならこっちは怖くも何ともない。〝制裁〟できるものならしてみろ。お前はわがままなガキと一緒だ」

あからさまな挑発。水無瀬は嬉々としている。


──私を怒らせないほうがいい。後悔するぞ

「怒った」

美結は思わず呟いた。ふわりと浮かび上がったその文字が、まるで燃えているように見えた。敬語もやめたのだ。

「Cは怒ってますよ。どうするんですか水無瀬さん！」

「さてはお前、本当に子供だな？」

水無瀬は口に出しながら、更に文字を打ち込む。挑発をやめる気はまるでない。

「それでヒーローのつもりか？」

浮かび上がった水無瀬の言葉にレスはつかない。しばらく、サイトは不気味な沈黙を守った。

美結は固唾《かたず》を呑んで見守るしかない。水無瀬は仕事を終えた充実感を発散している。悠然とコーヒーを飲みながら待った。

「おいCくん。もうシカトか？」

水無瀬が諦めてそう言った頃。

——私に何ができるか、見せてやろう
文字が躍った。

——そこを動くな

「なんやて？」

水無瀬の顔が微《かす》かに引きつった。

美結は動悸が止まらない。Cはいったい何をする気だ？　画面から目を離せなかった。

一分が経ち、二分が経つ。

何も起こらない。

美結は、深く息を吐いた。画面がクラッシュするのではないか。あるいは変なメールやニュースが飛び込んでくるのではないか。いろいろ想像を巡らせたが、変化はなかった。

ただの脅しだったのか？　Cは、立ち去ったのか。思わせぶりな言葉だけを残して。

水無瀬はまた指を動かした。

「何も起きんじゃないか」

また執拗《しつよう》に挑発する。

「もうやめましょ、水無瀬さん……」

さすがに呆れた。向こうの方が愛想を尽かしたのだ、と確信した瞬間。

ふわりと文字が浮かび上がった。

――もう向かっている。あと二分待て

「あと二分？……向かってる？」

美結は呆然とする。何が向かっているというのだ？　まさか……この建物へ？

ここは警察庁。日本で最も厳重な警備態勢を敷く建物の一つ。そこに、来る？　何が？

これは完全な脅し。負け惜しみみたいなものだ、と美結は判断した。

だが動悸は治まらない。二分……ひどく長く感じる。何も起こりはしない、と確信しているのに、嫌な汗が全身から噴き出してくる。水無瀬が腕時計を見て、

「楽しみやな」

と美結にウインクした。この部からこの人が浮くのは当たり前だと思った。いや、警察全体から見ても浮いている。

「期待を裏切るなよ、Cくん」

コーヒーを飲み干すと、腕を組んだ。これから起こることに備えるように。

あと何秒で二分だろう。壁に時計を捜した、その時。

ゴツッ、という音がした。

美結はビクリと振り返る。部屋の窓の方を。

そこには何もない。閉め切った窓ガラスの向こう側に、薄曇りの白い空が見えるだけだ。

いや——窓の外を、何かが横切った。

黒いものが。

美結は瞬きしてしまった。目を開けたら、もう見えない。

一瞬生き物のように見えた。鳥か？　ここは庁舎の中層階、鳥がやってきても不思議はない。だが、違うと直感が告げていた。

一瞬見えたのは、妙に平べったい形の、真っ黒な何か。そうだ——まるでカブトガニのような。

次の瞬間、美結は凍りついた。

戻ってきたのだ。その黒いものが。

窓のすぐ外に浮かんでいる。

美結は痺れたように動けなかった。その黒いものがフワフワと、窓に近づいてくるのにただ目を奪われる。ガバリとソファから立ち上がる音がした。水無瀬が驚いて棒立ちになったのだ。

突然、耳の奥に痛みを感じた。美結は思わず両耳を押さえる。

続いて、ピシャリという鋭い破砕音が響き——窓ガラスに罅《ひび》が入った。

やがてパキンと割れ、破片が床に落ちる。

美結には何が起きたのか全く分からない。痛む鼓膜《こまく》を押さえて中腰でいるしかない。

「……音響兵器か⁉」

水無瀬が耳を押さえたまま叫んだ。自分の声すら聞きづらいらしい。

フッ、と圧力がゆるむ。美結は耳から手を離し、懸命に窓の外を見た。

水無瀬の言葉の意味が浸透してくる。そうか、今のは……超音波のようなものか？ 日常では発生しないような音圧を窓にぶつけてきた。そしてついにガラスを破壊し、中にいる人間の鼓膜まで圧迫した。

だが、それをやった黒い浮遊物が見えない。いなくなった。

美結は水無瀬を振り返る。小刻みに頭を振っていた。鼓膜にダメージが残ったらしい。

美結の耳の奥にもまだキーンと残響が鳴っている。

パソコンの画面に目を向けた。新しい文字が浮かんでいる。

——これも警告だ

勝ち誇ったようなCの声。そのすぐ下に、また新しい文字が現れる。

——ほんの、軽いあいさつにすぎない
私のジャイロはテーザー銃《じゅう》も搭載している
実弾も発射できる、食らいたいならな

敬語は完全に忘れたようだ。ストレートな脅し文句に変わっている。

「……たまげたな」

水無瀬の声もさすがに上擦っていた。手の甲で額の冷や汗を拭《ぬぐ》う。挑発したことを後悔しているに違いなかった。

美結の鳥肌も一向におさまらない。まるで――超自然的な存在に逆らってしまった気がした。Ｃは今もどこかからじっと見ている。パソコンのＬＡＮケーブルの遥か向こうにいるはずなのに、千里眼のように全てを見通している。そして私たちを狙い撃ちしてきたのだ！

――私から逃げ隠れできる者はいない

美結の思いを裏付けるように、勝利宣言の如き言葉が続く。

――世界中が私の監視下にある
私の目から逃れたいなら、密林か、海底か、宇宙にでも逃げるんだな美結はへたり込みそうになった。Ｃの言葉は事実だ。なんと恐ろしい相手に喧嘩《けんか》を売ってしまったのか……ふいに非常ベルが鳴っていることに気づいた。大音量なのに、気づかなかったのだ。耳にダメージが残っているせいだけではない。恐怖で神経が麻痺していた。警察庁のガラスが破られて非常センサーが反応しないはずがなかった。異常事態勃発《ぼっぱつ》に、これから各所の人間が大あわてで集まってくることだろう。だがいったい何と説明すればいいのか。

水無瀬は再びパソコンに向かった。非常ベルに動じた素振りもなくキーボードを叩く。まだ挑発するつもりかと青くなったが、Ｃのサイトとは別のウインドウを開いて何かやっている。美結が近寄ると、水無瀬はどうだと言わんばかりに表示したものを見せた。

「！　これは」

思わず声が出る。いままで窓の外に浮かんでいたものがそこにあった。

４ローターのヘリコプター、と説明にはある。ただしプロペラは機体の下部の枠の中に収まっているため剝き出しになっていない。そのために外観がカブトガニのようなずんぐりしたものに見えるのだった。大きさは約五十センチ、最高速度は時速二十キロ。高性能カメラとフライトセンサーを搭載。飛行は全て電子頭脳で制御されている。

「こんなものが……市販されてるんですか？」

「ああ。だが当然改造してあるだろう。推力も飛行持続時間も、ＣＰＵもアップしてるやろな。内蔵カメラも最高性能、暗視さえ利くかも知れん。おまけに武器まで搭載するとは……こんな楽しいおもちゃまで使ってくるとはな。クソ、どこへ逃げた？」

窓の外を見ても、もう見えない。ヘリは空の彼方《かなた》に消えた。

「なぜ、私たちのいる場所が分かったんでしょう？」

美結は言った。それが最大の疑問だった。

水無瀬は真剣な顔で考えている。

「こっちの端末がどの端末か特定するのは奴には容易や、あえてこっちもスクランブルをかけなかった。日本の警察だと分からせてビビらしてやりたかったんや。だが向こうはかえって逆上しよった。ただ、お前も疑問に思ってるとおり、その端末が空間的にどこにあるかまで調べるには、相当な時間がかかるはずだ。警察庁のネットワークを使ったＰＣだと分かったところで、この建物はけっこう広い。各フロアで何百台ものＰＣを使ってるわけやからな。なのに奴は瞬時に俺らを特定し、実際に攻撃を仕掛けてきた……ちゅうことは、結論は一つしかない」

美結は食い入るように水無瀬を見る。

「……監視カメラだ」

水無瀬は言った。部屋の天井を見ながら。

「監視カメラ？」

美結もつられて上を見る。

水無瀬の目は血走っていた。睨んでいる先には、小さな丸形の突起がある。ほとんどの人は気にもしないような、照明に似せた何気ない装置。だが、高性能のカメラだと美結も知っていた。まさか――

「日本警察の監視カメラさえ、Cの支配下にあるんや」

水無瀬が一気に言い、美結の背筋が凍った。

「くそ、いつからやろ？　早くシステムを総ざらいして奴のスパイウェアを排除せんと。これは、我がサイバーフォースの大失点やな」

水無瀬は鬼気迫るを笑みを浮かべている。これほど戦慄《せんりつ》したこともなければ、これほど楽しい目にもあったことがないという顔だった。

美結は戦慄するだけだ。一国の警察の中枢にまで易々と入り込んでくる異常な天才を相手に、対抗できる人間がいるのか？　警察庁が狙われたというニュースはこの国を震撼《しんかん》させるだろう。警察権力の威信を低下させる恐れもある。

「しかし、奴はどこにおんねん」

水無瀬はPCのウインドウを指で弾く。Cのサイトの〝C〟のロゴを。

「痕跡を辿ったって、どうせ途中で壁に当たるからなあ」

「あ、やったことあるんですか？」

「当然な。だが、必ずうまいこと消えよる。どんな裏技を使っても野郎の尻尾が掴めへん。複数のノードとフィルタと、山ほどのゾンビＰＣの煙幕に隠れてやがるからな。分身の術や。エージェントスミス並みや」

美結には意味不明の愚痴まで飛び出す。この男をここまで取り乱させた犯罪者がかつていただろうか？

「手掛かりはないか……手掛かりは」

ぶつぶつ言い続ける。非力だが、力になりたかった。美結は一生懸命言う。

「Ｃはアメリカ人だとか、中国人だとか、いろんな説があるみたいですけど……ヘリまで飛ばせるということは」

自分にだって推測できることはある。

「Ｃが——日本にいるってことじゃないでしょうか？」

水無瀬は憑《つ》かれたような目で美結を見る。

「Ｃ本人じゃなくても、少なくとも協力者が日本に——東京にいなくては、できないことですよね」

「そういうことだな」

水無瀬が頷く。

「あのジャイロはサイバースペースから飛び出してきたわけやない。ブツがあるっちゅうことは、現実に用意した者がおる。それがCダッシュか？　だが、裏切ったっちゅうことは……Cダッシュは一人やないんか。内紛か？　それともやっぱりC本人が……くそ。なんにしても、あのジャイロの基地がどこかにあるっちゅうこっちゃ。あれを追尾できれば……しもたな。逃がしてもた……」

美結は天井を見上げ、思わず口を押さえた。

「水無瀬さん。盗聴もされてるんじゃ……」

ひそめた声で言う。

「かめへん。どうせ大したこと言うてない！」

水無瀬はやけくそのように叫んだ。

「いまんとここっちは後手後手や。聞かれても構わん。どうせなら笑かしてやろうや。どんだけあわててるか知らせてやったらええ。愚痴垂れたれ」

美結は困った。笑うわけにもいかない。パソコンのディスプレイを見た。

またメッセージボードが更新されていた。

――こんなものではない。まもなく準備が整う

それを見て、

「なんのだ？」

と打ち込む水無瀬の指は少し震えていた。

美結は、ＣとＭＥＷのやりとりに山ほどコメントがついているのに気づく。このメッセージボード上の闘いは、全世界に生配信されていたのだ。全て日本語のやりとりだったが、翻訳ソフトを使えばどの国の人間であっても流れはつかめる。Ｃに挑みかかった無謀な輩が煮え湯を飲まされたことは誰にでも分かるだろう。見ていたネットユーザー、Ｃのシンパたちが好き勝手に感想を書き込んでいた。当然、ほとんどがＣへの応援だ。美結は目を逸らした。読むに耐えない。

すると締めくくりのように、一つの文が浮かび上がった。


――東京は私の支配下に入る。楽しみに待て

8

突如、パソコンのスピーカーから異音が響いた。

「課長！」

龍太と雄馬がいる小部屋に男が飛び込んできた。

「緊急連絡が入りました」

それは雄馬が見たところ、龍太よりずっと年上の男。年季の入った公安刑事だ。

「どうした？」

「警察庁に不審物が現れ、襲撃された模様」

「サッチョウが襲われた？　そんな馬鹿な」

龍太は呆然と言った。雄馬もとっさに意味が呑み込めない。当然だった。警察庁や警視庁は、どこかが襲われたときに対処する場所だ。自身が襲われるなどということは意識にない。想定していると口では言うが、そんなものは建前だ。

「あそこの警備は厳重だ。たいした被害はないんだろ？」

「いいえ……襲撃されたのは、中層階らしく……」

「なんだと？」

「ロケット砲ですか」

雄馬が鋭く訊いた。公安刑事は混乱の極みのような顔で雄馬を見返す。

「それが……よく分からなくて……襲われたのは、情報通信局です」

「なんですって」

雄馬は飛び上がった。

「いま警察庁で、一柳巡査と水無瀬課長が会っているところです！」

「なに？　あの二人を組ませると危ないぞ」

龍太は血相を変えた。

「水無瀬は公安より情報通だ。署内の人間関係も不透明だし、ふだん何をやってるのかさっぱり分からん。以前は明らかに、一柳美結を手元に置きたがっていたしな……あんなでたらめな人事が罷り通るものか！　あの男は、どう考えても危険なんだ」

「行きます。警察庁に！」

雄馬は言い捨てて部屋を飛び出した。脇目もふらずフロアを横切り、エレベータに飛び乗って一階に下りる。たちまち外へと走り出た。警視庁から警察庁までは走れば一分もからない。警察手帳をかざしながら庁内に入る。

フロア中に鳴り響く非常ベルの中、職員たちが右往左往していた。誰ひとり事態を正しく把握しておらず、状況をコントロールできずにいるのが見て取れる。警察庁にして、非常事態にはこんなに弱いのか。暗澹《あんたん》としながら雄馬はエレベータで情報通信局まで上った。そこは一階よりも浮き足立っていた。技官ばかりで非常時に対処できる純粋な警察官が少ないせいか。眉をひそめながらフロアを突き進むと、ふいに足が止まった。

二人の男が奥の部屋の入口を固めているのが見えたのだ。雄馬は、胸の底から息を吐いた。訊かなくても所属が分かる。この混乱にいち早く対処した栄誉を与えるとするなら、間違いなく警備部だ。二人とも平服だが、中身は恐らく精鋭部隊。緊急時に真っ先に送り込まれる類の男たちだ。眼差しの凄みが違う。阿吽《あうん》の像のように扉の両脇を固め、誰も通さないという風情だった。手に何も持ってはいないが、ジャケットの内側には高性能の武器が隠されているに違いない。テロリストを相手にするつもりで駆けつけて来たのだろう。

その時、鳴り響いていた非常ベルがフッと止んだ。事態が落ち着いたという判断か。雄馬は少し両手を挙げてゆっくりと二人の男に近づき、自分の名前と身分を告げた。二人の男は冷静に、黙って頷き返してくる。

「中の様子は……?」

手を下ろしながら雄馬は訊く。だがドアは開いていて、中が覗き込めた。見知った人間と目が合う。

「……主任!」

美結が叫んで寄越す。その横の水無瀬課長もこっちを見た。顔はよく知っている、名物男だからだ。二人に向かい合って立っているもう一人は、やはり警備部の人間。おそらくは扉脇の二人の上司だ。美結たちに事情を訊いていたようだった。

雄馬は入室して、すぐ気づいた。奥の窓ガラスが割れて床に落ちている――信じがたい光景だった。この庁舎は強化ガラスで覆われている。銃弾さえ跳ね返す強度を持っているのに。

「怪我はありませんか？」

　水無瀬に向かって訊いた。美結は元気そうだったし、水無瀬もすぐ頷いて寄越した。誰にも怪我はないようだ。警備部の男と目が合った。

「刑事部捜査一課の吉岡です」

「警備部警護課、谷口《たにぐち》です」

　そう名乗った男は背は高くないが、胸板を見るだけで鋼《はがね》のように鍛え上げているのが分かる。眼光も鋭い。どんな非常時にも動じない感じのする男だった。

「とりあえず今は、危険はないようです。現場に手は触れていません」

　有難い。非常時の対応が完璧《かんぺき》だった。刑事部にすんなり現場の指揮権を譲ってくれそうだ。

「水無瀬さん、なんてことを！」

　嘆きの声が部屋に入ってくる。長尾が警視庁から駆けつけてきたのだ。ふだんは温厚な男が目を吊り上げて怒っている。

「許可は取ったやないですか」

　水無瀬が気まずそうに頭を掻く。

「くれぐれも慎重にと言ったはずだが」

「慎重に……まあ、多少はっちゃけたところはあったかもしらんけど、まさかハッカーごときが襲撃してくるとは思わんでしょう？　泡喰いましたけど、おかげでいろいろ分かりましたよ」

「言い訳は小笠原さんにしてください」

長尾はうんざりしたように遮る。階級差は意識していない。古い仲であることが見て取れた。

「小笠原ですか。ほいほい、なんぼでも。あんな幇間《ほうかん》野郎はものの数やない」

水無瀬はまるで平気だった。むしろ嬉しそうだ。長尾は呆れ返って言葉もない。

「責任ならいつでもとったります。それより今は、事態を正確に把握し、対処法を考えること。そうでしょう？」

長尾は渋々頷く。雄馬は美結のそばへ行って訊いた。

「いったい何が起きた？　襲撃してきたのは……」

「説明が難しいんです」

美結は耳の辺りを押さえながら言った。

「Cのサイトを通じて、Cとコンタクトをとりました。ちょっと挑発したら、Cが逆上して……」

「それでなんで窓が割れるんだ？　ミサイルでも撃ってきた？」

「Cは異星人と結託しとる。小型のＵＦＯを送り込んできたんや」

この状況で冗談を飛ばす水無瀬の神経に、誰もが呆れた。美結があわててフォローする。

「四つのプロペラで動く、小さな飛行物体です。しかも武器を積んでいて、音で窓を破壊したんです」

「音？」

「鼓膜をやられました。まだ耳がじんじんしてます」

「なんだそれは……」

まるで冗談を聞いている気がした。

「ＬＲＡＤじゃないですか」

だが警備部の谷口が口を挟んだのだった。

「エルラッド？」

「米軍が実用化した、長距離音響装置です。以前アメリカで……詳しくは言えませんが、実物を見たことがあります」

雄馬は察した。警備部の精鋭は世界各地の特殊部隊ともつながりが深く、訓練に参加させてもらうこともあるという。谷口もかつて、米軍の精鋭と行動をともにしたことがあるのではないか。その時、最新鋭の兵器を目にする機会もあっただろう。

「そのとき私が見たものは一メートルぐらいの大きさでしたが、最近はだいぶ小型化したものもあると聞いています」

「うん。まるまる転用したんやなくて、独自の改良を加えてると思う」

水無瀬が真面目くさった顔で乗っかってきた。

「イスラエルの〝スクリーム〟の方かもしれん。機密を盗み出して、一から作ったんかもな。人体に影響を与えるのが定番だが、強化ガラスに共振起こして壊すっちゅうのは、相当高度な技術やから。ほんまに念が入っとるわ」

水無瀬がどこか嬉しそうにしているのが雄馬には信じられない。だが実際に窓は破壊されているし、美結という証言者もいる。信じるしかないのだが、雄馬はつい疑うような訊き方をしてしまった。

「その不審な飛行物体は、どこへ？」

「無駄や。もう雲隠れした」

雄馬は美結の表情を確かめた。美結は無念そうに頷いてみせる。

「Cのヤツ、警察のネットワークに入り込んで監視カメラも覗き放題や。こっちの手の内はバレバレやぞ」

「ま、まさかそんなこと……」

長尾の声が喉につかえた。雄馬も言葉を失う。あわてふためく刑事たちの横で、警備部の谷口はポーカーフェイスを保っていた。

「大掃除したる！　ちょっと待っとけ」

水無瀬は勇ましく啖呵《たんか》を切ったが、そこで若い男があわてふためきながら入ってきた。この局の技官のようだ。

「水無瀬課長、警視庁から直電です。生島《いくしま》副総監が、事態を報告しろと」

「いま手が離せん。十分後にかけ直すと言え」

全員が青ざめた。谷口もだ。この男は——警視庁のナンバー2を待たせる気か？

「いい加減にしてくださいよ、水無瀬さん」

技官を押しのけるようにして、新たに部屋に入ってきた男が言った。

「これはテロです。誘発したのはあなたでしょう」

「責めを負えと言うんやろな、お前は」

水無瀬に気の咎めは微塵も見えない。それどころか居丈高に言い出した。

「お前ら公安がちゃんと仕事せんからやないか。危険分子を放っておくからこんなことになるんや！」

「なっ、何を」

「おい、吉岡龍太課長どの。Cのことはどこまで調べがついてる」

雄馬は、美結がとっさに自分を見たのが分かった。そして今来たばかりの男の顔と見比べる。

「Cですか。はて、何者なんでしょうな」

龍太はうそぶいた。

「とぼけるのか。それとも、単に無能で調べがついてないのか？」

水無瀬はせせら笑う。

「ほんなら俺のプロファイリングの結果を教えて進ぜよう。Cは――子供や。ま、いってたとしてもハイティーンやな。成人じゃない」

龍太の顔色がわずかに変わった。

「水無瀬さん。何か掴んだんですか？」

相手が乗ってきたことに満足して、ニヤリとする。

「いや。話したら分かった」

「……それだけですか？　あなたの勘？」

「図星やろ。お前の掴んでる情報と一致する。そうじゃないか？」

龍太はロボットのように表情を消した。

「私は何も言いません」

「話にならん。奥島呼んでこい！」

奥島。その名を聞くたびに、雄馬は畏怖《いふ》に駆られる。長尾が何度も呼びつけられている、公安部の副部長だ。警察の中でこれほど不気味に思われている人間はいない。昇進も異動もせず十年以上公安にいる。あまりに多くを知りすぎて、上層部も他に異動させられないのだという話がまことしやかに囁かれていた。奥島に逆らったり気に食わないことをした警察官は僻地《へきち》に飛ばされるか、冤罪《えんざい》で逮捕されるらしい。むろん悪い冗談なのだろうが、話す誰の目にも「もしかしたら本当かも」という怯えが漂う。火のないところに煙は立たないとしたら、何かそれに近いエピソードが現実に発生しているということでもある。どの部署の人間も奥島には関わりたがらない。できるなら避けて通りたいのだった。

しかし水無瀬は少しも恐れていない。それどころか、その影の権力者まで呼びつけようというのか。

「奥島さんは関係ない。Cの担当は私です。責めるならどうぞ私を」

「フン。いっちょまえにボスをかばうんか」

「もめてる場合じゃないでしょう」

長尾が仲裁に入った。彼らしい誠実さで、双方に顔を向ける。

龍太は半歩退き、水無瀬も襟《えり》を正した。長尾に向かって頭を下げる。

「ノボさん、すんません。本当に大変なのは、俺らが襲われたことやないんです」

「は？　どういうことですか？」

水無瀬の目配せに応じて、美結がテーブルの上のパソコンに手を伸ばした。雄馬は動悸を抑えながらその画面を覗き込む。

プープーッ、プープーッというブザー音が鳴り出した。消してあった音声を復活させたらしい。その場にいる全員がパソコンに近づく。美結は見えやすいように画面の角度を変えた。それは、雄馬も見たことのあるサイトだった。金色の〝C〟が光っている。

「せやけど、言い訳さしてくれ。これは我々の責任やない。遅かれ早かれCはこのリストを公開したでしょう。どうせ止められへんかった」

「リスト？　なんのリストです？」

雄馬は〝C〟のロゴの下に目を奪われた。

何度見ても信じられないものが、そこにはあった。

第五章　神火《しんか》

ほんとうの真実はつねに真実らしくないものですよ。そうでしょう? 真実を真実らしく見せるためには、ぜひとも真実にすこしばかり嘘をまぜなくてはならない。人間はいつもそうしてきたわけです。

(ドストエフスキー『悪霊』)

"*O, Sancta simplicitas*"「おぉ、神聖なる単純よ」

(ヤン・フス　最期の言葉)

1

ブザー音に合わせて明滅する、モニタ上の七つの名前。

・周唯《ツォウ・ウェイ》　AA　裏切りの爆弾魔
・湯元正三郎《ゆもとしょうざぶろう》　AA　売国奴
・牧村岳美《まきむらたけみ》　AA　人体遊戯者
・高橋勇一《たかはしゆういち》　A　小売国奴
・野田禎治郎《のだていじろう》　A　傲慢《ごうまん》王
・糟谷尚人《かすやなおと》　A　キングオブ山師
・小竹寿郎《こたけとしろう》　A　品性破壊者

しかもそれぞれの名前の横に顔写真がついている。雄馬が呻いた。

「な……なんだこれは」

美結は、痛みを感じた。こんなものを見せなくてはならないとは。

「ああ。これはとんでもないリストや」

水無瀬の顔もさすがに険しい。

「今まで、重要なシンパだけが閲覧できるとされていた裏リストと思われます」

美結は気を張り、懸命に説明した。

「しかし、これ……」

雄馬は呆然と言う。

「ああ。日本語。日本人ばっかや。日本を血祭りに上げる気や」

長尾は茫然《ぼうぜん》自失している。パソコンに近づきたくないように見えた。

だが公安課長の目は爛々《らんらん》と輝いている。モニタを鋭く睨むその顔を美結は盗み見た。雄馬の兄……公安にいたのだ。

「Cめ」

虎のような唸り声が洩《も》れて、美結は背筋が寒くなる。だが雄馬の兄の反応は無理もないと思った。リストの下にはとてつもない声明が記されているのだ。

——この者たちを捜せ。彼らは殺人者。もしくは搾取者だ
人々を不幸や死に追いやり、自らは物質的安楽に汲々《きゅうきゅう》としほくそ笑んでいる
彼らを目撃した者は現在地をここにツイートせよ

そのすぐ下にツイッターのアカウントが記されている。

——Cの活動に賛同するすべての者へ
向かえる者は制裁に向かうよう、要請する

「制裁……」

「襲われるぞ」

警備部の谷口が言った。扉脇を守っていた二人が、上司の声に反応して室内に入ってくる。

「周唯《ツォウ・ウェイ》がここに入ってるのは、分かるとして……他は有名な人間が多い」

水無瀬が解説を始めた。さっきまでネット検索で調べていたのだ。

「高橋勇一は公民党の若手議員、野田は、言わずと知れたＩＴ長者。湯元は外務省次官、牧村は医者だ。それに、今の若者には有名らしい二人……糟谷は芸能プロデューサー、小竹はゲーム開発者」

「こんなこと、正気ではない」

長尾が苦渋の呻きをもらす。

「おっしゃるとおりです」

水無瀬は首肯する。

「そもそも、世界中の悪を滅ぼすなんて正気の沙汰やない。それ以前に悪の基準が明確でない」

「なんですかこれ。売国奴……」

雄馬は細部に注目したようだ。リストにはCのつけたキャッチフレーズらしきものがついている。そして——ランク付け。ご丁寧に、ランクの意味も書かれている。

A——懲らしめろ
AA——生死は問わない
AAA——今すぐ殺せ！

美結は眩暈を抑えられない。リストにAAA《トリプルエー》の人物がいないのがせめてもの救いかも知れないが……AA《ダブルエー》の「生死は問わない」は充分に脅威だ。人命に関わるのだ。各業界で名を成している人間たち。これがぜんぶ制裁に値する人間だというのか。〝悪〟だというのか？

周唯は、Cのメンツを潰した重罪人としてリストの筆頭を飾っている。写真は東京学際大学の書類に使われていたのと同じもの。正面を向いた無表情の顔だ。周唯はCの意図をねじ曲げ、Cの名前を利用して無関係の人間を殺害した。Cはそう断じている。

だがリストの中で〝Cダッシュ〟という呼び名は使われていない。どう捉えたらいいのだろう。美結は他の六人の名前に目を走らせる。Cダッシュは複数いるということか？だが他に〝裏切り者〟と名指しする名前はないようだが……ここに佐々木忠輔の名前がないのも意外だった。なぜだろう。あの「考えるな」の脅迫で気がすんだのか。もう彼には関心がないのか？ いや……

自分で直接手を下そうと思っているだけかも知れない。

美結は少し震える手でマウスを動かし、まず耳障りなブザー音を切った。そして意を決し、ツイッターのアカウントをクリックする。

ずらりと連なるツイートの列が現れた。しかもそれは……刻々と増えている。全員が見ている前で、〝制裁を下されるべき人間〟の目撃情報が溜まっていくのだ。

「アカウントの停止を要請しないと！」

雄馬が叫んだ。だが美結はすぐに言う。

「見てください」

このアカウントのプロフィール欄を指で示す。

「な……」

雄馬は絶句した。そこに記されているのは、

アカウントを停止すると爆発するよw

という簡単な脅し文句だった。

一連の爆弾事件を示唆しているのは明らかだ。これでは管理側も停止をためらう。いま実際にアカウントが生きているのも、迷っているからか。警察に判断を求めているところかも知れない。

では、警察はどう判断し、どんな決断を下すのか。

「みんな聞いてくれ」

この場にいる全員が事態を把握したことを確認して、水無瀬が声を上げた。

「Cは、メッセージボードで我々に〝東京を支配下に置く〟と宣言した。具体的にどうするつもりかは分からん。だが、近いうちに必ず何かが起こる。それぞれの持ち場で警戒を怠らないで欲しい」

水無瀬の声は凜々しかったが、どの人間の顔も複雑だった。ハッカーの攻撃にどう備えたらいいのだ？　しかもサイバー攻撃に留まらず爆弾を送りつけたり、挙句の果てにはわけの分からない物体を飛ばしてくる。Cの考えていることはあまりに謎で、手段も奇抜だ。

部屋には言いようのない不安がたれ込めている。美結は思わず窓の方を見た。床に散らばったガラス片が、まるで警察全体を象徴しているような気がしてくる。

「やれる限りの捜査をするんや。競争や！」

だが水無瀬はあくまで、全員を鼓舞した。

「まずはCダッシュを捕らえることやな。Cのことをよく知っとるはずや。確実に日本にいて、たぶん東京にいて、爆弾を作ったりジャイロを操縦してここを襲わせた実行犯や」

「やっぱり周唯《ツォウ・ウェイ》がCダッシュなんでしょうか？」

美結が訊くと水無瀬は頷いた。

「Cもリストで裏切り者と断じた。ただ」

「水無瀬さん！」

技官の声が遮った。さっきとは違う男だ。そして、顔色がすこぶる青い。

「内線です……」

「待たせておけ！」

「いや……」

その声は完全に怯えていた。

「今度は……長官から」

その場の全員が耳を疑った。

警察庁長官。ついにトップからの直々の連絡だ。

水無瀬はめざましく反応した。

「野見山《のみやま》さんか。しゃあないなあ」

電話に出るために応接室を出て行く。

残された者たちはお互いの顔を見合った。全員が悪い夢を見ている表情だった。

2

墨田署の大会議室には異様な熱気が渦巻いている。小西は素早く視線を走らせた。人数は多くはない、緊急招集がかかったといっても各々が捜査中で、すぐには戻ってこられない刑事たちもいる。長尾係長も管理官たちお偉方も居合わせなかったが、井上が一人、見たこともないような怖い顔をして座っていた。

小西はぞくりとする。井上のこんな顔は滅多に見ない。

いくら見回しても墨田署の仲間たちはいなかった。村松は佐々木安珠の護衛についている。福山は今、留学生監視チームの裏方に回っている。そして美結は相変わらず吉岡雄馬と動いている。あの男が美結を離さないからだ。

その美結が訪ねていた情報通信局が奇妙な飛行物体に襲われたという話を聞いて、小西は開いた口が塞がらない。

「被害は……」

声がかすれてしまう。俺のせいか？　と血の気が引いた。少し前に美結から律儀な報告メールが入っていた。水無瀬を訪ねるようけしかけたのは、自分だ。

「怪我人は出てないけど、サッチョウの強化ガラスが破られたらしい」

教えてくれたのは、地取りでコンビを組んでいる本庁刑事部の早坂。一足先に本部に戻ってデスクに集まる情報を吟味していたところに、襲撃の報が舞い込んだのだった。

「爆弾ですか⁉」

「いや、どうも違うらしいが……」

小西より十も年上の早坂は経験豊富な男だが、顔が緊迫している。初めて遭う事態にさすがに戸惑っていた。

「警察をなめるな！」

いきなり怒号が響いた。小西は驚いて声の主を振り返る。

長く井上の下でやっているがこんな剣幕は見たことがなかった。何がここまで井上を激《げっ》昂《こう》させているのか？ それは早坂が教えてくれた。小西くん、とノートパソコンの画面を示す。

「とんでもないことになってる。制裁リストだ」

「制裁リストぉ？」

小西は目を剝いて、並んでいる名前を見た。ハッカー〝C〟がサイトにアップし、シンパたちに制裁を呼びかけている現状がようやく吞み込めた。

「……くそったれ」

こんなもの、井上でなくても激昂する。小西の中にも信じられないほどの怒りが込み上げてきた。

「拳銃携帯許可を取り付けた。いまは非常時だ」

井上は部屋中に響く声で言った。

「Cに触発された者たちがいつ何時、リストに載った人を襲うか分からない。市民を守れ。全力を挙げて被害を防ぐんだ！」

おう、と男たちのだみ声が応じる。本庁も所轄も関係ない、気持ちが一つになっている。捜査よりも人命――この捜査本部は今から、リストで名指しされた人間を守ることを優先する、という宣言だった。全員が争うように、手近のパソコンに群がって状況を確認する。

「このツイッターに目撃情報が集まってるんですか」

小西が確認すると、

「うん。かなりまずい状況だ」

早坂は唇を引きつらせた。Cの設けたアカウントにツイートが殺到しているのだ。〝拡散希望〟のタイトルがあふれ、リツイートの数も見る間に増えてゆく。何度リロードしても間に合わないペースだ。恐ろしい数のシンパが手ぐすね引いているのが見えるような気がした。リストの者たちをたちまち血祭りに上げるだろう。

「アカウントを停止するしかないでしょう！」

小西は言ったが、早坂は額の汗を拭《ふ》いた。

「それもサッチョウで検討中だが、アカウントの説明欄にある〝爆発〟という脅しが引っかかってるんだ。遅かれ早かれ停止に踏み切るとは思うが……それまでは、俺たちが守らなくては。狙われている人たちを」

小西はリストの名前を改めて確認して、仰天した。糟谷尚人……しっかり名前を刻まれている。あの浮かれきった芸能プロデューサー。〝キングオブ山師〟というキャッチフレーズに気づいて、小西は不謹慎にも噴き出しそうになった。Cというヤツ……案外気が合うかも知れない。

「くそっ」

「ちきしょう」

男たちの悪態が聞こえる。ツイートの数に圧倒されていた。

「テロだろこれ。俺たちだけじゃ対処できねえ」

「公安や警備部にも出張ってもらわないと」

「むろん、警備部は既に動いているそうだ」

井上が応じた。

「議員や次官には既にSPがついているはずだ。国家運営に関わるからな。我々は、それ以外の人間について考える」

携帯電話にコールが入った。村松利和からだ。小西はすぐ出た。

「おう。いま、護衛中か？」

『はい。佐々木安珠さんと一緒にCのサイトを見てるところです。ヤバいですよ、糟谷さんが』

「ヤバいのか？」

訊き返すと、村松はじれったそうに言った。

『いま解析データ送りますね』

「なんのデータだ」

『見れば分かります』

村松の言うとおりだった。メールで送られてきたファイルは、ツイートの内容を件別に分類してグラフ化したものだった。

「よくこんな……」

オタクなのは知っていたが、すぐにこんなものが作れてしまうとは。そして制裁リストに載せられている七名のうち、誰にツイートが偏っているかは明らかだった。

「……ヤバいな、確かに」

目撃情報は糟谷尚人のものがダントツに多かった。やはり有名人、時の人。みんなが顔を知っている。糟谷が今どこにいるのか特定するのは容易だ。現に今、これだけのツイートがあるということは——多くのCシンパが糟谷のそばにいるということになる。

『小西さん？　聞いてますか？』

「分かった。あとは俺に任せろ」

『任せろって……』

電話を切り、小西はツイートを読み込んだ。糟谷の現在地は明らかだった。六本木のテレビ局。テレビ出演か、あるいは仕事の打ち合わせだろう。

急いで井上のところに行くと、井上の方から言ってきた。

「リストの糟谷さん、お前の知り合いだと言ってたな」

「知り合いというか、ただの学校の先輩ですが」

「行ってくれるか？」

「行きます」

即座に答えた。そして素早く訊く。

「美結は無事なんですよね？」

井上は小西を真っ直ぐに見た。

「無事だ、安心しろ」

「あいつは……サッチョウは、何に襲われたんですか」

「ジャイロとか、カブトガニとか言ってた。特殊な小型ヘリだ。変な武器を搭載しているらしい。音を使った」

「音？」

「ああ。俺にもよく分からないんだが」

「それも、Ｃが……」

「ああ」

井上は怒りを込めて言った。

「水無瀬さんが一柳を呼び出して、一緒にＣに接触したんだ。Ｃは逆上して襲ってきた。だがおかげでいろいろ分かったそうだ。自分の代理人〝Ｃダッシュ〟が佐々木の研究室にいて、自分を裏切って無関係の角田教授を殺したことに激怒している。挙句の果てには制裁リストだ」

井上の両目に火が燃えていた。小西は一歩前に出る。その火を受け取りたい。

「絶対に市民に手は出させない。頼んだぞ、小西」

「了解しました！」

「小西くん、俺を置いていくなよ」

出て行きかけた小西は呼び止められた。

「……早坂さん」

小西のすぐ後ろで話を聞いていたのだった。

「早坂さん、行ってくれますか」

井上が目を輝かせる。

「もちろんです。コンビで動いた方がいい」

「それでは、お願いします。状況に応じて応援を送ります」

井上は頭を下げると、拳銃保管庫の係員に内線で連絡した。

「早坂さん、少し予備があります。一つお貸しできますが」

「いやいや」

早坂は手を振った。

「ハジキは苦手でね。こう見えても柔道黒帯です。ハジキは小西くんの一丁で充分でしょう」

「そうですか」

無理強いするわけにもいかなかった。小西は一人、保管庫に急いで手続きを済ませ、M37拳銃と予備の銃弾を受け取る。上着を脱いでホルスターを装着し、銃を胸に収めた。早坂を伴って駐車場に行くとレガシィB4を選んで乗り込む。飛ぶような勢いで向島料金所を通って首都高を南下した。

「糟谷……」

小西が名を呟くと、

「君の学校の先輩だって？」

早坂が訊いてきた。

「はい」

「仲がよかったの？」

「いいえ。逆です」

「逆って？」

「昔、彼を殴ってしまったことがあります」

ほほっ、と早坂は笑った。

「なんでまた？」

「はい……」

小西は訥々《とつとつ》と説明した。

「俺が、高校二年の時のことです。糟谷は二年先輩で、既に卒業していました」

某有名私大に進学した糟谷が、デートクラブまがいのものを立ち上げて稼いでいるという噂が耳に入ってきた。あの軟派男、さっそくいかがわしいことを始めやがったなと苛ついている間は、まだよかった。ところが糟谷は母校の後輩の女子生徒にも声をかけ出したのだ。小西の同級生も、高いバイト代に惹かれて誘いに乗ってしまった。その先で事件は起きた。

「当時、ニュースにもなりました。集団暴行事件です」

「ああ、あれか」

早坂は頷いた。顔から笑みは消えている。

糟谷主催のクラブに属する女性二人が、客の男たちから性的暴行を受けた。主催者として大いに責任があったものの、まだギリギリ未成年だった糟谷は実名報道を免れ、起訴もされなかった。資産家の親が金に物を言わせ、敏腕弁護士を雇い示談に持ち込んだのだった。

小西は卒業までに糟谷を殴ると決め、高三の夏に実行した。地元の商店街をぶらついているところを見つけて、路地裏に呼び込み顔面を張った。腹にも一発入れて反吐《へど》を吐かせた。訴えられることを覚悟していたが、なぜか糟谷は仕返ししてこなかった。事を荒立てて藪蛇《やぶへび》になることを恐れたのだろう。

「熱いねえ、小西くん」

早坂の顔に笑みが戻った。

「若気の至りです」

私的制裁の告白を聞いても早坂は非難しなかった。口にこそ出さないが、よくやったと目が言っていた。

「じゃあ糟谷ってのは、制裁リストに載せられて当然の奴ってことか」

「いや……」

と小西は口ごもる。確かに黒い噂はある。表に出てくる華やかな女の子たちの裏でたくさんの子が泣いているのは事実かも知れない。だが、証拠がない。よってたかって制裁を加えるべき極悪人と断じることはできない。

Cは糟谷の裏の顔を知っているということか？　だが制裁すべき人間だとしても、証拠を摑んで逮捕し、法によって裁かなければならない。

自分にそんなことを言う資格はないかも知れない。しかし自分はいま警察官であり、私的制裁はただの暴力だ。

Cがつけた制裁ランクはA《シングルエー》。〝懲らしめろ〟だ。殺害の指示ではなく、痛い目に遭わせて懲らしめることを望んでいる。それが正義だとCは確信しているらしい。Cの指示に従う人間がどれだけ居るかは分からないが、ツイートの数を見れば危険なのは疑いがない。

「糟谷を守らなくちゃなりません」

小西はきっぱり言い、早坂はおう、と応じた。まるで子供の成長を喜ぶ親のような優しい顔だった。それから少し首を傾げる。

「しかし、芸能プロデューサーか。何がCの逆鱗《げきりん》に触れたんだろうな。制裁すべき人間は、他にもっといそうなもんだが」

小西は少し考えてから言った。

「警察を弄《もてあそ》んでるんでしょうか。俺たちを振り回して、その隙に何か……」

「かもしれん」

早坂は頷く。

「だが、彼が危険にさらされていることに変わりはない。警護の手を抜くわけにはいかない。全力で守ろう」

きっぱりとした先輩刑事の言葉に、小西は強く頷いた。高速を降り、麻布を越えて外苑東通りを進んでゆくとテレビ局の建物が見えてきた。テレビ局の向かい側にレガシィＢ４を停めるとそのまま路駐する。今は非常時だ。小西は早坂の先に立って正面入口をくぐった。受付に警察手帳を見せ、

「芸能プロデューサーの糟谷尚人さんはいま、この局内にいらっしゃいますね」

と確認する。

「はい、少々お待ちくださいませ」

受付嬢は緊張しながら答えた。訪問者リストをめくってチェックするが、いることを知っている、と小西は感じた。何しろ時の人。受付嬢も覚えているはずだ。

「……いらしています」

受付嬢はようやく答えた。警察に嘘は言えないと諦めたらしい。

「いま、どこにいますか」

「はい……第十二会議室にお通ししました。お呼び出ししますか？」

「いや」

小西は後ろの早坂を振り返り、少し考えてから言った。

「我々が来たことは、伝えないでください。お仕事の邪魔はしたくないので。出て来られるのを、待たせていただきます」

早坂も頷いた。二人で受付から離れ、広いロビーの端まで行って並んでいる椅子に腰かける。

「糟谷と面つき合わせる必要はないですよね」

「当面はね。仕事の邪魔まですることはない。身の安全さえ守れれば」

早坂は察してくれている。有り難かった。小西は正直、どんな顔をして糟谷と会えばいいか分からない。糟谷の方も驚くだろう。かつて自分を殴りつけた後輩が刑事になってやって来たら。

小西と早坂は淡々と時間をやり過ごした。刑事にとっては大事な能力だ。高ぶらず、しかしだれずに集中力を持続させる。受付嬢がちらちらと二人に視線を寄越してきた。少し離れた場所に突っ立っている警備員や、上司に知らせるべきか迷っているのだろう。小西は放っておいた。警備員も小西たちに注意を向けているのが分かるが、無視する。ひたすらに、局に出入りする人間に目を光らせた。

ほとんどはこの局のプロデューサーやディレクター、大道具やカメラマンや照明係などのスタッフだろうが、時折見覚えのある顔も見つける。タレントや俳優や歌手だろうが名前は分からない。小西はあまりテレビを見ない。刑事ドラマに出ている俳優なら分かるが、ここではお目にかかれなかった。

はたと思いつく。糟谷は正面から出てくるとは限らないのではないか。ここはテレビ局、関係者入口も別にあるだろう。そっちから出られてはみすみす逃がしてしまう。小西は立ち上がり、受付嬢に確かめようと歩き出した。

そのとき、ヘビ柄の革ズボンを穿《は》き、首に紫のストールを巻いた男が奥から出てきた。道端で出会ったら迷わず職質する類の見た目だ。

「出てきました」

小西は小声で言う。早坂がさりげなく糟谷に目を向けた。

取り巻きを連れている。スタッフとおぼしき男女が三人、横と後ろにくっついている。警備員もいるし、局内では安全だろうと小西は判断した。警戒すべきは外へ出たところだ。

小西は気づかれないように顔を伏せつつ、糟谷の表情を観察した。国際的大物ハッカーに名指しで〝制裁宣言〟されたことは耳に入っているはずだ。捜査本部からすぐ所属事務所に連絡を入れて警戒を促している。だが糟谷はふやけたような浮かれ顔だった。仕事の話がよほどうまくいったのか。警戒しろだって？　頭のおかしなヤツから変な脅しが入っただけだろ、その程度に捉えて高をくくっているのかもしれない。アンチからの脅迫には慣れているのか。取り巻きとともに、糟谷はあまりに無警戒に、ロビーを横切って正面出入口から出て行く。

小西と早坂は距離を保ちながらついていった。本当は怒鳴りたかった。気をつけろ馬鹿野郎、テメエは狙われてんだぞと。自動ドアが開き、テレビ局前の歩道にたむろしている若者たちが見えた。さっき小西たちが入ってきた時にはいなかった連中だ。どこにでもいる予備校生のような風貌。糟谷に気づくと顔色を変えた。お互いに顔を見合わせて、頷き合うとゆっくり、糟谷に近づいてくる。

小西は警戒値をマックスに上げた。

3

警察庁の正面出入口に群がるマスコミのカメラを避けて、美結と雄馬は裏口から庁舎を出た。素早く駐車場まで駆け、駐めておいたインプレッサに乗り込んで霞ヶ関を離れる。

運転席はタッチの差で雄馬に奪われた。だが美結は、内心感謝した。まだ耳の奥が痛い。眩暈もする。いまハンドルを握ってもまともな運転ができるとは思えなかった。

「公安から情報をもらってきた」

雄馬の声は、低い念仏のように聞こえた。耳にダメージが残っているせいではない。運転席を見ると、雄馬は能面のような表情をしていた。

「あの公安課長……主任のお兄さんですか」

美結が訊くと、雄馬は小さく頷いた。

「留学生たちの詳しい資料をくれた」

雄馬は資料の内容をかいつまんで話してくれた。美結は——繰り返し襲ってくる戦慄を止められない。資料が事実だとしたら、あの研究室は曰く付きの人間を集めた危険分子集団に他ならない。

「この資料は捜査員全員でシェアする。ただ一点」

雄馬の声が更に低くなる。

「周唯《ツォウ・ウェイ》の捜査だけは中止する」

「えっ。なんでですか？」

雄馬は口を噤む。

美結は気づいた。公安との取引だ。

「一柳巡査。従ってくれ」

雄馬は口調を改めた。上官としての命令だ。

「周の線は捨てる。ぼくらは他の留学生を当たる」

「それが、公安部の要請ですか」

「……そうだ。公安はずっと周を追っていたようだ」

「だからって、こっちに手を引けなんて」

「ただし、周には協力者がいた」

雄馬はすかさず言った。

「周を研究室に迎え入れ、何かをやらせていた人間だ」

「……Cダッシュ？」

「かもな。Cダッシュは一人じゃない、チームだったのかも知れない。ぼくらは、そっちを押さえる」

美結は首を傾げた。

「どうして周といっしょに逃亡しなかったんですか」

「仲間割れかも知れない。スケープゴート……時間稼ぎの意味もあるかも知れない。国外逃亡するまで、ぼくらの注意を引きつけておこうという」

推測の域を出なかった。雄馬も喋りながら、勢いが失せていった。自分たちはまだ何も突き止めていないということをしみじみと思い知る。おまけに、まもなく捜査体制が一新される。ここまで来ておきながら自分は関われない……そんな絶望が、美結にこう言わせた。

「佐々木先生にぜんぶ伝えて、意見を聞きませんか」

雄馬はちらりと助手席に目を向けた。

「面白いけど、勝算はあるの？」

美結は一瞬押し黙ったが、

「留学生たちを一番よく知ってる人です」

「でも、先生は時間をくれって言ってた。まだ連絡ないよな」

「緊急事態です。連絡をもらうのを待っていられません」

自分の声は完全に怒っている。そう気づいて、美結は少し声を落とした。

「無理は承知で、頼んでみませんか？　こっちの持ってる情報は、先生にもきっと役立ちます」

雄馬は少し考えてから、頷いた。

「うん。ここは悠長に待ってる場合じゃないな」

そしてインプレッサの進路を変更した。美結はすかさず電話を入れる。そして十五分後、二人は午前中にも来た東学大、第四学部棟五階の教員室を訪れた。

「お疲れさまです！」

教員室の前に立つ制服警官は朝に見た顔とは違っている。初めて見る若い男だが、すでに二人の刑事の訪問を忠輔に知らされていたらしく、元気よくあいさつしてきた。美結はご苦労さまです、と労をねぎらう。

制服警官とは対照的に、佐々木忠輔は二人を憂い顔で迎えた。だが黙ってコーヒーを淹れてくれる。客人をもてなす律儀さは変わらない。ソファに向かい合って座り、二人は出されたコーヒーに口をつけた。

「すみません、事態が切迫していて……」

雄馬が丁寧に謝った。忠輔は黙って頷くだけ。その表情には焦りや緊張は感じられなかった。警察庁が襲われたことはまだ知らないようだ。Cの制裁リストのことも。

美結は早く伝えたかった。どんなふうに襲われたかを。それがどんなに恐ろしかったか。そして、リスト公開のおかげで警察全体がどんな混乱に陥っているか知ってほしかったが、
雄馬がまだ言い出さないのでこらえた。代わりに言う。

「捜査によって、周唯《ツォウ・ウェイ》の入学の際の手続きに不審な点があることが分かりました……この大学内に、協力した人間がいるとしか考えられません」

「なるほど」

忠輔はぽかんとした表情になった。

「それは、角田さんだろう。彼女は角田さんのつてで入ってきたんだから」

「確かにそうでしょう。でもそれだけじゃない」

雄馬がすかさず言う。

「なぜなら、情報源は明かせませんが、他にも周の面倒を見ていた人間が確実にいるから

です。それはおそらく、他の留学生の誰かと考えるしかない」

「ぼくじゃなければ、ということだよね」

忠輔の際どい反問に、雄馬は一瞬苦しげな笑みを浮かべた。それから少し頭を振り、ゆっくりと言う。

「留学生のみんなの過去を、調べさせてもらいました……普通の経歴ではない。全員に暗い過去があります。先生は、それをご存じでしたか？」

「ある程度はね」

忠輔は頷いた。

「だが、ぼくは彼らの過去に興味がない。ぼくが向き合っているのは、真理を求めるために学び、考え、追究する現在の彼らだから」

そしてうつむく。

「でも……それでは充分ではなかったようだね。彼らが心の奥底に抱えているものを、もっと感じて、見つめるべきだったのか」

その顔に浮かぶ、深い後悔のようなもの。美結は思わず雄馬を見た。美結と同じ気持ちなのが分かる。つらそうに忠輔から目を逸らして、壁の本棚に目をやった。堆《うずたか》く積まれた和書と洋書の背をしばらく眺めてから、雄馬は思い切ったように目を戻す。

「先生」

雄馬は声を強めた。

「周《ツォウ》の協力者は誰ですか？」

4

小西は若者たちと糟谷の間に割って入ろうとした。だが、その必要はなかった。取り巻きの一人が素早く前に出て立ちはだかったからだ。目をつり上げて若者たちを追い払う。若者たちは、口を尖らせて離れていった。

「遠慮のない一般人が迷惑ですね」

そして笑顔で糟谷を振り返った。

「お時間大丈夫ですか？　次の現場はどちらに」

その男はイベントのジャンパーのようなものを着ている。調子よく口が回るところを見ると、局のディレクターだろうか。いや――と小西は首を傾げた。何か妙だ。

男は糟谷に手を差し出し、握手を求めたのだ。いまさら握手を？

糟谷は曖昧な笑みで握手に応じたが、ピンと来ない表情だった。小西はジャンパー男の笑顔に目を戻した。

しまった、と思った。目が笑っていない。

「あの男――」

早坂が言うのと、小西が突進を開始したのは同時だった。ジャンパー男の手に何かが見える。糟谷と握手したのとは逆の手、左手に握られているのは――黒くて細い何か。

一瞬でニュッと伸びた。特殊警棒だ！　間に合え――小西は体ごと男にぶつかった。

男の手から警棒が吹っ飛ぶ。

路上でごろりと一回転し、小西はすぐ身を起こした。

「糟谷！　大丈夫か」

叫ぶ。だが糟谷は茫然自失。目の前で何が起きているか分かっていない。ふらふらと視線を彷徨わせ、小西の顔にようやく焦点が合った。

「あ……」

そして顔が強ばる。

小西はごく軽く会釈したが、お久しぶりですと言っている場合ではない。ジャンパー男がへっぴり腰で逃げ出したのだ。小西はすかさず追う。逃がしはしない、暴行の現行犯だ。

糟谷のケアは早坂に任せて追跡に集中する。

ジャンパーの背中を睨みながら小西は考えた。こいつは間違いなくＣのシンパだ。Ｃの制裁指令を受けて行動に出た。糟谷が局に来ているとツイートで知り、仕事相手を襲うことにしたのだろう。ただ、局内には警備員がいる。外に出てから狙った方が確実に襲える、そう考えたのだ。手にした得物は刃物ではなく鈍器だった。もし〝殺せ〟の指令が出ていたらもっと危険な凶器を使ったのか。

怪我をさせるだけなら心の負担が軽い。個人的に反感を持っている相手だとしたらモチベーションも上がる。局内には、糟谷をやっかんでいるものも多いだろう。調子に乗りすぎだと腹を立てている者も。AA《ダブルエー》ランクよりA《シングルエー》ランクの人間の方が危ないのかも知れない――と小西は思った。〝懲らしめる〟だけならシンパたちにもハードルが低い。早く井上さんに伝えないと、と思った。だがすぐ連絡できる。ジャンパー男の逃げ足は早くない、歩道の人通りが多くて真っ直ぐに進めないのだ。そして小西は、こういう場所での追跡は慣れている。たちまち男の首根っこを押さえられる距離まで近づいた。さあ確保だ――と思った瞬間。

「うわっ」

「きゃあ」

という通行人の声。なんだ？　と目を上げる。

道の向こうから何かが飛んでくるところだった。

小西は驚いて足を止める。でかい虫か？　一瞬そう思った。だが急速に近づいてくるそれが虫どころではない、海亀ぐらいの大きさはあると気づいた。

美結たちを襲ったやつだ！　ピンと来た。大胆にも警察庁に現れ、強化ガラスを破壊したテロマシン。美結はカブトガニと呼んだ——まさにそんな感じだ。小西はあわてて頭を下げた。カブトガニが突っ込んできたのだ。ブウウンというファンの回転音が一瞬聞こえた。頭をかすめて背後の方に飛んでゆく。

糟谷が危ない！　優先順位は明らかだった、逃げるシンパは放っておくしかない。小西はテレビ局の方へとって返した。すると糟谷はまだ同じ場所に立ち尽くしていた。早坂が肩を抱いて避難させせようとしているが、動きが鈍い。

「伏せろ！　攻撃してくるぞ」

小西は叫んだ。驚きに目を剝いた早坂が糟谷の頭を押さえつける。

一秒後、糟谷の頭があった場所をカブトガニがすり抜けた。

黒い機体は旋回し、空中に停止した。ホバリングしながら攻撃の機会をうかがっている。まるで異次元から飛び出してきた邪悪な生き物に見えた。

「小西くん、これは⁉」

糟谷を抱え込んで地面に伏せながら早坂が叫んだ。

「サッチョウを襲ったヤツです！」

小西は叫び返し、胸のホルスターに手を入れると素早くM37を取り出す。もはや躊躇っている状況ではない。素早く機体を観察する。前面に小さなカメラのようなものがついていた。妙な突起物やスピーカーのようなものも見える。どれが兵器だ？　何をしてくる？

バチバチバチッ、という音とともに閃光《せんこう》が走った。

小西は手を翳してとっさに目を守る。眩《まばゆ》い火花が飛び散ったのだ。この野郎何をする気だ⁉……薄目を開けると、地べたに伏せた糟谷が尻だけ上げて頭を覆っている。それを守る早坂が必死の形相でジャイロを見上げていた。

またバチバチッ、と光った。

「うわっ」

叫び声。一瞬でジャイロが早坂を襲ったのだ、そして雷撃——早坂はビクリと痙攣《けいれん》し、ぐったりと糟谷にのしかかった。その下にいる糟谷にダメージはないようだ、頭を上げて飛行物体を恐怖の目で見つめる。

カッ、と小西の頭に血が上った。銃口をぴたりと空中のカブトガニに合わせる。

だがジャイロは馬鹿にしたようにそこに留まっていた。撃てるものなら撃ってみろ、とでも言うように。

「なめくさりやがって」

機体の背後に人影がないことを確認して、小西は撃った。ダン、という小気味よい銃声が響く。ガキッと鋭い音がしてジャイロが一瞬傾いた。小さな部品が飛び散る。機体が壊れたように見えたが、ジャイロはすぐに体勢を立て直した。平気で浮いている。

こいつはプロペラ部分が露出していないのが強みなのだ、と悟った。プロペラの周りを強化しておけば簡単に撃ち落とされることはない。小西は銃を上げた。推進部が無理なら他のところを壊す。突起している部分に狙いを定めた。武器かカメラを破壊できれば脅威が半減するはずだ。

だが小西の意図を読んだかのように、ジャイロはいきなりぶわんと浮かんだ。急上昇してゆく。四つのプロペラが快調に回っているのが見えた。やはり推進部は無傷だ……小西はすかさずそこを狙った。だが急速に的が小さくなってゆく。高度を稼ぎ、銃の射程距離から外れて自分を守ることを選択したようだ。

「チッ」

小西は銃を下ろし、早坂と糟谷に駆け寄った。糟谷が怯えて逃げ出そうとする。だが早坂ががっちりと押さえ込んでいた。額にひどい脂汗が浮いているにもかかわらず、早坂は小西を安心させようとした。

「だっだ……だいじょぶ、おれは……」

だが目が異様につり上がり、声はひどく震えている。強い電圧を受けて身体中の神経が焼ける感覚に襲われていた。それでも早坂は言う。

「お……追え！　はやく……」

「了解っ」

先輩刑事の命に従い、小西は急いで見上げた。ジャイロはまだ消えていない。

「どうしましたか⁉」

テレビ局の中から警備員が飛び出してきたが、小西は空から視線を外さない。ジャイロが水平移動を開始したのを見て取って、駐めておいたレガシィB４に飛び乗り急発進させる。逃がすか、必ずたたき落としてやる！　見上げるとジャイロのスピードはそれほど速くない。わずかにふらついているように見えた。弾のダメージか？

小西はせわしなく視線を上下させ、道路の先とジャイロを同時に見ながら進んでゆく。この大通りは空が開けているからまだいいが、高層ビルが多い区画に飛ばれると見失ってしまう。無線で捜査本部を呼び出した。

「六本木のテレビ局前で糟谷尚人が襲われました。警察庁を襲った不審物と同じものです。いま、港区から中央区付近上空を北上中。応援を要請します」

するると、通信係に代わって井上の声が聞こえた。

『小西？　今どこだ』

「中央通りです。亀が逃げていくんです！」

『応援を出す。お前の位置はGPSで確認する』

このレガシィB４は警視庁のカーロケーションシステムがしっかり追ってくれるはず。

だがジャイロを見失えば終わりだ。小西は無線を切って追跡に集中した。気がつくと車は浜町《はまちょう》から両国交差点を越えていた。視界に東京ライジングタワーが入ってきて小西は眩暈に襲われた……いつの間にかホーム。墨田区は、世界一目立つランドマークを持っているのだ。なんで捜査本部のある方に飛んでいくんだ？　小西は再び無線を繋いだ。

「井上さん、急いでください！　あの亀がどこを目指してるのか分からないんです。巣に戻るつもりか？　だけど、俺が追ってることは気づいてるだろうし……」

『とにかく見失うな』

「ちょっと待ってください」

小西は叫んだ。

「高度を下げ始めた！」

もはや話している余裕はなかった。無線を切り、対向車に気をつけながらハンドルを切る。高度を下げたことでジャイロは視界から消えてしまった——もはや勘で車を走らせるしかない。小西は無我夢中で吾妻橋《あづまばし》を渡った。再び隅田川を越え、江戸通りに入ったところで速度を落とす。ジャイロがちらりと見えたのだ。

小西はレガシィを公園の側道に駐めた。パトロール中に小西が休んだこともある、隅田公園だ。川沿いに細長く伸びる公園で、つい先日までは花見客でごった返していた。その頃に比べれば少ないが、それでもあちこちに人がいて思い思いに春を楽しんでいる。小西は運転席を飛び出すと、空を見上げながら公園に駆け込んだ。

黒い機体は公園の上空を、ひどくゆっくり飛んでいた。まるで川沿いの風景を楽しむかのように、言問橋《ことといばし》の方に向かってふらふらと浮遊していくのだ。小西はジャイロに追いすがった。もう銃の射程距離内だ。直ちに撃ち落としたい、だが散歩中の人やベンチで休む人の前で銃を出すのは躊躇われた。みんなジャイロに気づいているだろうか？　ざっと見渡してみる。

「なっ？」

小西は声を出してしまった。目覚えのある人間が目に入ったのだ。とっさに名前が出てこない、だがあいつだ——写真で見た女。捜査資料でも、ついさっきパソコンの画面でも見た。垂れ目がちの、淋しげな顔。後ろで縛った長い髪。

ベージュ色の薄手のコートを羽織《はお》っている。

それは——制裁リストのトップに載せられた女。

5

「先生。周《ツォウ》の協力者は誰ですか？」

雄馬の性急な問いに、

「まだ分からない」

忠輔は渋い顔で答えた。

「先生、まさか……」

美結は思わず言った。深い疑念を込めて。

「犯人を知っててかばってるんじゃないでしょうね？　だとしたら」

「罪になる？」

忠輔は微かに笑った。

「はい。犯人蔵匿及び証拠隠滅《いんめつ》の罪、が適用される可能性があります」

雄馬が言うと、忠輔はふむと言って顎を掻いた。

「ぼくは、自分から告白してくれる方法を考えていた。逃がそうとは思っていない」

「ほんとですか？」

美結は厳しい声を出す。

「逃げるチャンスをあげようとしていたんじゃ？」

「どう思われようと勝手だが、ここの研究室の学生はみんな、一通り修めている。犯した罪との向き合い方を。刑事罰とは別次元の話で、自らが贖《あがな》わねばならないと知っている。それは人間存在が根本的に抱える原理で、逃れようがない。もし逃げ出す人間がいるとしたら何も学んでいないことになる」

「……おっしゃる意味がよく分からないんですが」

美結が言うと、忠輔はニコリとした。

「ぼくも、彼らのうちの誰だか、本当に知らないんだ。改めて考えてみよう。一緒に」

「先生。実は一刻の猶予もありません」

雄馬が言い出した。素直に現状を知らせることに決めたのだ。

「我々は、Cと接触しました。Cの反応は激しいものでした」

Cのサイトを通して接触した結果、警察庁が襲われた、と聞いて忠輔は背筋を伸ばした。

すかさず自分のパソコンでCのサイトを開く。制裁リストと、目撃情報が集まるツイッターを自分の目で確かめた。

「なるほど、これはのんびりしてはいられないな」

そして忠輔は、二人に向き直ると突然頭を下げたのだった。

「すまない。初めに謝っておく」

「先生……？」

「ぼくは嘘は言っていない。ただ、意図的に言わなかったことがある」

美結と雄馬は顔を見合わせた。

「それは……？」

「ぼくが見たジャージ姿の犯人は、腕にリストバンドをしていた」

「なんですって？」

「な、何色ですか？」

「……黄色」

その色は——周《ツォウ・》唯《ウェイ》。

美結は思わず椅子から立ち上がる。

6

——周唯。

間違いない！ 小西は興奮で胸が躍った。しかしどうしてこんなところに？ 行方をくらましたはずなのに、ここでいったい何をしてる？

小西はハッとして周唯の背後に目を移す。石堤の向こうには隅田川、対岸には東京ライジングタワーの偉容。そして——ふわりと浮かぶ黒い機体。

あのジャイロはこの女に制裁を下す気だ！ 目撃ツイートがあったのか？ それでジャイロは標的を変えたのだ。糟谷よりずっと重要な標的に。

ランクＡＡ《ダブルエー》。〝生死は問わない〟。

周唯はふっと視線を上げた。上空にいるジャイロに気づく。その顔に驚きと恐怖が浮かんだ。呼応するように、ジャイロが急激に高度を下げる。迷いなく周に向かってゆく。

小西は素早く拳銃を抜いて狙いを定めた。外せない、一撃必殺だ。

ジャイロが描く放物線を、M37の銃口は忠実に追った。

周まであと十メートル……五メートル……三メートル。

周は頭をかばいながらしゃがみ込んだ。

機体がわずかに傾く。プロペラが四つの目のように回っているのが見えた瞬間、小西は引き金を引いた。

ジャイロがぐらりと傾く。急激に方向を変えて飛んだ。

そこに地面があった。

ジャイロは地面に激突して転がった。近くのベンチでうたた寝していた、背広を着て眼鏡をかけた男が驚いて目を開けた。キョロキョロと見回し、自分のすぐそばに黒い異物を見つけてビクリとする。

周は中腰のまま呆気にとられていた。死んだカブトガニのような機体をじっと見ている。

やった――撃ち落とした。小西は銃をきつく握り締め、ジャイロに向かって走った。

ジジッ、と火花が散る。

小西は足を止めた。放電機能がまだ生きているのか？　最後の攻撃を繰り出そうとしている。だめだ近づきすぎるな……ここからとどめを刺すのだ。

ふいに、立ち尽くしている周と目が合った。奇妙な数瞬間。

女を確保したい。だが待て、ジャイロの息の根を止めないと。

小西は再び、黒い機体に銃の狙いを定める。

ヒュン、という音が鼓膜を圧迫した。小西はたまらず、耳を押さえて地面に膝をつく。

「おわっなんだあ？」

ベンチのサラリーマンがパニックになって耳を押さえている。周唯も顔を歪めてうずくまった。この執念――不死身の昆虫のようなタフさ。やはりジャイロは死んでいない、飛べなくなっても武器は生きている。異常な音の振動で鼓膜を破ろうとしている！

だがふいに、音が途絶えた。

小西は立ち上がる。この瞬間を逃さない。ジャイロに殺到し、続けて二発撃ち込む。

黒い破片が派手に飛び散った。

ジャイロは――うんともすんとも言わなくなった。

こいつは死んだ。中枢機能を破壊できたようだ。

「やった」

呟いた小西は、背後に冷気を感じた。振り返ろうとして阻止される。

うなじに触れる金属の冷たさ。

7

「じゃあやっぱり、爆破犯は」

立ち上がって声を上げた美結を見ながら、佐々木忠輔は首を振った。

「いや。それで分かった。ぼくの目の前にいるのは彼女ではないと」

「ど、どうしてですか？」

「そいつはぼくが廊下に出て来たとき、あわてて腕を上げてバンドを見せた。わ、ざ、と」

「わざと？　どうして分かったんですか。本当にあわてていたのでは？」

「いいや。ぼくの勘を信じてほしい。ぼくは人の顔が認識できない分、その他のあらゆる状況を総合して判断する癖がついている。ぼくの判定では、あわてた演技だ。そもそも、犯行現場にバンドをつけてくるか？」

「そ……それはそうですが……」

「こいつは周のフリをしてる。罪をなすりつける気だ。そう悟った。だからぼくは、リストバンドの色を君たちに言わなかったんだ。言ったら、彼女の確保に動いていただろう？」

「そうですね……」

「だが彼女じゃない。あの時ぼくの目の前にいたのは、他の誰かだ。では、誰だ？　ぼくは考えたが、すぐには結論が出なかった」

「先生」

美結は思わず期待を込める。

「では……いまは結論が？」

忠輔は一度口を結んでから、一気に言った。

「みんなと話す。ぼくらから降りていこう。今度こそ全てを明らかにする」

決然とした声だった。

「彼らの研究室が、アテナイの法廷となる」

8

首の後ろに触れる、冷たく硬い感触。

銃を突きつけられている。

「……貴様」

小西は唸る。命を救ってやったのに、なんて女だ……目の端にベンチのサラリーマンの背広姿が見えた。ぽかんと口を開け、眼鏡がずれて顔から落ちそうだ。肌は浅黒いが完全に血の気が引いているのが分かる。無理もなかった。うたた寝から覚めたら目の前で銃の突きつけ合いが始まっているのだから。

「どうする気だ」

小西が訊くと、ぐっと二回うなじを押された。なんだ？　小西は思い出す。この女は喋ることができないのだ。いや……とすぐ思い直す。それは偽の経歴で、実は喋れるはずではなかったか。美結の報告ではそうだった。だがこの女は動きだけで意図を伝えてきた。銃を捨てろと言っているのだ。

従うしかない。小西は両手を上げ、右手の銃を地面に落とす。小西のM37はたちまち蹴り飛ばされた。

周《ツォウ》はまたうなじを押して小西をひざまずかせると、身体を探った。腰のベルトに仕込んである手錠に手をかけ、取り出す。小西を後ろ手にさせた。

俺は自由を奪われる、と観念した。だが周はガチャガチャと手間取っている。意外だった、手錠に慣れていないようだ。この女は爆弾を扱うのはお手の物のはず。それどころか、おそらくはあらゆる物騒な活動について訓練を受けてきた工作員だ。なのに手錠如きに手間取るとは……何かが地面に落ちるのが見えて、小西は目を惹かれた。ごく小さな滴のようなものだった。その色は――赤。

血？　この女は出血しているのか？

ジャイロに襲われた時に怪我をしたのだろうか。いや、女に接触する前に撃ち落としたはず。破片でも飛んだか？　小西はこっそり女を振り返った。

またぐいとうなじを押され、仕方なく顔を戻す。だが一瞬だけ、女の顔が見えた。

その耳たぶに一筋、血が伝っていた。ピアス？　いま開けたのか？……わけが分からない。なぜ血も止めずに、この女は……小西は思い切って言った。

「やめろ、どうせ逃げられないぞ」

だまれ！　とでも言うように周はどんと背中を突いてきて、地面に手をついた小西を改めて後ろ手にさせた。その瞬間。

「動くな！」

裏返った声が飛んできた。

「手を挙げろ！」

声にはまるで威厳がない。小西は祈った。今この公園に現れた男が緊張しきっていることがばれないでくれ、と。こっそり横目で確かめる。

村松利和が銃を構えて立っていた。

小西は少しも嬉しくなかった。その立ち姿、誰がどう見てもへっぴり腰だ。村松のすぐ後ろに誰かがいるのが見えて眩暈に襲われる。美しい若い女性。村松が護衛中の、佐々木安珠だ……なぜ連れてきた、こんな危険なところに！

「銃を捨てて、小西さんから離れろ！」

9

「唯《ウェイ》は犯人じゃない！」

「そうだ。爆弾で人を殺すなんてこと、できる子じゃない」

「何度言えば分かるんだ」

アリバイが崩れてなお、偽証が暴かれてなお、彼らは繰り返す。中国人の女をかばい続ける。三階の研究室の留学生たちは少しも変わっていなかった。仲間への揺るぎない信頼に心打たれるべきなのか？　だがもはや、美結は素直に受け止めることはできなかった。

「みんな。分かってる」

佐々木忠輔は教え子たちに向かって言った。

「だがぼくらは、それを主張するだけでは充分ではない。真実を明らかにする――それが求道者の使命だ。そうだったよな」

三人の留学生は、不安そうに指導者を見た。

「それが周《ツォウ》の無実を明かし、ひいてはぼくらの包み隠さぬ真実を明かすことでもある。ゴーシュ。イオナ。ウスマン。一緒に考えよう」

異邦人たちは視線を交わし、それぞれに頷いた。全員の腕にいつものリストバンドが巻かれている。赤、青、緑。

「なぜ周は逃げたのか。なぜ身分を偽っていたのか」

忠輔は問い始める。

「どうして、ぼくらからの連絡に応じないのか。答えは一つだ……他に選択肢がないんだ」

そして忠輔は、美結と雄馬の方を見た。いま美結は白、雄馬は黒のゴムを手首につけている。彼が人違いする気遣いはなかった。

「まずはっきりさせておきたいことがある。爆破犯の本当の標的は、ぼくじゃない」

忠輔は言い切った。

「初めから角田さんだった」

「ほんとですか?」

美結は思わず訊いた。

「ああ。ぼくこそ目的だと思い込ませたのは、偽装。角田さんから目を逸らせたい。巻き添えを食ったただの一般人だと思わせたかったから、Cの存在を利用してぼくに注意を向けさせた。角田さんが死んでからも、ぼくの家族に爆弾を送って偽装の念押しをした。だが真犯人は初めから、角田さんを標的にしていた……その理由がやっと分かった」

忠輔は研究室にあるパソコンの一台に向かうと、マウスとキーボードを操作した。全員が気もそぞろにモニタを覗き込む。忠輔が表示したのは、あるファイルだった。いくつもの文書が連なっている。その中の一つを、忠輔は開いて見せた。

たくさんの文字が並んでいる。だがすべて文字化けしていた。意味不明の記号の羅列だ。

「忠輔さん、それは」

ウスマンが驚いて言った。忠輔は頷く。

「これを捜していた。角田さんの秘密……やっと解読できた」

「これはなんですか？」

「研究室でバックアップをとっておいた、角田さんが残したファイルです。暗号がかかっていて、今まで誰も開けられなかった」

「先生、ずっと暗号解いてたのか？」

ゴーシュが呆れたように言った。

「朝から晩まで、パソコンから離れないでいるから何かと思ったら……」

「解いたんですか？　本当に？」

ウスマンが目を白黒させる。

「*elkepesztő*《エルキーペスト》……」

イオナも声を震わせた。

「生活安全課のサイバー犯罪対策室でも、開けようとしていましたが」

美結が振り返ると、雄馬が渋い顔をした。そもそも急《せ》かすことをしていなかったのだ。

「ぼくにも、確信があったわけじゃないんだ。運がよかった」

忠輔は全員の顔――と手首――を見てから、穏やかに言った。

「みんなも知ってのとおり、角田さんは心を開かない人だった。もちろんぼくにも。それでもぼくはこの大学の中では、まだ彼に詳しい方だから……パスワードを突き止める手掛かりは、ないことはなかった。試しに、彼がパスワードに使いそうな単語や数字を思いつく限り挙げてミキサーにかけた。アナグラムやパングラム、幾通りものパラメータを設定して、何百万通りの文字群を用意したんだ。そしてブルートフォースアタックをかけてみた」

「総当たり攻撃を……！」

美結は思わず言った。サイバーフォース時代にはよく耳にした言葉だった。要は、片っ端からあらゆる文字数字配列を試すやり方だ。確かに、時間的制約さえなければいつかは正しいパスワードに辿り着ける可能性が高い。だが効率は悪く、いつセキュリティを破れるかは予測がつかない。

「もちろん、分の悪い賭けだ」

忠輔は頷いた。

「角田さんが全くランダムで無意味な文字を選んでいたら、一致確率は限りなく低くなるわけだからね。だが一般的には、覚えやすくて意味のあるパスワードを設定しがちなことも また、確かだ」

留学生たちが固唾を呑んで忠輔を見守っている。刑事たちにしてもそれは同じだった。

「だけど、みんな」

忠輔は破顔一笑した。

「角田さんはああ見えて、とても素直な人だった。おかげで助かったよ」

「えっ……どういう意味ですか？」

ゴーシュが訊く。すっかり前のめりになっている。

「解析ツールが、案外簡単に答えを弾き出したんだ。一致したパスワードは……95mi07na13yo、だった」

「それは……」

「一見意味不明だが、単純なアナグラムだよ。彼の娘さんの名前と誕生日を組み合わせたものだった」

部屋中がしんとした。

「会わなくなっても、親の情は変わらなかったみたいだ」

忠輔は静かな声で言い、いま口にしたパスワードを打ち込むとエンターキーを押した。

意味不明の記号の列が、一瞬で日本語の文字に置き換わる。

「このデータをお渡しします」

刑事たちに言う。雄馬はモニタに近づき、食い入るようにその文書に目を走らせた。たちまち呻く。

「これは……」

美結も覗き込むが、とっさには内容が読み取れない。だが雄馬の身体の強ばりようから、ただ事でないのが伝わってきた。

「各省庁の内部文書のようです」

忠輔はさらりと言った。

「しかもトップシークレットのものばかり」

美結は、耳の奥の痛みがぶり返すのを感じた。

「これを見る限り……角田さんは、スパイ。売国奴だったということになる」

「公安が内偵を続けていたのは……角田教授か？」

雄馬が愕然としながら言った。忠輔は雄馬に顔を向ける。

「角田さんはたしかに右翼系議員、国防に関わる人間とも親交があった。だがそれは学術的な結びつきだと思っていた……角田さんは、もっと深く食い込んでいたんだな。そして彼らから機密を引き出した」

雄馬は美結を振り返った。その目は血走っていた。

「龍太は、角田教授に迫っていたんだ。だから教授は——消された」

忠輔は頷きながら言った。

「真犯人は、いかにも彼を狙って殺したように見せたくはなかった。殺されたとなったら、スパイと認めるようなもの。マスコミに嗅ぎつけられて事が大きくなる。だから角田さんはあくまで罪のない一般市民で、不幸な巻き添えであるという演出をした。つまり真犯人は——機密を受け取っていた人間だ」

美結の耳の中の声が歪んでいる。今聞こえている声が現実のものとは思えなかった。

「真犯人は、爆発をCのせいにした」

雄馬は慎重に確認した。

「先生を狙っているのだと思わせるため、先生の家族の方々にも爆弾を送った。だが全ては角田教授から気を逸らすためだった。そういうことですね」

だが雄馬も、どこか現実感のない目をしている。心情的には美結に近い様子だ。うん、と忠輔は頷き、留学生たちに目を向けた。

「みんな。水曜日、爆発があった当日の周《ツォウ》は、何時何分にこう動け、と真犯人に命令されていたんだ。そのせいで爆発の直前にいなくなるという状況が生まれた。周が爆弾魔で、しかもCの一派だと思わせるようにし向けたわけだ。わざわざぼくに向かって黄色のリストバンドを見せて逃げ去ったのもそう。真犯人はぼくを爆発から守ったわけじゃない。目撃者として必要だっただけだ」

だが雄馬がすぐ首をひねる。

「しかし、防犯カメラに不審人物は映っていなかった」

「それは当然だよ」

忠輔はすぐ言った。

「真犯人はこの大学の防犯カメラの位置も、つまり死角も知り抜いていた。だから爆発当日は、映り込まないように巧みに動いたんだ。自分は映らず、しかし周はしっかり映り込んでいる。あくまで周に疑いを向けるためだ」

「真犯人は、そこまで内部事情に詳しい人物なんですか。となると……」

留学生たちがいっせいに反応する。だが忠輔は涼しげに笑った。

「期待に応えられずに残念だが、真犯人はここにはいないよ。この三人が当日、当時刻、研究室にいたことはお互い同士が証言してるだろう」

「しかし……共謀の可能性が」

雄馬ははっきり言った。だが忠輔は否定する。

「ぼくが真犯人を目撃して、ゴーシュとウスマンが心配して五階に上がってきてくれるまで、時間はほとんどなかった。一、二分だ。そんな短時間に、肌の色を変えられるか？」

美結は留学生たちの顔を素早く観察した。全員が食い入るように忠輔を見つめている。

「言ったよね。ぼくが目撃した人間の肌は白かったって。どんなメイクの達人だって、顔の肌の色をぜんぶ変えるのに五分やそこらはかかるだろう。しかも移動時間を合わせれば十分近くかかる。だから、ゴーシュとウスマンではあり得ない」

「……なるほど」

雄馬は額に手をやり、論理的に穴がないか確かめている。美結も考えたが、頭が混乱して整理が難しい。

「真犯人は、ぼくにわざと目撃されたあと、どこかの空き部屋かトイレに隠れてぼくらをやりすごした。そしてジャージを脱ぎ捨てて一階のダストボックスに入れ、カメラの死角を縫って校外に逃げた。これが解だ」

「あの……イオナさんのアリバイは、どうなるんでしょう」

考えがまとまらないまま、美結は問いを口にした。

「ゴーシュさんとウスマンさんが五階に行っている間、一人でいたことになりますが」

「イオナは初めから真犯人ではあり得ないよ」

忠輔は穏やかな笑みとともに美結を見た。

「見てくれ。イオナはこんなに背が小さい。ジャージを着ていても、イオナだったらさすがにぼくにも分かるよ。ロンドンブーツでも履いて、背を高く見せていた？　そんな動き方ではなかった。イオナだけが一五〇センチ台。他のみんなは一七〇センチ前後だからね」

「先生」

ずっと訊いていた雄馬が、申し訳なさそうに言い出した。

「こう言っては申し訳ないのですが……先生の証言は、信憑《しんぴょう》性に問題がありますね」

「というと?」

「相貌失認に対する無理解もあって、疑問視する人間が多いんです。ですから、先生が黄色のリストバンドを見たという事実は、それが周《ツォウ》であったことの証明、と受け取る人間の方が多いかも知れない。それを先生にわざと見せた、真犯人が周になりすまそうとしていた、という先生の印象を、客観的証拠にするのは難しい」

「うん」

忠輔は頷いた。

「分かっているよ。では、もっと確実な証拠を提示しよう」

「えっ……」

忠輔は余裕のある表情で、腕を組んで語り始めた。

「顔で人を認識できないぼくが、相手を特定するときに重要な要素の一つが、声だ。だが」

そして美結と雄馬を交互に見る。

「相手が喋れなかったらどうだ？」

10

「銃を捨てて、小西さんから離れろ！」

こんなへなちょこな若僧の命令を、有能な女スパイが黙って聞くはずがない。修羅場経験が全くないことを見抜いたに違いなかった。もし声が出せるなら嘲笑《あざわら》うはずだ。

だが——周の反応は意外だった。おとなしく手を挙げたのだ。

地面にボトリと小型拳銃が落ちる。スパイらしくもない、何をテンパってる？　だが小西は気を抜けない。村松が頼りないことに変わりはないのだ。このオタク小僧め、無事にこの女にワッパをかけられたら誉めてやる。だがここに佐々木安珠を連れてきたことを許すつもりはなかった。逮捕現場に一般人を同行させるとは。しかも爆弾魔に狙われている当人を！

そしてすぐに、こんな小僧に一瞬でも期待した自分が馬鹿だったと悟った。村松はいつまで経っても手錠を取り出さなかった。しきりに腰に手を回しているが引っかかって取れないらしい。訓練不足にも程がある！　すぐ後ろの佐々木安珠も理解不能という顔で自分の護衛を見つめている。

次の瞬間、終わったと思った。どうしても片手でとれない村松は、よりによって銃を下げ、両手を腰の後ろに回してしまったのだ！　周の反撃が始まる——小西は一か八か、地面に落ちた周の拳銃に手を伸ばした。村松がやられる前に俺が……

「そこまでだ！」

怒号が響いた。

小西は自分たちが囲まれていることを知った。素早く見回す。その数、十人ほど。

その中の一人が進み出た。

「警視庁公安部だ。周唯《ツォウ・ウェイ》、お前を窃盗罪、爆発物取締罰則違反および、殺人罪で逮捕する」

公安が来た……小西は歯ぎしりしたくなった。命の危険が去った安心感よりも、悔しさの方が大きい。こいつらはホシをかっさらってゆく気だ。先にワッパをかけられさえすればこっちに優先権があったのに……ツイッター情報で得をしたのは結局公安だ。公安は刑事部や警備部のように要人警護に人手を割く必要がなかった。マルタイだけに専念できたのだ。こっちは、へっぴり腰のオタクが一人来られただけだというのに。

「派手にやりすぎたな。刑事に銃を向けるとは。映像にも押さえた」

公安部隊の一人がハンディカムを持っている。そうか、俺が餌《えさ》に……とんだ引き立て役になっちまった。道化だ。美味しいところはぜんぶ持って行かれる。小西はカメラから顔を背けた。無念の顔を撮られたくない。

公園内に人気《ひとけ》がなくなっているのに気づく。公安部隊が人払いをかけたのか？　おかげで時間が止まったような、奇妙な失調感を覚えた。そのとき小西の視界をひょいと横切るものがあった——カモメだ。東京湾からここまでやってくるカモメなど珍しくもないが、今は何から何まで胡散臭く見える。

「……やっと顔が拝めたな」

隠しきれない喜悦の響き。小西は、公安部隊リーダーの傲岸な顔を見つめた。

その笑みは暗く歪んでいる。

「お前の国の政府もお前を守りきれない。ただの留学生という身分だろ？　大使館職員ではない。つまり、外交特権はない。お前は見捨てられる」

勝利宣言。小西は背筋がぞくりとした。この男の笑みのせいだけではない、誰かに似ている——と思ったのだ。誰だ？

「おい、喋れ」

リーダーは中国女を嘲笑った。

「お前が発話障害者なんてのは嘘っぱちだろ。沈底魚《チェンディユ》の親玉が、口のきけないヤツをリクルートするはずがないからな。お前の本名と所属を言ってみろ！　素直に協力するなら、司法取引を考えてやってもいい」

この男は浮かれすぎている。小西は嫌な気分になった。日本では司法取引は認められていない。それに類似したやり方はないではないが、この男の言うことは信用できない。この女が憎くてたまらず、蔑《さげす》み貶《おとし》めることに喜びを覚えているだけだ。周唯はどんな反応をする？　窮地に追い込まれた女工作員に目をやって小西はぎょっとした。

11

「相手が喋れなかったら」

忠輔は腕を組んだまま言った。

「相手の服装か、他の特徴で判断するしかない。学内では留学生たちがリストバンドをつけてくれるからすぐ区別がつく。黄色のリストバンドを見れば、それが周ということになる。声を出さないから他に同定の手段がない」

みんな頷いた。

「分かるかな？　つまり周は、他の人間に比べて手掛かりが少ないんだ。そこから導かれる結論は」

美結は、眩暈を感じた。忠輔の言う意味が分かり始めたのだ。

「誰か別の人間が周になりすますために、彼女は発話障害者という設定でここに送り込まれた。初めから」

「と、いうことは……？」

　雄馬も目を輝かせながら訊く。

「周が、一人でぼくを訪ねることがあったと言っただろう。その時、周は周ではない。誰か別の人物だった」

「ほ、本当ですか？」

「常にそうだったとは限らないが、入れ替わっていたことがあった」

「しかし、そんなことが……」

「待ってください、声が分からなくても、先生は外見の特徴で……」

　刑事たちが次々に異を唱えるが、忠輔は苦笑いしながら言うのだった。

「周と同じような背格好だったら、分からないだろうね。こんなこと、自信を持って言うのはおかしいかもしれないが」

「では、その、成り代わっていた人間というのは……女性？」

「とは限らない。手話さえできればいいんだよ。他の留学生がいない日なら、別人だと見咎められることもない。ぼくだけが気づかず、相手を周と思い込んでいろんなことを喋ったことになる。角田さんやぼくの予定。留学生たちの予定。そして、構内の防犯カメラの設置状況。全てを計算して、真犯人にとって最も都合のいい日時と逃走ルートを割り出した。それが、四月十七日の午前中だったんだ」

「……そういうことですか！」

「ずいぶん彼女が角田さんの予定を気にするなあ、とは思っていたよ。何日の何時に学校に来るかを正確に把握してるのは、彼のすぐ下についているぼくだけだったからね。それをぼくは、彼女が角田さんを恐れて、会いたくないからだと思っていた。だから親切に教えてしまった」

「そうだったのか……」

雄馬は興奮で視線が定まらない。美結はまだ少し混乱していたが、忠輔の声は淀みなく続く。

「真犯人は、周《ツォウ》に強制して情報を集めさせていた。だが爆弾だけは自分で扱う必要があったから、自ら乗り込んできたんだ。彼女は爆弾を扱う訓練もしていないだろうし、そもそも『爆弾で人を殺せ』という命令には応じないことが分かっていた。確実に殺すためには角田さんに手渡し、爆発をすぐそばで見届けるのが一番だしね。手渡したとき、中には新たな指令か、あるいは多額の報酬が入っているとでも伝えたんだろう。だから角田さんは、すぐに中身を開けた」

今更のように、美結は震えた。抹殺。

「全てを完璧にこなすため、真犯人は何度か自分の目で構内をチェックし、そしてついに爆弾を持ち込んで計画を実行した」

「しかし……その証拠はあるんですか」

　不安げな雄馬の問いに、忠輔は頷く。

「今まで説明した通り、真犯人は犯行当日は巧みな逃走ルートをとったために防犯カメラには映っていない。だがそれ以前の日の映像には、映っている可能性が高い」

「あっ……」

　戦慄が走った。そうか、事件当日の映像をいくら見ても駄目だったのだ。

「まだ、防犯カメラの位置を検分している段階だからね。以前の映像は、庶務課で何日分か撮り溜めて保存しているはずだ」

「すぐ確認します！」

　雄馬が叫び、美結はすぐ捜査本部に電話した。留学生たちも興奮で腰を浮かしている。

「確実に映っている、とまでは言えないが、可能性は高い。ぼくの記憶では、周が一人でぼくを訪ねてきたのは今月の十三日、それから十日。その前が確か、六日。いずれも、他の学生は登校していない日だ」

　美結は盗犯係の杉悦子を呼び出し、忠輔が告げたままの日付を伝える。そして言った。

「至急その日の映像を借り受けて、映っている不審な人間をぜんぶピックアップしてください。お願いします！」

雄馬は雄馬で電話を始めた。相手はおそらく長尾係長だ。

「真犯人は爆発直後ぼくに目撃され、黄色のリストバンドを見せた。同時に、周唯《ツォウ・ウェイ》を早退させてアリバイを成立させないようにし向けた。相当な完璧主義者だね。周唯以外に犯人はいない、という状況を作り上げようとしたんだ。だが、真犯人の目論見はいきなり崩れた。ものの見事にね」

留学生たちの顔が輝いた。それぞれ頷いている。

「まずぼくが、『周を見た』とは証言しなかったこと。ぼくが周ではないと見破ってしまった。更に、みんなこぞって周のアリバイを主張して、周への疑いをやわらげたことだ。この二つの誤算で、綺麗に決まるはずだった計画はあえなく無駄になった。真犯人はぼくらを見くびっていた。ぼくらの結びつきの強さを。その報いだね」

「先生、すみません。整理させてください」

電話を繫いだまま雄馬が言った。

「真犯人の意図は、つまり」

「周はCの手先であり、Cの命令でぼくを狙った。そういう設定を周に押しつけようとしたんだ。それは、周が逮捕されたときに明らかになることになっていたんだと思う」

「でも、どうやって？」

ゴーシュが首を傾げた。するとイオナが突然動き出した。自分のデスクまで行って引き出しを開けると、中から何か取り出した。美結はイオナのそばに寄る。

「ごめんなさい」

イオナは言いながら、一枚の封筒を手渡してきたのだった。

「これは？」

美結は受け取りながら訊く。

「唯の、デスクの中、にありました」

封筒の封は開いていた。中にあった紙を開いて見ると、四行の英文だ。見覚えがある。

You're the biggest threat to me.
I order you to cease all current research.
YOU MUST STOP THINKING.
Chusuke Sasaki, you have been warned.
――C

赤い文字であるところまで同じ。Cのサイトに似せたページに載っていた声明文と、全く同じ内容だった。

「その封筒、封をしてあったろ」

忠輔が確認する。イオナは頷いた。

「つまり真犯人は、犯行声明を入れた封筒を周に渡しておいた。まだ開けるなという命令と共にね。事前にCダッシュから聞いておいたCの声明文を、周が隠し持っていたと発覚すれば、周の容疑は揺るぎないものになる。逮捕後に周のデスクが捜索されることを真犯人は見越していたんだ」

「でも、私が見つけた。隠した」

舌足らずな日本語だが、美結は全てを察した。周《ツォウ》の身の心配をしたイオナは爆発が起きたあと、他の二人が五階に行って誰もいない間に、とっさに周のデスクを調べて不審な封筒を見つけた。封を開けて声明文を発見し、周が陥れられようとしていると直感した。そして今までひた隠しにしていたのだ。

「周は二重、三重に守られたんだな」

忠輔は歯を剝き出しにして笑った。教え子たちに向かって、よくやったと労《ねぎら》うように。

「おかげで周は容疑者とはならず、丸一日逃げる時間が作れた。その間に彼女は行方をくらまし、真犯人も彼女の居場所が分からなくなった。あわてて犯行声明サイトを作ってアップし、ぼくの家族にも爆弾を送って取り繕った。角田さんはあくまでただの巻き添えだ、という偽装を続けたんだ」

「そう言うことだったのか……」

溜め息とともに吐き出された雄馬の言葉が、美結の思いを代弁した。

ついに事件の全体像が見えた。残る謎は——

「では、真犯人について明らかにしよう」

そうだ。美結は、語り続ける男を見つめた。

いつの間にか顔の影が濃い。外はもう暮れかかっている。部屋の明かりを点《つ》ける気持ちの余裕が、誰にもない。パソコンのモニタだけが眩しく光っていた。薄暗がりの中にいる誰もが、語り続ける男の導きに従うしかない。

佐々木忠輔は灯明を掲げて暗黒の海を進む船頭のようだった。

「その前にまず、周唯《ウェイ》とは誰なのか。君たちに、彼女の経歴は嘘で固められていると聞いてぼくは考えた。彼女は——喋れないことを装っている人物。さらに、誰かに強いられて研究室に入り込んだ人物。ということになる。もしかすると……と思った」

忠輔はパソコンのモニタに向き直り、キーボードを操作し始める。

「ぼくは彼女の顔を認識できないから、写真では彼女を特定できない。だが、どうだろう。この写真の中に——周唯はいないか？」

モニタに映し出された画像を見せる。それは、複数の人間のスナップ。

四人の人間が映っていた。

真ん中の二人が並んでいる。片方は十代後半ぐらいの少女。

もう片方が、中年男性だった。

二人とも微かに笑っている。だが、どこか淋しげに見えた。少女の目は少し潤んでいるようにも見える。

両脇の二人は少し離れて見守っている。

すぐに判別がついた。大学の登録写真より少し若いが、この女性は間違いなく……

「周唯《ツォウ・ウェイ》です」

ゴーシュが言った。イオナが、食い入るように見ている。

ウスマンが忠輔に訊いた。

「この写真は？」

「ある人権団体にお願いして、送ってもらった。一般には公開されていない写真だが、事情を詳しく説明したら依頼に応じてくれた。この団体は中国の民主活動家を支援し、保護する活動もしている。中国政府の横暴を非難し、行方不明になった活動家たちを解放するように働きかけているんだが」

美結は頷いてみせる。だが、それと周唯になんの関係があるのだ？

「この写真は五年前に撮られたもの。真ん中に写っているのは、黄《ファン》親子だ。お父さんのほうは、有名な民主活動家の黄秀慶《ファン・シューチン》。彼は——喋ることができない」

12

女工作員は一言も喋らない。ただ——目に涙を溜めていた。

何かがおかしい。小西はひどい違和感を覚えた。

女の耳たぶからはまだ血が伝っている。左の耳たぶにだけ、小さな金属がついているのだ。だがそれも血に染まり、ピアスというよりは腫瘍《しゅよう》のように見える。

そしてついに——目から頬に、涙が伝う。

何と悲しげな、無念そうな顔だ……小西は思わず、手の中の銃を見た。

スパイのものとはとても思えない。まるで子供のおもちゃだ。

いや、これは——本当におもちゃじゃないか?

「お前一人で罪を被るつもりか?」

口を閉ざしたままの女に向かって、公安のリーダーはなおも詰問した。うつむくと表情が影に隠れる。夕暮れが訪れ、辺りが薄闇のヴェールに覆われ始めていた。たくさんの明かりを灯した水上バスが一台、隅田川を快調に滑ってゆく。陸の上のこととは何の関わりもないように。

「そんなことは許さん。仲間について喋ってもらうぞ。爆弾の準備、ネットの仕掛け、お前一人ではできないんだ」

それを聞いて——周は微かに笑った。涙を流したまま。

鬼気迫る笑みが、薄闇に溶ける。

公安のリーダーは気圧《けお》されたように表情を強ばらせた。だが気を取り直して強気に言う。

「洗いざらい喋れば、我が国が保護してやってもいい。よく考えるんだな。連れて行け！」

部下に命じる。

「ちょっと待ってくれ」

小西は思わず声を発した。公安の男たちがうろんな目を向けてくる。

「その女——何かおかしい」

「何が言いたい、小西」

リーダーが冷たい声を返してくる。当然こっちの名前も知っていた。

「スパイなのか、本当に。この女の拳銃——おもちゃだ」

公安のリーダーは目を剝いた。

「だからなんだ」

小西と、手の中のフェイク拳銃を見比べながら言う。

「こいつは爆破犯だ。テロリストだ」

自分の言うことは絶対だ。異を唱えることは許さない。そう言っているらしい。

小西は周唯を見た。女はいつしか、真っ直ぐに小西を見つめていた。

「あなた、本当に、あたしに爆弾を送ったの？」

別の女の声が聞こえた。村松の後ろから。——佐々木安珠だ。

「兄貴は、あなたがそんなことする人じゃないって言ってた。だったらあなたは、誰かに
……」

「忠輔、先生」

滑らかさを欠く日本語。

か細い、少女のような声だった。

やっぱり喋れたのか——という鈍い衝撃が小西の芯を震わせる。

「周唯《ツォウ・ウェイ》。——是誰《シシュイ》？」

女は言った。

その笑みは、恐ろしく虚ろだった。

「我《ウォ》、黄娜《ファン・ナ》」

女は声を張った。

耳から一滴、血が滴り落ちる。

「我的父親《ウォデフーチン》……」

13

「喋れない、ですって？」

美結と雄馬は目を剝いて訊く。忠輔はああ、と頷いた。

「黄秀慶《ファン・シューチン》は若い頃に、中国の秘密警察——国家安全部に捕まって拷問され、喉を潰された。耳も聞こえなくなった。だが彼はへこたれなかった。文字で、文筆の力で権力と戦い続けた。家族や仲間とは手話で語り続けた」

「手話……」

「そう。おかげで娘も、手話は完璧だった」

「娘は——喋れるんですね？」

「ああ。だが、発話障害者のふりをするのは、普通の人よりずっと容易だろうね。手話をこなせる。しかも喋れない父親を、ずっとそばで見ていた」

美結の中で光が閃いた。見えた気がする。

「黄の娘——黄娜《ファン・ナ》は、初めから捨て駒にされる予定だったんだ。周唯《ツォウ・ウェイ》と名乗らされ、発話障害者ということにさせられて、この研究室に送り込まれた。真犯人はCダッシュが研究室にいることも事前に知っていた。彼女をCのシンパだと思い込ませられれば、Cダッシュにすんなり近づける。協力を得て、研究室に自然な形で招き入れられる。つまり真犯人は、黄娜もCダッシュのことも、初めから利用するつもりだった」

痺れるような感覚に打たれながら、美結はひたすらに忠輔の声に耳を傾けた。

「Cがぼくを狙った結果、誤って角田さんを殺したということになれば、周はぼくを狙っているCのシンパだと思われる。Cダッシュその人とさえ思われるかも知れない。なんにしても、角田さん抹殺という目的は達成され、疑いはCと周に向かう。まさに一石三鳥だ。真犯人は——彼女にあらゆる罪をかぶせ、おそらくは、あらゆる恥辱を与えて苦しめたかった。そういう人間だ」

恐るべき悪——それ以外に言いようがない、と美結は思った。

「そして、真犯人自身は完全に消える。というより、存在さえ問われない。完全な安全圏に逃れるつもりだった」

「真犯人は、誰なんですか？」

こらえきれずに雄馬が訊いた。

すると忠輔は半ば目を閉じ、パソコンのモニタを指差した。

「その写真をよく見てくれ」

美結は黄親子の写真を見つめた。

控えめな笑みを浮かべた親子は、少し垂れた目元がよく似ていた。薄幸に見えるのは忠輔の話を聞いたせいだろうか。弾圧され続け、平穏からはほど遠い人生を送ってきた親子。美結はつらくなって、視線を横に移した。

そして――寒気に襲われた。あわてて雄馬を見る。

雄馬も戦慄に固まっている。美結と同じことに気づいたのだ。

「これ――林《リン》さんか？」

14

「我的父親《ウォデフーチン》……黄秀慶《ファン・シューチン》」

……おかしい。

異変には気づいたが、小西は最初、何が起きているのか分からなかった。

「黄秀慶だと？　馬鹿な――」

公安のリーダーの叫びは耳に入らない。

「真理会贏得《チェンリィホイィンデ》！」

女が何を言っているのか小西にはまるで分からなかった。

「如果我死了《リュグオワシラ》、生活的真相《シュンフォダチンシャン》」

ただ――必死に伝えようとしている。腹の底からの叫び。そして……何かを覚悟した眼差し。いかん、と小西は思った。この女は、まるで今すぐ死ぬ人間のような……

「现在《シャンツァイ》、我烧死在火刑柱上《ワァシャオツァイホーシンツウシャン》！」

それから、一カ所に目を向けた。

小西は気づいた。女が睨んでいるのは、地面に転がった黒い異物——Cのジャイロだ。

「C。你应该知道《ニィインガイチェダオ》、真正的敌人《チンチェンデディレン》」

機能停止したマシンに向かって、女はいったい何を言っているのか。

「你的工具《ニデコンジュ》、完了《ワンリャオ》」

言いながら、一方を指差した。

その指先にあるのは——白と青の光を放ち始めた、雄々しいまでに美しい電波塔。

「因为《インウェイ》、已经《イイジン》……」

公安のリーダーは唖然としている。言葉の意味は理解しているようだが、どうしたらいいか迷っていた。部下たちはなおさらだった。

誰も動けない。周《ツォウ》の次の言葉を待つしかない。

だが次に周の喉から出たのは——声ではなかった。

15

「これ——林《リン》さんか？」

雄馬のもらした声に忠輔が首を傾げた。

「林さんとは？」

「林……明桂《ミンクイ》。周が虚偽の届け出を出していた上落合のマンションに住んでいた中国人です。爆発で亡くなってしまいましたが……なんで、ここに一緒に？」

「そうか」

忠輔は目を見開いて頷いた。

「この隣に写っている人間は、黄　秀慶《ファン・シューチン》の愛弟子《まなでし》だった人間だ。名は、王超《ワン・チャオ》」

「えっ」

「ということは……」

美結と雄馬は思わず頷き合う。

「やっぱり彼女と親しかったんだ。だから、彼女をかくまって……」

爆殺。黄娜《ファン・ナ》をかばったために殺されたのだ。真犯人は自分の痕跡を消すため、関わった全員を殺す気だ！

いや——と美結はすぐ思い直した。何かが引っかかる。

林が持つあの在留カードは、正式なものだった。名前は林。王ではない。

「ちょっと待ってくれ」

忠輔は、深く息を吐いた。全てを悟ったかのように。

「王超は、いつからか行方知れずになっている。人権団体は疑っている。彼が裏切り者で、元国家安全部、現人民解放軍の軍事情報部に所属する工作員ではないかと」

眩暈が襲う。闇の深さに震えが走った。

「黄秀慶は、側近でなくては得られない情報で告発され、投獄されたんだ。この男は初めから政府や軍の手先で、正体を隠して黄さんに近づき、長い時間をかけて愛弟子となり、最後に黄さんに引導を渡した……その疑いが濃い。君たちは、この男と会ったんだな？」

「は、はい。林と名乗り、普通の出稼ぎ労働者という様子で……」

「黄娜がどうしてそこを住所ということにしていたか。たぶん、彼女のメッセージだろう」

忠輔は厳しい声で言った。

「それは……」

「自分が逃げたあと、そこに警察が行ってくれると思った。自分を操っている男を暗示したかったんだ」

「あの男が、すべての黒幕ですか⁉」

雄馬が悲痛な声を上げた。美結も同じ思いだった。自分たちは真犯人に会っていた？

「ぼくの前で周《ツォウ》のふりをしたのは、この男だ。彼女と背恰好が似ているんじゃないか？」

言われれば——その通りだ。写真を見ても背恰好は同じくらい。おまけに肌の色も生白い。ますます目の前が暗くなる。

「周唯《ウェイ》はいつも地味な服装をしていた。男みたいな恰好の時もあった。だからこの男が普段着で現れても、ぼくには見分けがつかなかったと思う」

この男が、他の学生がいない日を選んで、周のふりをして忠輔を訪ねていた。十七日には黄色いリストバンドをして、ジャージを着て——角田教授を爆殺したのだ。用済みの人間を使い捨てるかのように。

「しかし……爆発で死亡してしまいましたが……」

雄馬は息も絶え絶えに言う。

「それは疑わしい、とぼくは思う」

忠輔は断言した。

「遺体は黒焦げだったんだろう？」

美結は胸にはっきり、刺すような痛みを感じた。心には引っかかっていたのだ……

「では……身元を隠すために？」

雄馬の声はしわがれている。

「うん。DNA鑑定しようにも、王超《ワン・チャオ》のオリジナルがないからね。林《リン》の方も同じだろう。在留資格にDNA情報の提供義務はない。だが、上落合のマンションで死んだ男が王超でも林でもないことに賭けてもいいよ。誰か身代わりが殺されたんだ。王は自分の痕跡を完全に消す気だ」

美結は、モニタに映る男の顔を見つめる。だが焦点が合わない。

目的のために、少なく見積もっても三人——角田教授、黒焦げ遺体の男、下の階に住んでいたお年寄り——の命を奪い、他にも何人もの人間を傷つけた男を。平気で爆弾を炸裂させ続ける男を。

そしてまだ終わってはいない。

「王超は、今は焦っているだろう。完璧だと悦に入っていた計画が破綻《はたん》しただけでなく、黄娜《ファン・ナ》までが行方をくらましてしまった。誤算だろうね。父親を人質に取っている限り言うなりだと思っていたのに。ヤツは——黄娜を許さないだろう。ぼくらは、彼女を見つけ出して厳重に保護しなくてはならない」

「Cはそのことを知らないんだ！」

雄馬は声を張り上げ、画面の王超に指を突きつけた。

「Cはこいつの策に引っかかった恰好ですね。周唯の正体を知らないまま、裏切り者としてリストに載せてしまった。写真入りの指名手配のような状態になっているんです。もし誰かに目撃されて、ツイートに載せられたら……彼女が危ない」

その通りだ。美結はわななくような声を上げた。

「王だって、ツイートは見てるかも知れません！」

「でも、彼女はどうして逃げ出したんだ……」

ゴーシュが呻くように言った。どうしても納得がいかないというように。

他の留学生も悲痛な顔で頭を振っている。

「父親を見捨てたのか……？」

「角田さんが殺されてしまったことで、彼女も決断したんだと思う」

忠輔は静かに答えた。

「人命の尊重は、黄《ファン》のお父さんの教えの最たるものだ。私のために命が失われることがあってはならない——娘にそう教え込んでいた。だから彼女は断腸の思いで、王から離反したのだと思う。父親の命は危うくなる。だがこれ以上、誰かが殺されることに利用されるわけにはいかない。それ故の決断だ。角田さんの死が、彼女を解放した」

留学生たちは顔を伏せたり、頭を抱えたりした。仲間の苦しみを自分の苦しみとして感じている。忠輔はそれを、慈しみの目で見た。

「彼女は今も思い悩んでいる。王のこれ以上の謀略を止めるためにどうすべきか……反撃するつもりかも知れない。できることなら父親を助けたいだろう。だがそれを諦め、自分の身を挺《てい》して、王を倒すつもりかも知れない」

忠輔の声が変わる。

「Cダッシュ。そろそろ潮時じゃないだろうか」

静かな声。教師は、教え子たちを悲しげに見つめた。

「ぼくは待っていた。名乗り出てくれるのを」

重たい沈黙が広がる。

16

なんという音だ……

きょおおおおおおおおお――――

それは声ではない。まるで洞穴から噴き出す灼熱《しゃくねつ》した地熱風のようだった。

そして、異常なのは女の声だけではない。――目。

優しげな垂れ目がいっぱいに見開かれている。左右の目玉の動きが互い違いだ。いや

――互い違いどころではない。

細かく震動している。生き物に可能な動き方には見えない。

そして目玉は、逆方向に裏返ろうとしている。

この光景を俺は死ぬまで忘れない。小西は直感した。

17

「Cダッシュは彼女とともに、ぼくにCのメッセージを届けようとした」

忠輔は言葉を続けた。

「〝考えるな〟という脅迫を、爆弾とともにね。つまり盟友だったわけだ。今も連絡を取っているのか？　それとも、仲違《なかたが》いか。彼女の居場所を知っているのか、それとも把握していないのか？　いずれにしても、Cダッシュしか知らないことがある。名乗り出て教えてほしい。真実を。そして彼女を救おう――彼女は犠牲者なんだから。一刻も早く、力を合わせて保護しなくては」

その声は真心にあふれていた。

美結は期待を込めて留学生たちの顔を見つめる。

「正直に話して欲しい。そして一緒に、これからどうするか考えよう。ぼくも責任を感じている。仮にも君たちの指導者なんだから」

「先生……」

教え子たちは、すがるように忠輔を見つめている。

「Cのサイトのメッセージボードで、Cは明言した」

「Cダッシュは佐々木の研究室にいる」

ゴーシュが機先を制して言った。

「先生。説明の必要はありません。ぼくらも今、Cのサイトを見ていたところですから」

忠輔は頷いた。

「Cは、自分の代理人を名指しまではしなかった。迷っているんだ。自分を裏切ったのはCダッシュか、それとも、Cダッシュが敵の策略にひっかかっただけか。確かめたいんだ」

美結は食い入るように留学生たちの顔を見つめた。この中からCダッシュを見つけ出したい、今すぐに。だが分からない。

「ぼくは同情している。今回の顚末《てんまつ》にいちばん驚いて、ショックを受けているのはCダッシュかもしれない。あの日、爆弾を爆発させるところまでは予定通りだった。だが爆発音が予定より大きく、タイミングもおかしい。焦っただろうね。急いで上がってきた二人は、ぼくのことを本当に心配してくれていた」

ゴーシュとウスマン。そこに演技はなかったのだ。

「ぼくの部屋で、ぼくのいないタイミングで爆発を起こすつもりだったんだろう。それで充分脅迫になる。ところが、代わりに角田さんの部屋で爆発が起き、角田さんが死んだことを知った。騙された――そのときCダッシュは初めて知った。だが、周《ツォウ》が自分を騙すとは思えない。周の後ろに黒幕がいて、周は操られていた――そこまで瞬時に悟っただろう」

そして佐々木忠輔は言い切った。

「人を殺すつもりがなかったのは分かっている。Cの意志を遂行しようとして、周に――その背後の人間に騙されただけだ。名乗り出てくれ」

だが、研究室を覆う沈黙はまるで極地の氷だった。溶け出す気配がない。

18

ベンチのサラリーマンが気が触れたような目で見ている。

気持ちはよく分かった、自分の顔も大差ないだろう。小西はさっき撃墜した黒いジャイロを捜す。だがピクリとも動いていない、死んだままだ。ではいったい何が起こっている？　なん、なんなだなんなんなんだなん、という情けない声は村松。だが小西は責める気もしない。

女の顔が、霞み始めたのだ。

陽が落ちたせいではない。小西は自分の目がおかしくなったのかと思った。だがどう目を凝らしても、見える景色は変わらない。

煙が出ているのだ。

女の口から。

やがて、鼻から——耳からも。

水蒸気……小西は直感した。

女の頭の中が煮立っている。

19

この沈黙は破れない。

美結は絶望的な気分だった。なんて無力な……私は結局、真実を逃し続けたまま捜査から外れ、二度と関わることができなくなる。圧倒的な疲労感に引《ひ》き摺《ず》り倒されそうだ。

いや……まだある。私にできることが。

「この研究室の——」

美結は懸命に言葉を絞り出した。

「ネットワークの管理者はどなたですか」

張りつめた空気に亀裂を走らせたい。

どんな力ない一撃でも構わない、私は全力を尽くす。

「通常では考えられないほどの厳重なセキュリティが施されていますね」

美結は記憶を辿りながら、必死に問いを重ねた。

「この研究室には、何か、見られたくない秘密がある……」

「一柳巡査。それは、水無瀬さんが？」

雄馬が低く声を挟む。はい、と美結は頷いた。

「研究室のネットワーク管理もセキュリティも、みんなに任せている。ぼくはノータッチだ」

佐々木忠輔は言った。

「この三人は全員コンピュータに強いからね。工学的には、ぼくなんかよりずっと詳しい。任せておけば、世界でもトップレベルのネットワークにしてくれると思って」

教え子を信頼しすぎではないですか。そう責めている場合ではなかった。

明らかにせねばならない。留学生同士でなければ、真実を知らないのだ。

だが今や全員が目を伏せ、口を噤んでいる。誰かをかばっている。

やっぱりだめか……この孤独な異邦人たちの絆の前では、どんな言葉も無力なのか。

ところが、一人だけが明るく笑っていた。

「簡単な選択ではないね。まったく、ぼくもそう思うよ」

なんとさばさばした口振りだ。美結は思わず、声の主を見た。

「みんながCに惹かれていることはもちろん分かっている」

それは妙に幸せそうな顔だった。美結は目を離せない。

「何度も議題にしたよね。彼の行動は正しいか。彼の存在は、果たして正義か。様々なレベルで活発な意見が飛び交い、ぼくらは思い悩んだ。それぐらい、Cとは複雑な価値を持つ存在だ。そして、ぼくの論文もたびたび俎上《そじょう》に載せられた」

研究室の薄闇の中で、その声は不思議に、温かい微風のように響いてゆく。

「正しい目的のためにどんな手段が許されるのか。悪を力で滅ぼすことは是か。議論は尽きなかった。まあ、言い方は悪いが、みんながCとぼくを天秤《てんびん》にかけてるのも分かっていた」

佐々木忠輔はふわりと両手を広げた。極地に訪れた短い春を楽しむかのように。

「で、そろそろ……みんなの結論は出たのかな？」

三人はお互いの顔を見合った。真剣な瞳。苦しげな笑み。深い愁《うれ》い……いろんな感情が浮かんでは消える。

「無理に選ぶ必要はないよ。Cを捨ててぼくにつけ、なんて言うつもりはない。ただ……いま優先すべきは、ぼくらの親愛なるヤン・フスのことじゃないだろうか。本名はどうあれ、ぼくらの大切な同志。飽くなき求道者、そしていまは孤独な逃亡者だ。身の危険が迫っている。彼女のために、ぼくらはできることをするんだ。今すぐに」

美結は——気配を感じた。

凍土がゆるむ。氷が溶けていくのを、はっきりと。

「……仕方がなかったんです。先生」

沈黙は、破れた。

一人の外国人が声を上げたのだ。

「彼女は……ぼくらの仲間になりたかった。できるなら、先生のいい生徒になりたかった。だが、許されなかった」

「ああ、分かっている」

忠輔が悲しそうに答えた。

「先生やみんなを騙すようなことはしたくなかった。でも……あの子に、他に選択肢はなかった。心の中で泣きながらここに通っていた。今やっと、ぼくにはそれが分かるんです」

「それは君自身の思いにも聞こえる。そう思っていいんだな？」

発言者に向かって忠輔は言った。

「君も後悔している。誰かを殺す手助けをしてしまったことを」

うなだれる教え子に向かって、忠輔は目を細めた。

その腕に巻かれているバンドの色を確かめる。

20

口や鼻、耳から立ち上る白い蒸気。

薄闇と相まって、ぼんやりした顔の輪郭。

耳の一点だけが白く光っていた。左の耳たぶにある金属が光を放っている——それが意味することは全く分からない。ただ、その光は一秒ごとに強まっている。

凶暴なまでに。こちらの目を射るほどに。

小西は目を覆った。気づくとそうしていたのだ。恐ろしすぎると視界を遮断してしまう。人間にはそういうことがあるのだ——後で振り返って小西は自分を恥じるより、素直に慰めた。憶えていたくない。目に焼き付けたくない、末永く自分を苦しめると分かっているから。ぐつぐつぐつ……という幻聴さえ聞こえたのだ。いや現実の音だったのだろうか、と小西はのちのちまで悩まされることになる。

それでも、小西は再び目の前を見た。

今度は本能が、見ることを強いた。焦臭《こげくさ》さのせいだ。

周唯《ツォウ・ウェイ》の着ているコートから——火が上がっている。

赤い火が。

21

その腕に巻かれているバンドの色は——赤。

だが、忠輔は腕ではなく顔を見ていた。その顔に刻まれた絶望が完璧に読めているように、美結には見えた。

「先生、では……」

雄馬がかすれた声で訊き、忠輔は頷く。

「ゴーシュ・チャンドラセカール。君こそCダッシュだったんだな」

ゴーシュは頷いた。

忠輔は、半ば目を閉じる。

「君はここのネットワークに要塞を築き——この研究室から、Cを支援していたのか。Cの指令を受け、実行していたのか」

「そうです、先生」

ゴーシュはうつむいた。ほんのりと笑みを浮かべる。

「むろん多重のロックを掛けているだろうが、中にはログが残されているだろうな。君とCが通じていた証拠が、ここのハードディスクにある」

「はい――ただ」

ゴーシュは目を上げた。

「全面的に開城することはできません」

「あなた、日本の警察なめてない？」

美結は思わず言っていた。

「凄い人もいるのよ。あなたの作り上げた要塞だって破れる」

「たしかに、なめていた」

ゴーシュはフッとはにかんだ。

「ついさっき、ここに侵入を試みたのは一柳さん、あなたか？　ちょっと驚いた。城壁を破られるかと思ったよ。でも、たとえＩＰＳを解除したってね、そんなのは第一関門に辿り着いたに過ぎないんだよ。その先に進めるものなら、やってみるがいいよ」

「君はまだCを守る気か？」

忠輔が訊いた。

「先生。ぼくは、彼のためにここへ来たんです」

ゴーシュの答えははっきりしていた。

「彼の意志を代行し、忠実に実行に移す分身。ダッシュという称号は、ごく限られた人間だけが賜れる名誉あるものです。ぼくは手痛い失敗をして、Cの信頼を失ってしまったけど……彼を裏切ることは、できないんです」

「ゴーシュ……」

ウスマン・サンゴールが両手で顔を覆って嘆いた。イオナは目を潤ませ、小さな手をきつく握り締めている。

「なんてことだ……ぼくらに黙って、お前は……」

「すまない。ウスマン。イオナ」

ゴーシュは笑った。

「途中から気づいていたのに、黙っていてくれて。ぼくは嬉しい。みんなの仲間でいたかったよ。だけど――ぼくはCダッシュだ。そうでなかったら、そもそもここへ来なかった」

「でもお前だって」

ウスマンは腰を浮かし、ゴーシュにつかみかからんばかりだった。

「先生の価値に気づいている。Cを超えているかも知れない。そう言っていただろう?」

「ああ」

ゴーシュは笑みを曇らせる。

「確かに言った。でもそれと、ぼくとCとのつながりは、別だ」

忠輔は言葉もなく、教え子たちの会話に耳を傾けている。

「周《ツォウ》の言うことを完全に信じてしまったのが、ぼくのミスでした」

ゴーシュが穏やかに告白した。

「彼女と、よくパソコンのモニタを使って筆談しました。主に英語で。もちろんメールでも。ぼくが手話を覚えてからは、手話でもね。彼女は研究室に来てすぐに、ぼくの正体を言い当てた。ぼくは驚いたが、彼女は安心してと言った。私もCのシンパ。ぜひあなたの手助けをさせて、と」

懐かしさに目を細めながら、ゴーシュは周唯《ツォウ・ウェイ》と名乗った女の言葉を真似《まね》た。

「あなたはCダッシュ。羨ましい……私もそうなりたかった。でも、いいの。私は一人のシンパとして、できる限りのことをするのが喜びだから。Cも私というシンパの存在は知っているわ。でも、私が今あなたと一緒にいること、Cには黙っていてくれる？　全てがうまくいった後に、ゴーシュから伝えて。陰ながら支えている忠実なシンパがいるっていうことを――。ぼくは打たれた。彼女のCに対する強い思いに、感激した」

美結は、握り締めた自分の拳がぶるぶる震えていることに気づいた。

ゴーシュは、その様子に気づいたように目を向けてきた。

「どうして彼女を信じたのか？　そう問いたいんでしょう。だがぼくは少しも疑わなかった。なぜなら彼女は、Cが誰だか知っていたんだ」

ゴーシュは美結から顔を背け、忠輔を正面から見つめた。

「名前も居場所も知っていたんです。そんな人間は、世界でもほんの一握りだ」

「だが、諜報機関のエージェントが裏にいるとしたら、Cの正体を知っていてもおかしくはない」

忠輔が残念そうに言った。

「はい、先生。いま思えばその通りです。でもぼくは、彼女の中に忠義を見た。Cを慕う気持ちは本物だと確信した。だからぼくは爆弾の調達を任せた。彼女がぜひにと名乗りを上げたんです。ぼくは……彼女が活躍する機会をあげたかった」

「そんな君の思いやりも、利用されたんだな」

ゴーシュは無念に目を閉じる。

忠輔は傍に寄り、教え子の肩に手を置いた。

「周《ツォウ》を、いや、黄娜《ファン・ナ》を操っていたのは、〝沈底魚《チェンディユ》〟と呼ばれる中国諜報員の親玉格に違いない。政府とは無関係の民間人を装い、日本の政治的機密や最新科学技術を盗み出す。それに、中国共産党に対する反政府活動を行っている人間を洗い出すことが目的だ。そのためには手段を選ばず、相手の弱みを握って自分の配下に引き摺り込む。黄娜は父親を人質に取られていたし、角田さんもおそらく何か弱みを握られて脅迫され、言いなりになっていた。危ない橋を渡って国家機密を手に入れては、王《ワン》に渡していた。だが公安が迫り、邪魔になって消された」

「ぼくはその暗殺に、まんまと利用された」

ゴーシュの顔の無念さに、嘘はない。美結はそう感じた。ところが――

「Cダッシュなんていないんでしょう？」

声が飛んだ。美結は驚いて自分のすぐ隣を見る。

「君こそC本人だ」

吉岡雄馬はいま、ソフトな仮面をかなぐり捨てて牙を覗かせている。底深い猜疑心――その暗い眼差しは、美結の身体の奥をぞくりとさせた。

「ちがう」

ゴーシュは真っ直ぐに雄馬を見返してきた。

「ぼくは本当に、代理人に過ぎない。Cは自分の国にいる」

だが雄馬は油断なくゴーシュを見据えている。

スッ、とゴーシュの横に忠輔が立った。まるで彼の弁護人のように、同じ方向を見て口を開く。

「ゴーシュ。角田さんが死んだのを知って、君はパニックになった。そして、どうした?」

「爆弾は午後、忠輔さんの部屋で爆発させる予定でした」

ゴーシュはうつむいて言った。

「忠輔さんが不在の時に、タイマーでね。ところが唯《ウェイ》が突然、体調が悪いと言って帰ってしまった。今日は中止だ……決行は不可能。そう思っていたら爆発音がした。ぼくは、手違いが起きたんだと思った」

「君はおそらく、あわててCに連絡しただろう。そして、脅迫成功に伴ってアップする予定だった犯行声明を、サイトに上げさせるのを止めさせた」

「はい」

ゴーシュは頷く。

「だが同じ文面を、周《ツォウ》が持たされていたのは知らなかったんだな?」

「イオナ。ありがとう、隠してくれていて」

ゴーシュはハンガリーの少女に礼を言った。

「当然知らなかった。ぼくは、周が陥れられようとしていることにまるで気づかなかったのです。馬鹿者です」

ゴーシュは顔を伏せ、絞り出すように言った。

「ぼくはすぐに周にメールを送って問い質した。どうして君が用意した爆弾が角田さんを殺したんだ？　いったいどうやって届けた？　でも周は謝るだけだった。騙してごめんなさい、どうか私を追わないで、あなたが危ない……そんな返事が来ただけだった」

ウスマンもイオナも、ゴーシュから一瞬たりと目を外さない。

「そして……連絡が途絶えた。今なら分かる。彼女はどんなにつらかっただろう、ぼくらを騙し続けるしかなかった。挙句には、人が死んでしまった。ぼくは仕方なくCに、実は周唯という協力者がいたが、裏切られてしまった……と告白した。だが周の後ろに黒幕がいるはずだ、と訴えたんだ。Cは、それならば黒幕を突き止めろと迫った。当然だよ。最後のチャンスを与えてくれたことに感謝した。Cはぼくを Cダッシュと公表しなかったし、制裁リストに周の名は載せても、ぼくのことは載せないでくれたんだ……無実を証明しろ。裏切り者を突き出せ。でもぼくは、Cの期待に応えられなかった」

ゴーシュは無念に頭を抱える。

「初めから先生に訊くべきだった……周が本当は誰なのかを。黄秀慶《ファン・シューチン》の娘だと分かったら、全ての仕組みに気づくことができたのに！　あの子をもっと信じてやれたのに……彼女はきっと今、一人きりで絶望している。救ってあげてください！」

褐色肌の青年は忠輔に、そして刑事たちにも懇願した。

「でも、あのジャイロを用意したのはあなたね」

美結が指摘する。ゴーシュは否定しない。

「操縦もあなたが？　警察庁を襲ったのは、あなたなの？」

「…………」

「ジャイロはどこに隠してるの？」

「……言えない」

ゴーシュは硬い顔で目を伏せた。

どんな目に遭おうとも、この青年のCへの帰依心は揺るぎないようだ。

「Cは何を考えてるの？　これから何をするつもり」

「それはぼくにも分からない」

ゴーシュは首を振った。

「Cが主人で、ぼくは従者。ぼくから意見をすることはほとんどない。彼が悪と判断したものに制裁を加える。それを手助けしてきた。彼は常に正しかったからね。だが、いまは……」

ゴーシュは揺れている。上げた視線の先には、佐々木忠輔がいた。

「ゴーシュ、ありがとう。正直に喋ってくれて」

忠輔は静かに言った。

「君の信条には立ち入れない。話せないこともあるだろう。だが、ぼくらの学んだことを思い出して、考え続けてくれ。どうするのが正しいか。ぼくらのとるべき立場とは何かということを」

「先生」

ゴーシュは縋《すが》るような表情だった。

「Cに答えてやってください。Cは……先生の答えが欲しいんだと思う」

祈りを捧げるようなインド青年の姿に、全員が目を奪われた。

「考えるな。先生を脅したのは……先生を恐れているから。そして、試したいからだ」

「うん。いずれ話すよ。しっかりと」

忠輔は強く頷いた。

「ぼくも力を尽くす。君も、彼の暴走を止める決心をしてくれると助かる」

インド青年の答えを待たずに、雄馬が進み出た。

「ゴーシュ・チャンドラセカールさん。署までご同行願えますか」

ゴーシュはうつむいた。逆らう様子はない。

だが、ふいに顔を上げた。

「Cに伝えてほしいんです。今すぐに！」

誰にともなく叫ぶ。

「Cはもうぼくの言うことを聞かない。少し前に専用回線も閉じられてしまった。だから、ぼくからは直接訴えることができないけど……周《ツォウ》をすぐリストから外せ。彼女を操っている男こそ本当の敵だ。そう報《しら》せてください。このままだと、Cは彼女のことを」

「分かりました」

美結は急いで言った。Cのメッセージボードに書き込もう。MEWとして、いや別の名前の方がいいだろうか。信じてくれるかどうかは分からない、だが早くやらなくては……

いや大丈夫だ、と思った。ウスマンやイオナがもうパソコンに向かっている。

雄馬もスマートフォンを取り出してかけ始めた。

「お兄さんですか？」

美結が訊くと雄馬は頷いた。相手は公安課長。周の正体を教えてやるつもりだ。そして、確保する際には間違っても殺してしまわないように頼むつもりだった。

「……出ない」

雄馬の顔に焦りが浮かぶ。この間にも、リストに載せられた人物の目撃ツイートは積み重なっている。どんな危険にさらされているか分からないのだ。美結はたまらず捜査本部に電話した。井上を呼んでもらい、急いで告げる。

「公安が、周唯《ツォウ・ウエイ》確保に動いています。そちらから止めてもらえませんか」

『どういうことだ？』

「逃亡中の周唯は、爆弾事件の犯人でもなく、工作員でもありません。真犯人に利用されている、むしろ犠牲者なんです」

『……待て。長尾さんと話す』

22

何もかもが悪夢だった。

コートは、どうやら裾《すそ》から燃え出したようだ——全く理解は不能。見ている間に、肩の辺りが急速に変色してベージュから濃い茶色に、更に黒に変わってゆく。熱が空気中を伝わり、むわっと小西の顔を襲った。

女のいる場所だけが、とてつもなく温度が高い。間違いなかった。

小西の足は動かない。燃えている女に一歩も近づきたくない。

そして耳たぶの一点は輝き続けている。網膜に焼きつくほどの白い光——

「……クソッ」

公安のリーダーの舌打ちが聞こえた。

「先手を打たれた」

小西は感心した。あの男は悔しがっている。冷静とはお世辞にも言えないが、状況を理解して喋っているのだ。だが小西と同じく女には近づかない。部下たちも同じ。足がすくんでしまっている。散り散りに逃げ出さないのはさすがと誉めるべきか。

村松の方を見ると、案の定腰を抜かしていた。傍らに立っている佐々木安珠の方がよほど冷静に見える。目の前の恐ろしい光景から逃げない。小西は驚いた――その眼差しの鋭さは、怖いほどだった。

その視線がふっと空に向けられる。小西もつられて目を上げた。影が旋回している、カモメだ……突然上がった炎に惹かれて寄ってきたのか。何羽も近づいてきては急旋回して避ける。鳥も興奮している、何か異様なことが起きているのを悟っている。

「避難を！」

小西は佐々木安珠に向かって声を投げた。彼女をこの場から遠ざけなくては。どうにか駆け寄ると、腰が砕けている村松を軽く蹴《け》った。

「しっかりしろオラ！」

小西の背後でどさり、という嫌な音が聞こえた。体重がそのまま地面を打つ音だった。

絶命。確かめるまでもない。

公安部隊の一人が我に返ったように、電話で何かがなり立て始めた。公園を見回すと側道沿いに影が群がっている。物見高い連中が近づく勇気もなく、遠巻きに見ているのだ。ベンチには一人、サラリーマンが残っている。呆けた顔のまま固まっている。村松と同じだ、腰が抜けて立てないのだ。

「どこから？」

佐々木安珠が奇妙な調子で言った。空の方を振り仰ぎながら。

「光が見えた。あれは――」

サイレンの音が近づいてきた。赤い緊急灯が江戸通りから、側道に向かって続々と雪崩れ込んでくる。この公園は間もなく封鎖される。俺たちの負けだ……身体を貫く冷たさとともに小西は悟った。所属は関係ない。東京中の刑事全員が敗北した。

小西は自分の携帯電話が鳴っていることに気づいた。いつから鳴っていた？　ポケットに手を入れて驚く。指が震えてうまく電話を持てないのだ。どうにか取り出し、通話ボタンを押すまでにずいぶんかかった。

「はい、小西」

『一柳です。小西さん、無事ですか？』

その声が冷水のように、小西に活を入れてくれた。

『そちらは、制裁リストの人たちを護衛中ですか？』

「そうだが、いま……」

『周唯《ツォウ・ウェイ》を見つけたら、くれぐれも傷つけないでください』

美結は素早く言った。

『彼女は誰かに利用されています。女スパイに見せかけられていますが、真犯人は別にいます。どうか、無事に確保して……』

「周唯《ツォウ・ウェイ》は死んだ」

小西は言った。これほどのもどかしさは、感じたことがなかった。

「殺された——たぶんな。どうやったのかは、全く分からないが」

『そんな……』

長い沈黙のあと、美結は訊いてきた。

『小西さんは、怪我はないですか』

「大丈夫だ。村松が腰抜かしただけ」

『村松くんがそこに？』

「佐々木安珠さんも一緒だ。安心しろ、無事だよ」

『安珠も……』

「佐々木先生は？　無事だよな」

『はい。Cダッシュ確保に協力してくれました。インド人留学生のゴーシュが、自分がCダッシュだと認めました』

「そうか」

黒星だけ、というわけではなさそうだった。生きて捕まった容疑者がいる。せめてもの慰めか。だが……何も安心できない。

「目を離すなよ。いきなり燃え出すかもしれねえ」

四月二十一日（日）

23

翌日。美結は、墨田署の捜査本部に戻っている。

管理官たちが本庁から戻ってきて、捜査員に今後の捜査方針を通達するのを待っているところだった。現れる気配はまだない。

だが一堂に会した捜査員たちの表情は、本庁と所轄とを問わず、今までより明るかった。爆弾魔とCダッシュ。二人の容疑者の正体が判明し、一方は死亡してしまったものの、一方は確保した。証拠固めと逮捕状執行はこれからだが、時間の問題だ。何より自供がある。本人が自分をCダッシュだと認めているのだ。

事件に一つの切りがついた。みんなそう思っている。意外な結末に複雑な反応は見せながらも、晴れがましさも見て取れた。

違う！　美結は叫び出したい気分だった。周唯とCダッシュ、ともに真犯人ではない。隠れている巨大な闇の一端でしかないのだ。

美結と雄馬は昨夜のうちに、長尾と井上に全てを伝えた。二人とも事態の深刻さに理解は示してくれている。それが救いだが、その分懊悩も深い。いくらあがいても、捜査とは現場の見解がそのまま通るものではない。上の方では政治が蠢《うごめ》いている。

「……周　唯《ツォウ・ウェイ》の死が問題だ」

長尾係長が頭を抱えるのを、雄馬が傍らで悲しげに見守っていた。

その親子のような光景を、美結は忘れられそうになかった。

「周の正体が、民主活動家の娘……しかも、スパイ行為を強要されていたとなったら……」

井上も拳を握り締めて長尾の言葉を聞いている。じっとこらえることの多い所轄の係長という役割を今も両肩に載せて、ただ耐えている。美結は井上がいとしくてたまらなくなった。

「事件の落とし所は、我々ではない。政治家が決めることになる」

長尾は無念に満ちた目を、あらぬ方向に向けた。美結はその目を見られない。この老刑事を慰める言葉などあるとは思えなかった。

「さっき……」

長尾が重い口を再び開くまで、後輩刑事たちはただ黙って待っていた。

「小笠原さんから連絡があった……中国大使館の人間が、官邸に入ったそうだ」

無念の塊のような声だった。

「長尾さん。ということは……」

「捜査本部は解散する」

長尾はうつむいた。

「仕切り直しだ――だが、終わったわけじゃない」

井上も雄馬も強く頷く。

必死に前を向くリーダーの言葉を、信じるしかなかった。

「このままじゃすまねえぞ……」

そして今、美結の隣では先輩がブツブツ言い続けている。貧乏揺すりが止まらない。美結は、気遣って見た。小西は相棒の早坂の見舞いから戻ったばかりだ。Cのジャイロの放電攻撃を浴びた早坂は、しばらく検査入院する必要があるという。名誉の負傷だ。

「命に別状がなくて、よかったですね」

美結がそう言っても、

「このままじゃすまねえ……」

唸り声が返ってくるだけ。無理もないと思った。美結と雄馬が東学大で心理戦を繰り広げているまさにその時、小西はCシンパとジャイロに襲われた芸能プロデューサー・糟谷尚人を救い、ジャイロを追跡して周唯に行き着いた。そのまま確保できれば大手柄だったはずだ。だがそこに公安の刑事たちが現れ周《ツォウ》を横取りしようとした。

その全てが無意味だった。結局誰も周を確保できなかった——生きたままでは。

小西はまだ、その時見たことを克明には語りたがらない。自分の目で見たことが自分で信じられない様子だった。

周唯《ツオウ・ウエイ》は燃えた。

それは確からしい。その場面は村松も目撃した。ただ、気絶寸前だったらしいが。そしてなんと——安珠もだ。

あんな危険な場所に安珠を連れてきた村松に、小西は鉄拳制裁を喰らわせたという。だが村松をかばったのは他ならぬ安珠だったらしい。

「あたしが我儘《わがまま》を言ったんです！　ツイート情報を見てたら居ても立っても居られなくなって……村松さんは止めてくれたんですけど、あたしが強引に隅田公園まで行って。本当に周唯がいて、あんなことになるなんて思わなくて……村松さんは悪くありません」

「いや。こいつは、身体を張ってあなたを止めるべきだった」

小西はそう言ったという。その通りだ、と美結も思う。

周唯は燃えた。何もない公園で、突然に。

そんな恐ろしいことがありうるのか。まるで……火あぶり。

——たしか、火あぶりになって死んだ。

かつて聞いたセリフが耳に響く。

——そう。己を貫き通した結果として。

——彼女は、フスに心酔しているから……中世プラハの求道者に。

美結は身震いする。本当に、何も終わってはいない！　また叫び出したくなる。だがそれを証明するためには証拠が要る。Cダッシュことゴーシュ・チャンドラセカールの本格的な取り調べはこれから。すんなり行くはずがなかった。ある程度は協力的だが、頑《かたく》なに口を閉ざしていることも多いのだ。

あのジャイロを操縦していたのはゴーシュ以外にいないと思っていた。あれほどの精密な操縦は、衛星回線不要の、タイムラグの生じない日本にいなければできないと思われるからだ。だが美結たちがゴーシュを拘束したのとほぼ同時刻に、ジャイロは糟谷尚人や周を襲っていた。つまりゴーシュには不可能。

では、C本人が操っていたのか？

ということはやはり、Cは日本にいるのではないか——確信が美結を貫いた。

Cは今まで世界を相手に大暴れしてきた。日本の被害は少なかった。だからCが日本人だという説は美結の知る限り、ない。だが——

Cが日本人で、初めから日本にいたとしたら？

最も重要な標的を、最後に残していたとしたら？

戦慄が立て続けに襲う。ではCの正体は、どこの誰なのか。

——ほんなら俺のプロファイリングの結果を教えて進ぜよう。Cは——子供や。ま、いってたとしてもハイティーンやな。成人じゃない。

水無瀬はそう断言していた。だが果たしてそんなことがあり得るのか？

悪寒が立て続けに襲ってくる。美結は身震いし、突き動かされたように電話を取った。今、できることをしなくては！……内線の番号を押して受話器を耳に押しつける。

相手は盗犯係の杉悦子だ。頼んである防犯カメラ映像の分析結果がまだ上がっていない。爆発当日ではなく、その前の何日か分の解析報告を頼んだのに、捗《はかど》っていないのだろうか。心配でたまらない。

美結が杉にせっついていることを知ったら、井上や長尾に咎められるかも知れない。余計なことをするな、と。だがじっとしていることはできなかった。真実に近づきたい……たとえ明るみに出すことを許されなくても。あの中国人男が映っている映像があれば事態は変わるかも知れない。決定的ではないにしても、いろんな人間を説得する材料になる。事件に裏があることは納得させられるはずだ。

だが呼び出し音は鳴り続けたまま。相手は出ない。みんな出払っているのか？　美結はじりじりと焼かれているような気分になる。小西が心配げな目で自分を見つめていたが、表情をゆるめる余裕などない。

中国大使館はとうに、上落合の黒焦げ遺体を林明桂《リン・ミンクィ》と認め本国に送還してしまった。だが、こちらも無策ではない。検死医に頼んで細胞組織からDNAを採取して保管してもらっている。きっといずれ役に立つ……だが忠輔も指摘していたように、今のところ比較対象がない。やはり王超《ワンチャオ》本人を捕まえるしかないのだ。

防犯カメラに映っていろ！　あの男が大学に出入りしていた証拠がほしい、どうしても。

『はい、盗犯係』

やっと相手が出た。しかも杉悦子本人だ。美結は勢い込んで訊く。

「東学大の監視映像、どうでした？」

『ああ、美結ちゃん。それがねえ』

杉の声には切迫感が欠けていた。

『見つからないって言うの。あの大学の警備かなりいい加減よ。ふつう一定期間は保存しておくものだけど、何日分か見当たらないんだって。捜してまた連絡するって言ってたけど』

一気に血の気が引く。だめだ……中国工作員はまたもや自分の痕跡を消して見せた。自分で盗み出したのか、それとも警備を抱き込んで破棄させたのか？　いずれにしても手遅れ。美結はろくに礼も言わず受話器を置いた。

小西は今にも詰め寄ってきそうな顔だ。だが美結はもはや声も出せない。なんて無力……全てが揉み潰され、真の悪には手が届かない。

周唯《ツォウ・ウェイ》の本当の身元を明らかにすることも難しい。遺体は公安が回収していってしまった。もしこのまま闇に葬られたら……何もかも終わりだ。

美結は虚しく室内を見回す。どこにも希望は見つからない。みんな制裁リスト騒ぎに気をとられている。警察全体がそうだった。Cのサイトには今もリストが堂々と掲げられ、ツイッターのアカウントは生き続けているのだ。現在はリストに挙げられた人間を二十四時間態勢で完全警護しているので、現実に襲われた者は今のところ、周唯をのぞけば糟谷尚人のみ。しかもツイッターに目撃情報を寄せた者を特定して次々に警告を発しているから、ツイートの件数は減っている。それでも、なくなるには至っていない。Cは威光を保っている恰好だ。相変わらずやりたいようにやっていて、日本警察は大あわてで対処に走り回っている。世界中の誰から見てもそう見えるだろう。

もどかしくてたまらない。おかげで真の敵が見えなくなっているのだ、逃げおおせたあの中国男はほくそ笑んでいる。闇に消えてしまう……

雄馬と話したい。美結は、焼けつくように思った。

だがいくら待っても捜査本部に現れない。相棒であるはずの美結に、今日は連絡さえないのだ。長尾係長もまだ現れていないから、きっと一緒に動いている。本庁で今後の方針を決めるのに忙しいのだろう。そう予想はついた。

ならばせめて、所轄の仲間たちと思いを分かち合いたい。だが村松は安珠の護衛についたままだ。福山もその補佐に回っていてここにはいない。井上も署長室へ行ったきりで、今ここにいるのは小西のみ。その口からはもはやぼやきも聞かれない。話をするべきだ、お互いを励ますべきだと思うのに、気力がない。

ふいに激情が込み上げてくる。私なんかに、刑事を名乗る資格があるのか？　何の力にもなれなかった。Ｃダッシュを捕らえられたのも結局は佐々木先生のおかげであって、自分は何もしていない。いっそのこと誰かに叱責されたかった。東京がこんな破目になったのはお前のせいだと怒鳴られたい。だが上司たちはみんな私に優しい。優しすぎる……警察官としての責任を果たしていない私に。その時だった。焦げるような思いが美結を焼いたのは。

安珠に電話しなくては。

周唯の異様な死を目の当たりにしたことが心配で、美結は昨夜何度も電話をした。だが佐々木安珠は出なかった。電話にも出られないのかとますます心配になった。今朝はまだ電話していない。今度こそ、出てくれるだろうか……

先生の声も聞きたい。痛切に思った。佐々木忠輔に全てを話したい、そして、何と答えてくれるか知りたい。あの人なら――きっと力を貸してくれる。大きな力を。

美結は携帯電話を取り出す。だが、すぐに手が止まってしまった。

つらい報告をしなくてはならない。目の前で教え子が連行されただけでは済まず、今度は別の教え子の死を伝えなくてはならないのだ。今、先生はどんな気持ちでいるのか……

「おっ」

という小西の声が聞こえて振り返る。福山寛子が捜査本部に駆け込んできたところだった。美結と小西を見つけると一目散にやってくる。美結は腰を浮かして福山を迎えた。

「護衛行かれてたんですよね？　村松くんのサポートに」

「私だけここに戻る途中で、彼から連絡があったの」

福山の声は切迫している。

「Cのサイトが大変だって」

「ええっ？」

「アクセスしてみましょう」

促されるままに、美結は手近のパソコンでアクセスした。

そして目を瞠ったまま動けなくなった。もはや見慣れてしまった金色の〝C〟のロゴがない。代わりに表示されたのは……

503 Service Temporarily Unavailable

The server is temporarily unable to service your request due to maintenance downtime or capacity problems. Please try again later.

「……なんですかこれ」

声を震わせた美結の横から、小西が覗き込んでくる。

「ダウンしたのか？」

そのようだ。だが、Cのサイトでこんなことはかつて一度もなかった。Cに何かあったのか？　それとも……

「だれかがダウンさせた？」

美結は言って、自分の言葉で血の気が引いた。だとしたらCは激怒するに違いない。ただでは済まない——

美結たちの様子に気づいた他の刑事たちが、別のパソコンでアクセスを試し出す。間違いなくCのサイトがダウンしていることを確かめると、歓声が上がった。だが美結は喜ぶ気になどなれない。急いで確認する。やはりツイッターのアカウントも凍結されていた。

「トップの判断が下ったのかもね……」

福山の声も少し震えている。美結は言葉もなく、福山を見た。

きっとそれは正しい。制裁リストを高々と掲げさせておきたくないという思いが警察上層部、いやもしかすると政府の中枢をも動かし、決断させた。

〝Cのサイトをダウンさせろ。手段は問わない〟

そんな命が下ったのだ。

「すげえな。誰がやったんだ」

小西が興奮している。美結は小西の、そして福山の顔を見て口を噤んだ。こんなことができる人間は——一人しか思いつかない。だが美結は、その名を口に出すことができない。

Cはこれからどんな挙に出る？ 〝停止すると爆発するよw〟という脅しを実行するのか？ いったいどこが対処する。誰が責任を取るのか。

その瞬間、美結の携帯電話が小さく鳴った。表示名を確かめる。

美結は自分の勘が正しかったことを知った。一度深く息を吸い、吐き出す。

震える指で通話ボタンを押した。

24

庁舎の最上階に上った水無瀬透は、目的のドアを叩いた。そして相手の反応も確かめずに入室する。

奥の壁に豪勢なデスクがある。男が一人、座っていた。

日本中の警察官が、この男の前では身を竦《すく》める。だが水無瀬は気楽な顔のままだ。悠然と広い部屋を進み、男の目の前に立った。

「お望み通り、ダウンさせました」

水無瀬の報告に、男は小さく頷く。

「警察のシステムの大掃除の方も終了。Cの奴、相当巧みにウイルスを侵入させとりましたが、根絶やしにしました。これでもう警察のシステムは操れない。盗聴・監視の心配もなくなりました」

「ご苦労」

男は満足げに言い、革張りの椅子にもたれかかった。

「しかし……どうやってダウンさせた」

水無瀬はニヤリとした。

「いたって古式ゆかしい方法ですよ。アナログな、ね。いや、アナクロか」

男は大きく目を見開く。

「Ddos《ディードス》攻撃か」

そして頭を振る。

「お前のボットネットが、再び発動する日が来たか……だが、警察がやることではないな」

すると水無瀬はますます笑みを深くする。

「手段を選ぶなと言ったのはそちらです」

「俺じゃない。政府だ」

鼻で息を吐く。男の憂悶《ゆうもん》を汲むように、水無瀬の目が優しくなる。

「ご承知でしょうが、こんなのは一時しのぎです。焼け石に水。奴《やっこ》さんは狂ったネズミみたいになってまっせ。ただ怒らせただけ、みたいなもんや。Cはすぐ新手を生み出してきよります。でもまあ、いったん終息させんことには、こっちの態勢も整わんし。二進《にっち》も三進《さっち》もいかんですからな」

水無瀬の言葉は気休めにもならないようだった。男は疲れた様子で、ゆっくりと言う。

「中国大使が——総理や閣僚との話を終えた」

「長官は？　官邸に行かなかったんですか？」

水無瀬が訊くと、男は睨みつけてきた。

「長官と呼ぶなと言ってるだろう」

「長官を長官とお呼びして何か問題でも？」

「お前が言うと、馬鹿にしてるようにしか聞こえんのだ」

「そんなん邪推や」

恵比寿顔が、邪に歪む。だが相手の目が一向に笑わないのに気づいて口調を変えた。

「命令とあらば、改めます。野見山さん」

「それでいい」

野見山忠敏《ただとし》は悠揚たる笑みを見せた。五十代後半の警察庁長官は肘掛けの左から右へ、大儀そうに体重を移す。

「俺は官邸には行っていない。ただ、リアルタイムで見ていた」

極秘の生中継。国防に関わる責任者たちはおそらく全員、そのやり取りを見つめていた。

水無瀬は当然だと言わんばかりに頷いた。

「で？　大使はどう釈明したんですか」

「釈明はしなかった」

野見山は憮然《ぶぜん》と言った。

「ぜんぶ認めた」

「なんですって？」

「林明桂《リン・ミンクイ》も周唯《ツォウ・ウェイ》も、自国の工作員だと認めたのだ」

「んなアホな……」

水無瀬は呆れて口を開けた。

「えらい素直やないですか」

「いや。むしろ厄介だ」

「というと？」

「林明桂は暴走した。中国政府の指揮下から離脱したというのだ」

水無瀬の目が鋭く尖る。

「クソめ。切り捨てか」

「ああ。トカゲの尻尾だ。ぜんぶ、頭のいかれた末端の工作員の暴走、ということになった」

「アホンダラが……」

水無瀬が汚い言葉を重ねても、野見山は咎めない。むしろ口の端を上げた。

だがすぐ元に戻る。

「周唯殺害もそうだ。殺害に使われた兵器は、自分たちのものだと認めた。だが、誓って自分たちが操作したのではない。ハッ、ハ、ハ、ハ、ハッキングされたのだという」

「なんですと？」

水無瀬はまた呆れて口を開けた。

「Cの仕業だとでも？」

「それだったら、まだいい」

「……野見山さん」

水無瀬の顔が初めて強ばった。

「まさか……あいつが？」

「そう考えるしかない」

野見山は頷いた。深い憂いを目に宿しながら。

「自分の国でこれほどの騒ぎが起きてるんだ。首を突っ込んでこない方がおかしい。いや、もしかすると——」

水無瀬は我知らず、一歩前に出ていた。上司のデスクに両手をつく。

「黒幕やないか。そう疑ってるんですね」

日本警察の頂点に立つ男は、声を出さずに首肯した。

「動き出しよりましたか。いや当然、心構えしておくべきでしたが」

水無瀬は額を手で押さえる。頬を引きつらせながら言った。

「あいつだけは、ホンマに……死ぬまでには何とかしたらなあかん思てますけど、なかなか……宿命の仇敵ですな。サウロンかヴォルデモートみたいなもんや」

「その前に、工作員の居場所を突き止めろ」

長官はニコリともしない。低い声で命令を発した。

「林《リン》だか王《ワン》だかを。身柄を確保しても、中国は文句を言わん。こっちの裁量に任すという。最悪は……」

「殺しても構わん、と？」

水無瀬の物騒な問いに、野見山は表情一つ変えない。

「中国にとってはその方が好都合だろうがな」

二人は黙り込む。

水無瀬は背筋を伸ばし、改めて目の前の男を見つめた。その苦み走った顔の裏で、何を考えているか手に取るように分かる。そう思った。

工作員ではない。もっと巨大なものについて考えている。

「俺たちは、また無力だと思い知らされるかも知れん」

野見山長官はゆっくり言い出した。

「だが……刺し違えることぐらいは、できるかも知れん」

水無瀬は襟を正した。

「野見山さんが命を捨てろと言うなら、捨てます」

直立不動のまま言う。

「あいつがこんな怪物に育ったのは、俺の責任でもありますから」

「いや」

野見山はすぐに返す。

「誰のせいでもない。あれは、生まれつき怪物なんだ。それだけだ」

水無瀬は微かな笑みで応じた。乾いた砂漠のような笑みだった。

だが少しずつ、その笑みに潤いが現れる。

「野見山さん。俺たちには、あの頃なかった武器がありまっせ」

「なんのことだ？」

野見山が首を傾げ、水無瀬も同じように首を傾げる。

「まだはっきりとは言えません。だが……あの頃にはいなかった人間がおる。若人たちがね」

「誰のことを言っている？」

「誰のことでしょうね。自分でも分からんのです」

水無瀬の笑みは自虐的だった。

「せやけど……希望はある。そんな気がします」

「珍しいな。お前がそんな、下手な占い師のようなことを言うとは」

水無瀬は照れたように顔を伏せた。

「自分でも柄じゃないと思てます。まあ、俺も歳をとったということですな」

ふん、と野見山は鼻を鳴らす。水無瀬は気にしない。

「ほな、今から若人に電話します。期待の新星たちにね」

四月二十日（土）

終曲――王の愉楽《ゆらく》

私は震えながら立ち上がった。

ベンチから立てない私に、お人好しの制服警官が手を貸して立ち上がらせてくれたのだ。私の顔色を見てひどく心配そうにした。病院へ行った方がいいとしつこく言った。私は怯えた演技を続けながら、大丈夫ですすいいいいません、と何度も言った。極めて日本的なフレーズを、完璧な日本語のイントネーションで。日本のサラリーマンほど成り切りやすいキャラクターがいったい他にあるだろうか。

私には演技などお手の物。そして変装もお手の物だ。顔を変えるのは好きではないが、必要なら手を加える。今、特殊なラバーが違和感なく顔にフィットしている。持続時間こそ長くはないが、完璧に別人の容貌を手に入れることができる。最新技術万歳だ。だからあの娘は、そばにいるのに私と気づかなかった。憎っくき仇敵の目の前で、最期までくるくると踊ったのだ。虚しい滅びの踊りを。私は喜悦の笑みを噛み殺すのに苦労した。

娘は一度、私の支配下から脱した。しかも古ぼけた中世の男の言葉を送りつけてきて私を挑発したのだ。真理会贏得《チェンリイホイインデ》——真実は勝つ、だと！　私は敗者の遠吠えを嘲笑った。

真実は私が決める。私こそが王なのだから。

王とは私の本名ではないが、気に入っている。ここぞという場面で、私は王と名乗ることが多い。そして今——私は明らかに、頂上に立っていると感じる。この国の誰よりも上。当然、天皇や総理大臣よりもだ。

私は娘に容赦ない言葉を返した。

「お前が戻らなければ、今度は大学ごと爆破する。教員も学生も皆殺しだ」

娘は初めは応じなかった。だが、私が仮の宿としていた古いマンションを派手に破壊するとたちまち狼狽《ろうばい》し、私の元に舞い戻ってきた。ついに観念したのだ。

潔さだけは、認めてやらねばなるまい。父親譲りの意志の強さ。いや——頑迷さ。

私はそれごと、刑場に上らせた。

神の龍の下に娘を立たせたのだ。

そして——龍はついに怒りを吐き出した。期待通りの威力であった。罪人だけを選び、苦痛に満ちた死を与えた。確実に燃やし尽くした。なんとふさわしい死か！　娘が奉じる中世の男は火あぶりになって死んだというではないか。本望だろう？　私に感謝せよ！

漏れ出る笑いを抑えながら、私は超小型カメラを向け続けていた。処刑の一部始終を、絶対に逃すことはできなかった。

動画を自由にアップできる時代である。この壮観なショウを、恐るべき滅びの光景を世界中の不特定多数に見せつける。とりわけ同胞に、叛逆者の末路を!

むろん、娘の父親にも見せつける。そのために目を潰さずに残してあるのだ。

かくして、角田抹殺と並ぶ最大の目的を、私は果たした。

織り上げた美しき策謀は完遂できなかった。問われるはずのなかった私の存在に気づき、訝っている者もいるだろう。だが構いはしない。叛逆者の娘に情け無用の火を浴びせ、その映像が世界を駆け巡る。これ以上に満足なことはない。

叛逆者は絶滅する運命。

世界は打ち震え、同胞の結束は増す。党支配の盤石、祖国の更なる四千年の繁栄を疑う者はいなくなる。そして、同志たちは万雷の拍手で私を迎えるだろう。〝皇〟が取りなしてくれる。彼の威光で、私と同志たちとの絆を修復してくれる。おかげで皆は認識を改め、国家主席をも超える崇敬の目で私を仰ぎ見るに違いない。当然だ……ああ私は、なんという英雄か! これほど祖国に尽くした者がいたか。あらゆる策謀に精通し、使命のためなら何人《なんぴと》にも成り代わり、手なずけた龍を従えて害虫を殲滅《せんめつ》する稀代《きたい》の傑物。私の名が歴史に刻まれることは確定した。

実を言えば——私は破滅と死を覚悟していた。万策尽き、絶望の果てに頼った〝皇〟が私に手を差し伸べてくれるかどうかは、乾坤一擲《けんこんいってき》の賭けだった。

だが、〝皇〟の方が私を待っていたのだ。

私の天才を、傑物ぶりをとうに認めてくれていた――そしてこう言った。

英雄よ。ぜひ策謀を完遂させてくれ。

それから私に、小さな道具を渡した。

これが龍の卵だ。生け贄の身体に、しっかりと食い込ませよ。

私は頷いた。大切に預かり、刑を執行する直前、娘の耳に食い込ませた。

そして火が点いた。娘の身体を滅し尽くした。その瞬間、真の革命家を自認する私の中でこそ革命が起こった。私は――〝皇〟にこそ忠誠を誓う！　王たる私を越える者、地上で唯一人の統治者がここにいた。自分の存在理由が明らかになった……もはや恐れるものなどありはしない。

同志たちよ。私は故国を捨てたわけではない。故国を含めた、〝皇〟のしろしめす世界全体のためにこそ私の命はある。革命を完遂する唯一つの道。私は――

〝子供〟に見《まみ》えよ。

届いた命に従う。〝皇〟の意を汲み、私はこれから、唯一の強敵と見なしていた者と手を結ぶ。時代が生んだ恐るべき〝子供〟と。

顔のラバーが剝がれ落ちるのを感じた。ゆるみきった笑みが元に戻らないのだ。だがこれが笑わずにいられるか？　〝皇〟の威光が全てを可能にする。現代の傑物同士が手を取り合えば、この都は墜《お》ちたも同然だ……振り返って中空を眺めた。

まもなく、私と〝子供〟はあそこで出会う。

暗闇に突き立つ光の槍。

征服を宣するのに、あれほどふさわしい場所もない。

〝子供〟と肩を並べて見下ろそうではないか。神の火が降る滅びの都を。

そして――私はどうする。

隙を見て〝子供〟の喉をかき切るか？

それとも、龍の下に立たせるか？

〝皇〟の望むところを、すでに正しく感じている。必ずや私は成し遂げるだろう。

いつの間にか私は声を出して笑っていた。夜空に響き渡るほどの哄笑《こうしょう》を放つ。

そう、宴はこれからなのだ。

引用文献

『鏡の国のアリス』 ルイス・キャロル 生野幸吉訳（福音館文庫）

『悪霊』 ドストエフスキー 江川卓訳（新潮文庫）

相貌失認についての主要参考文献

『天才と発達障害 映像思考のガウディと相貌失認のルイス・キャロル』 岡南（講談社）

『心の視力─脳神経科医と失われた知覚の世界』 オリヴァー・サックス 大田直子訳（早川書房）

顔認知の生得的特異性（梅本堯夫）
http://www.coder.or.jp/hdr/16/HDRVol16.7.pdf

鳥居方策、玉井 顕「相貌失認」 失語症研究（現高次脳機能研究） Vol. 5 (1985), No. 2 pp.854-857
https://www.jstage.jst.go.jp/article/apr/5/2/5_2_854/_article/-char/ja/

河村 満「「街の顔」と「人の顔」」 失語症研究（現高次脳機能研究） Vol. 21 (2001), No. 2 pp.128-132
https://www.jstage.jst.go.jp/article/apr/21/2/21_2_128/_article/-char/ja/

この作品はフィクションです。作中に登場する人物名・団体名は実在するものとは一切関係ありません。

この作品は書き下ろしです。

中公文庫

フェイスレス
——警視庁《けいしちょう》墨田署《すみだしょ》刑事課《けいじか》特命担当《とくめいたんとう》・一柳《いちやなぎ》美結《みゆ》

2013年6月25日　初版発行
2014年4月30日　4刷発行

著　者　沢《さわ》　村《むら》　鐵《てつ》

発行者　小林敬和

発行所　中央公論新社
〒104-8320　東京都中央区京橋2-8-7
電話　販売 03-3563-1431　編集 03-3563-2039
URL http://www.chuko.co.jp/

DTP　柳田麻里
印　刷　三晃印刷
製　本　小泉製本

©2013 Tetsu SAWAMURA
Published by CHUOKORON-SHINSHA, INC.
Printed in Japan　ISBN978-4-12-205804-0 C1193

定価はカバーに表示してあります。落丁本・乱丁本はお手数ですが小社販売部宛お送り下さい。送料小社負担にてお取り替えいたします。

●本書の無断複製（コピー）は著作権法上での例外を除き禁じられています。また、代行業者等に依頼してスキャンやデジタル化を行うことは、たとえ個人や家庭内の利用を目的とする場合でも著作権法違反です。

中公文庫既刊より

さ-65-2
スカイハイ 警視庁墨田署刑事課 特命担当・一柳美結2
沢村 鐵
巨大都市・東京を瞬く間にマヒさせた〝C〟の目的、正体とは⁉ 警察の威信をかけた天空の戦いが、いま始まる‼ 書き下ろし警察小説シリーズ第二弾。
205845-3

さ-65-3
ネメシス 警視庁墨田署刑事課 特命担当・一柳美結3
沢村 鐵
人類救済のための殺人は許されるのか⁉ 日本警察、そして一柳美結刑事たちが選んだ道は？ 空前のスケールで描く、書き下ろしシリーズ第三弾‼
205901-6

と-26-9
SRO Ⅰ 警視庁広域捜査専任特別調査室
富樫倫太郎
七名の小所帯に、警視長以下キャリアが五名。管轄を越えた花形部署のはずが——。警察組織の盲点を衝く、連続殺人犯を追え！ 新時代警察小説の登場。
205393-9

と-26-10
SRO Ⅱ 死の天使
富樫倫太郎
死を願ったのち亡くなる患者たち、解雇された看護師、病院内でささやかれる『死の天使』の噂。SRO対連続殺人犯の行方は。待望のシリーズ第二弾！ 書き下ろし長篇。
205427-1

と-26-11
SRO Ⅲ キラークィーン
富樫倫太郎
SRO対〝最凶の連続殺人犯〟、因縁の対決再び‼ 東京地検へ向かう道中、近藤房子を乗せた護送車は裏道へ誘導され——。大好評シリーズ第三弾、書き下ろし長篇。
205453-0

と-26-12
SRO Ⅳ 黒い羊
富樫倫太郎
SROに初めての協力要請が届く。自らの家族四人を殺害して医療少年院に収容され、六年後に退院した少年が行方不明になったというのだが——書き下ろし長篇。
205573-5

と-26-19
SRO Ⅴ ボディーファーム
富樫倫太郎
最凶の連続殺人犯が再び覚醒。残虐な殺人を繰り返し、日本中を恐怖に陥れる。焦った警視庁上層部は、SROの副室長を囮に逮捕を目指すのだが——。書き下ろし長篇。
205767-8

各書目の下段の数字はISBNコードです。978-4-12が省略してあります。